Ne pars pas sans moi

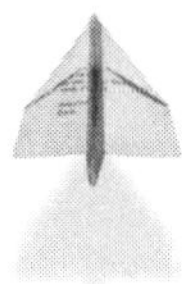

Jennifer Niven & David Levithan

Ne pars pas sans moi

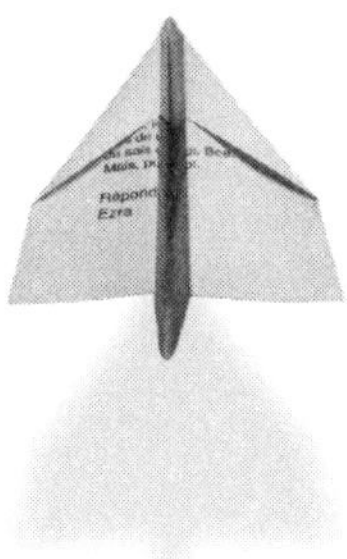

Traduit de l'anglais par
Vanessa Rubio-Barreau

GALLIMARD JEUNESSE

Titre orginal : *Take Me With You When You Go*

Édition originale publiée aux État-Unis par Alfred A. Knopf,
une marque de Random House Children's Books,
elle-même filiale de Penguin Random House.

Ma plus grande gratitude à tous les libraires indépendants,
en particulier à l'équipe de Little City Books
(ma librairie de quartier, qui m'a permis de survivre à une pandémie),
Books of Wonder *(presque deux décennies de soutien à ce jour)*
et Avid Bookshop *(ma librairie de quartier…*
qui n'est pas dans mon quartier).
– D.L.

À Joe et Angelo, mes frères de cœur.
Je vous aime plus que Harry Styles, ABBA et le pop-corn.
Je vous aime au-delà des mots.
– J.N.

As far as you take me
That's where I believe

Aussi loin que tu m'emmènes
Aussi loin, moi, j'y crois

– The Smashing Pumpkins,
« Porcelina of the Vast Oceans »

Objet : Toi. Disparue.
De : e89898989@ymail.com
À : b98989898@ymail.com
Date : lundi 25 mars 12:12 EST*

Chère Bea,

Je ne suis pas en colère contre toi. Je ne t'en veux pas. Cependant, j'estime que tu me dois des explications.

Je sais que tu es partie. On sait tous que tu es partie. Je pense que, dès l'instant où maman est entrée dans ta chambre et l'a trouvée dans l'état où tu l'as laissée, on a su. Quel magnifique doigt d'honneur pour elle et Darren – ton lit fait sans un pli. Comme si personne n'y avait jamais dormi. Comme si tu n'avais jamais vécu là. Combien de fois t'ont-ils hurlé dessus pour que tu fasses ton lit ? Combien de fois as-tu refusé ? (Indice : la réponse est la même aux deux questions.) Et voilà que tu pars en laissant tout parfaitement rangé, impersonnel.

Pas de message. Pas un mot.

Je sais. J'ai cherché.

Ce n'est pas moi qui ai trouvé ta chambre comme ça. J'étais assis à la table de la cuisine en train de m'efforcer de manger mes

* EST Eastern Standard Time : fuseau horaire le plus à l'est du continent américain, à l'heure de New York, dans lequel se trouve l'État de l'Indiana où vit Ezra. (NdT.)

céréales d'une manière qui n'agace pas Darren quand, soudain, maman a hurlé ton nom. Encore et encore. D'abord avec fureur, puis ensuite… une pointe d'autre chose – environ dix pour cent de panique. (Elle était à son maximum, là, avec ces dix pour cent.) J'avoue que je n'y ai pas tellement prêté attention puisque c'était un rituel : chaque matin, vous vous disputiez. Darren n'a pas non plus levé le nez de ses tartines. Mais, tout à coup, maman a fait irruption dans la cuisine et s'est jetée sur moi. « Où est ta sœur ? Dis-moi tout de suite où elle est ! »

Si j'avais été toi, j'aurais répondu un truc du style : « Comment veux-tu que je le sache ? » ou « Il est un peu tôt pour s'embrouiller comme ça, maman ». Mais il est évident, et ce depuis longtemps, que je ne suis pas toi, j'ai donc aussitôt enclenché le mode : « Je ne sais pas je ne sais pas je ne sais pas – pourquoi ? Qu'est-ce qui se passe ? » Plus j'essayais de prendre l'air innocent plus j'avais l'air coupable. Alors elle s'est tournée vers Darren, style « elle est partie » et Darren a fait style « comment ça, partie, putain ? ».

En guise de réponse, toute la petite famille est montée dans ta chambre. C'est là que j'ai vu ton lit et que j'ai pensé : *Oh… Waouh. Elle a foutu le camp.*

Je n'avais pas l'intention d'en dire plus, mais ils ont remarqué que je jetais un œil dans ta chambre et Darren m'est instantanément tombé dessus, me demandant ce qui manquait. J'ai souligné que ton sac à dos n'était pas là et que tes manuels scolaires étaient empilés près de ta corbeille à papier. (Joli symbole.) Et aussi – le choc –, que ton portable gisait abandonné sur ta commode. Sans doute afin qu'il ne puisse pas servir à te localiser.

Maman et Darren ont estimé que si je faisais ce genre de commentaires, ça signifiait que j'étais dans le secret et, forcément, ils sont donc passés à l'étape « interrogatoire ». Mais je n'ai pas craqué.

Enfin… j'imagine que si, j'ai craqué. Seulement ils ont vite vu qu'il n'y avait rien derrière la craquelure. Tu m'as laissé complètement vide, moi aussi.

Ils auraient sans doute continué à me cuisiner – ils n'avaient rien d'autre à faire ou tout du moins rien d'autre ne leur venait à l'esprit – si un grand coup de klaxon ne nous avait pas fait sursauter. Et je dois reconnaître que, si ton départ ne m'avait pas vraiment surpris, ça m'a stupéfié de voir Joe se pointer chez nous pour passer te prendre. Parce que ça voulait dire que tu l'avais planté lui aussi.

Je peux sans doute passer sur l'imbroglio qui a suivi. Darren qui tire le pauvre Joe de sa voiture pour le traîner jusque dans la cuisine. Le pose sur une chaise pour le bombarder de questions. Et Joe assis là, réalisant peu à peu que sa petite amie a disparu. Tu es toute sa vie, Bea. Tu le sais. Et voilà que Darren – Darren ! – était en train de lui annoncer que sa vie avait foutu le camp. Bye bouh.

Darren avait beau lui hurler de le regarder en face, les yeux de Joe dérivaient vers moi, me suppliant de lui dire que ce n'était pas vrai, que j'avais un message de ta part à lui transmettre, un point de rendez-vous secret où tu l'attendais.

Mais je me contentais de secouer la tête.

Au bout d'un moment, maman et Darren ont fini par être convaincus que Joe n'était au courant de rien. Et tu sais quoi ? Ça les a encore plus énervés. Comme s'ils étaient outrés que tu le traites ainsi, comme s'ils avaient toujours été ses plus grands fans. Pour être honnête, ils l'aiment sans doute plus que toi ou moi. Ce qui n'est pas vraiment un exploit.

Elle lui a carrément dit : « Tu vois le genre de menteuse que c'est », comme s'ils étaient dans le même camp, comme si elle lui donnait un conseil de maman. Je n'ai pas compris. Enfin, depuis qu'elle sort avec Darren, j'ai abandonné tout espoir de la comprendre.

En revanche, interpréter ses motivations à lui, c'est trop facile et pas franchement utile. Quand ça ne se passe pas comme il veut, il gueule. Tu le sais aussi bien que moi.

J'ai poliment fait valoir qu'il était temps d'aller en cours, et que je devais monter chercher mes affaires. Je me sentais coupable de laisser Joe tout seul entre maman et Darren, mais je n'avais pas le choix.

À la minute où je suis entré dans ma chambre, j'ai su où regarder. Tu pensais sans doute qu'il me faudrait plus de temps, mais non. Tu sais parfaitement ce que j'ai trouvé. Et ce que je n'ai pas trouvé.

Bon, je ne t'en veux pas d'avoir pris mon argent. Ça ne m'étonne pas. En fait, je vais te faire une confidence : j'ai plusieurs cachettes. Celle-ci, je t'en avais parlé, alors je n'y ai jamais mis quoi que ce soit que je n'aurais pas voulu que tu voles. (Je ne vais pas parler d'emprunt même si tu le vois comme ça, j'imagine. Je ne m'attends pas à ce que tu me rembourses.)

En revanche, ce que je me demandais en soulevant mon classeur de cartes de base-ball, ce n'était pas comment tu avais osé voler ton petit frère, c'était si tu m'avais laissé quelque chose en échange.

Et la réponse était oui. Cette adresse mail.

Je dois avouer que je n'avais jamais entendu parler d'« ymail ». Je vais veiller à ce que personne ne soit au courant et (comme tu peux le constater) je me suis également créé une adresse, uniquement pour toi. Je comprends le deal. Si tu étais partie sans me laisser aucun moyen de te contacter, je ne te l'aurais jamais pardonné. Jamais. Mais là ça va, je crois. Du moment que tu me racontes ce qui s'est passé.

Maman et Darren étaient trop occupés à cuisiner Joe pour remarquer que j'étais revenu. Lui-même (et c'est tout à son honneur) les bombardait également de questions : avaient-ils prévenu la police ? Essayé de joindre Sloane ? Vérifié si leurs deux voitures étaient là ?

Là, Darren a bondi hors de la pièce. À sa tête, on voyait bien qu'il tiendrait Joe pour personnellement responsable si l'un des véhicules avait disparu. Pendant ce temps, maman a dit que non, personne n'allait appeler la police. Beatrix n'avait pas été enlevée. Elle n'était pas en danger. Et si c'était le cas, c'était sa faute.

« Faut qu'on aille en cours », ai-je répété.

Ils ne nous ont laissés filer qu'une fois Darren revenu, confirmant que les deux voitures étaient bien en sécurité dans le garage. Je n'ai pas fait remarquer qu'il aurait pu s'éviter le déplacement, vu que toutes les clés étaient sur le bar de la cuisine.

Joe et moi étions donc libres. On n'a pas dit un mot jusqu'à la voiture. De peur que maman et Darren nous entendent. C'est seulement une fois à l'intérieur, alors que je mettais ma ceinture, que Joe m'a demandé : « Elle est vraiment partie ? »

Et que j'ai dû répondre que ça en avait tout l'air.

J'étais en colère contre toi, à ce moment-là. Parce que Joe tremblait. Il ne voulait pas que je le voie pleurer. Il ne voulait pas être le loser, pas dans sa voiture. Mais j'occupais ta place. Comme si tu m'avais envoyé pour rompre avec lui – alors que, en réalité, moi aussi, tu m'as laissé tomber. Tu aurais dû partir avec Joe, mais tu ne le lui as même pas proposé, visiblement. Je ne sais pas ce qu'il a fait pour mériter ça.

Je ne lui ai pas parlé de l'adresse mail. Même quand il m'a demandé si j'avais un moyen de te contacter. Le sang est plus fort que les larmes, j'imagine. Il laisse des traces indélébiles.

On se raccrochait à l'espoir que Sloane en saurait plus, que tu lui avais laissé des instructions. Ou même que tu étais chez elle, que tu nous attendais là-bas. Joe et moi, on a essayé de l'appeler, on lui a envoyé des messages – pas de réponse. Moi, je comprends – maman et Darren auraient très bien pu se servir de mon portable pour te retrouver. Mais Joe ? Je ne voyais pas pourquoi elle ne lui répondait pas.

J'ai essayé de le rassurer en lui disant que tu avais déjà fugué, que tu appelais ça « faire une pause », et que tu n'allais jamais très loin. Comme la fois où tu avais pris une chambre d'hôtel à Columbus pendant un congrès de la police scientifique jusqu'à ce qu'un formateur se plaigne que tu distrayais ses stagiaires.

Je pensais que ça le réconforterait, mais il n'avait jamais entendu cette anecdote, du coup, il a eu encore plus l'impression d'être sur la touche. Sans le vouloir, je venais de souligner qu'il ne te connaissait pas si bien que ça. C'est bizarre, parce que j'aurais cru au contraire qu'il te connaissait mieux que moi, vu le temps que vous avez passé ensemble ces deux dernières années.

Il est possible que je n'aie pas été très convaincant quand j'ai affirmé que tu revenais toujours. Parce que, les autres fois, ce n'était pas pareil. Je ne sais pas comment expliquer. Quand j'ai vu ton lit, j'ai compris que tu étais partie pour de bon. Le fait que tu aies piqué mes économies me l'a confirmé. Tu n'aurais pas fait ça si tu n'en avais pas vraiment, vraiment besoin, j'en suis sûr.

En arrivant au lycée avec Joe, j'étais convaincu qu'on savait quelque chose que les autres ignoraient encore. Tout le monde pensait que tu étais avec nous, que tu faisais toujours partie des élèves. Je t'entends déjà répliquer : « Ouais, comme s'ils faisaient attention à moi quand j'étais là. » Si, si, certains. Joe est parti de son côté à la recherche de Sloane. Du coup, moi aussi, même si, en tant que seconde, j'avais moins de chances de trouver une terminale. Je suis sûr qu'un enquêteur demanderait : « Et… pourquoi ne pas avoir cherché Bea au lycée ? » Parce que nous n'avions pas le moindre doute : de tous les endroits du monde, ce serait bien le dernier où tu serais allée te cacher.

Terrence m'attendait devant mon casier, comme d'hab. Je l'ai embrassé, comme d'hab. Il m'a demandé comment ça allait… comme d'hab. Et j'ai pensé : *Voilà, c'est parti. Si je le dis à quelqu'un, alors ça devient réel. J'entre dans une nouvelle réalité.* J'avais envie de lui mentir, mais si j'ai appris quelque chose dans notre famille, c'est que les mensonges te reviennent toujours en pleine face et qu'il vaut mieux dire la vérité tout de suite parce que les gens n'aiment pas découvrir que tu les as bernés. Je n'avais aucune envie de faire à Terrence le genre de coup que tu venais de faire à Joe. Alors je lui ai sorti la version courte. J'ai certes minimisé les faits, mais au moins, je n'ai pas menti par omission.

Je n'ai pas mentionné mes économies volées ni l'adresse mail. Je n'en parlerai à personne, promis.

Terrence était inquiet, il voulait savoir si ça allait, s'il pouvait faire quelque chose. Je lui ai dit que j'étais ouvert à toutes les suggestions et que j'étais partagé entre plusieurs émotions – à la fois triste, hébété, étrangement soulagé et en même temps complètement bouleversé.

Comme il est gentil, Terrence a fait mine de comprendre. Ce n'est pas toujours simple avec ses parents qui font l'autruche par rapport à son homosexualité – ils ne veulent rien voir, rien savoir. Mais je ne lui ai jamais vraiment révélé à quel point c'était l'horreur chez nous.

On s'est embrassés en se disant à plus, comme d'hab. Je suis allé en cours et, en ton honneur, je n'ai rien écouté.

(Je sais que je suis injuste. Certaines matières t'intéressaient.)

Maintenant il est midi et je t'écris depuis un des ordis de la bibli, en prenant bien garde à ce que Mme Goldsmith ne regarde pas par-dessus mon épaule. Sloane est toujours aux abonnés absents, mais Joe a croisé des gens qui disent l'avoir vue en cours aujourd'hui, ce qui signifie donc qu'elle n'est pas avec toi. Joe est un peu déçu, mais moi, je comprends que tu aies préféré partir seule.

Pauvre Joe. Pauvre Sloane. Pauvre de moi.

Tu te rends compte, la galère que ça va être pour moi ? Tu te rends compte dans quelle merde tu m'as laissé ? Même si je suis content que tu m'aies permis de nier sincèrement toute implication dans l'affaire (« Je te juuuure que j'étais au courant de rien, Darren ! »), ça ne m'aurait pas déplu d'avoir le temps de me faire à l'idée.

Et un au revoir, j'aurais aimé un au revoir.

Mais bon, pour le moment, j'aimerais surtout que tu me dises où tu es. Si tu me fais confiance pour me donner ce mail, tu dois avoir assez confiance en moi pour me dire où tu es et comment ça va. Au moins la deuxième partie. C'est facile pour toi. Tu peux t'imaginer où je suis. Tu peux exactement te représenter ce que je suis en train de faire. Tu sais sur quel ordi je suis – celui où tu me rejoins tous les jours quand la bibli va fermer et qu'il est temps de se chercher un nouveau spot pour éviter de rentrer à la maison. Tu sais quelle scène m'attend là-bas – maman et Darren qui me gueulent encore dessus. Tu dois pouvoir facilement t'imaginer le visage déçu, défait de Joe. Je sais que tu es plus attentive qu'il n'y paraît. Tu sais des choses que j'ignore. Et tu sais également beaucoup de choses que je sais aussi. Penses-y une seconde.

J'espère que ce n'est pas ma faute. Je ne veux pas être celui qui t'a poussée à partir aujourd'hui – au lieu d'attendre deux mois pour passer ton diplôme d'abord. Je ne pense pas, mais je préfère demander.

Il est l'heure de retourner en cours. Je vais cliquer sur « envoyer ». Je ferai bien attention de tout effacer pour que personne ne tombe sur ces mails. Pour que tu puisses me répondre.

Sérieux, Bea, réponds-moi. Ça va être très dur d'encaisser ton départ sans toi.

Je sais que tu n'as jamais eu besoin de moi, Bea. Mais, putain, moi, j'ai vraiment besoin de toi.

Réponds-moi.
Ezra

Objet : Moi.
De : Bea <b98989898@ymail.com>
À : Ezra <e89898989@ymail.com>
Date : mardi 26 mars 02:32 CST[*]

Ez,

Je respire toujours, si c'est ce que tu entends par « comment ça va ». Et non, je ne peux pas te dire où je suis partie ni pourquoi.

Je peux en revanche te confirmer que oui, je suis partie pour de bon.

Bye-bye, Fair Oaks. Bye-bye, l'Indiana.

C'est plus facile qu'on ne se l'imagine. Quand j'ai su que je partais, j'ai cherché sur Internet « comment fuguer » et j'ai trouvé toutes les infos qu'il me fallait.

1) Ne partir que si on est vraiment sûr et certain que c'est ce qu'on veut. (OK)

2) Tout prévoir à l'avance. (OK)

3) Partir avec un ou une amie peut être un avantage ou un inconvénient. (Comme tu peux le constater, j'ai considéré que ce serait un inconvénient.)

---

* CST Central Standard Time : fuseau horaire central du continent américain, à l'heure de Chicago, une heure de moins qu'à New York. (NdT.)

4) Voyager léger. (OK)

5) Choisir un point de chute vivable. (Ils précisent d'éviter la forêt parce que « la nature est cruelle ». On voit qu'ils ne connaissent pas maman et Darren.)

6) S'assurer de partir incognito. (OK)

7) Ne pas emporter de portable ou autre appareil qui pourrait servir à te localiser. (OK)

8) Se créer une fausse identité. (OK)

9) Ne laisser aucun indice derrière soi. (OK)

10) Avant le départ, conserver un comportement parfaitement normal. (OK)

11) Couper tous les contacts et partir sans se retourner. (OK – plus ou moins.)

À ce propos, tout le monde s'attendait à ce que Beatrix Ahern mette les voiles, car « c'est bien son genre ». Évidemment, ils sont un peu contrariés, mais d'ici deux mois, ils seront là à dire : « Non mais, de toute façon, où ça menait tout ça ? Elle était irrécupérable. » Tu verras. Dommage, je ne serai pas là pour voir ça.

Je suis désolée d'avoir pris tes économies. Et d'être partie sans te dire au revoir. Si doigt d'honneur il y a, il ne t'était pas destiné. Tu es bien la dernière personne à qui j'aurais voulu faire ça. Si tu n'étais pas là, je serais vraiment partie sans me retourner.

Je peux également te dire que :

Je ne suis pas partie pour les raisons que tu crois.

Je ne suis pas surprise que Sloane évite Joe.

Je comprends que tu aies de la peine pour lui, mais ne t'en fais pas trop. Je t'assure.

Si jamais c'est trop dur de rester avec maman et Darren, va vivre chez Terrence. Promis ?

Arrête de culpabiliser. C'est pas bon pour toi.

Et ne pense plus à moi sous le nom de Beatrix. Beatrix, c'était dans mon ancienne vie. Nouvelle vie, nouveau nom ou, tout du moins, un que j'ai décidé d'emprunter pour un temps. Et je ne te dis pas ça pour que tu essaies de me pister. Tu es mon petit frère et je t'aime, mais j'aurai toujours un train d'avance sur toi.

Je t'embrasse,
Moi.

P.S.: Utilise une connexion privée à chaque fois. N'enregistre JAMAIS le mot de passe. Même quand tu es sur ton portable.

Objet : Toi. Disparue.
De : Ezra <e89898989@ymail.com>
À : Bea <b98989898@ymail.com>
Date : mercredi 27 mars 07:45 EST

Chère BEATRIX,

Je vais continuer à t'appeler Bea, quel que soit le nouveau nom que tu t'es choisi. Tu as beau vouloir devenir quelqu'un d'autre, tu resteras toujours Bea pour moi.

Et je n'arrêterai pas non plus de te demander où tu es.

Je sais que ce n'est plus ton problème, mais hier soir, c'était pas cool. Maman et Darren se sont rendu compte qu'avoir une fille qui a fugué ne donnait pas une bonne image de leurs aptitudes parentales. Quand je suis rentré, ils ne m'ont pas demandé si je t'avais vue, mais si je l'avais dit à quelqu'un. Ils n'ont pas confiance en moi non plus.

Je voulais essayer de trouver un indice dans ta chambre, mais trop tard : pendant que j'étais en cours, maman l'a complètement retournée. Sérieux, on aurait dit qu'elle avait lâché une meute de chiens sauvages pour tout déchiqueter à coups de crocs. OK, ta chambre n'a jamais été très bien rangée, mais j'étais habitué à ton bazar. Tu affirmais que tu retrouvais toujours ce que tu cherchais – et j'avoue que moi aussi, plus ou moins. Plus maintenant. Le sol était couvert de vêtements – ceux que tu portes tout le temps, mélangés avec ceux que tu ne mets plus jamais. (Mais qu'est-ce que tu as emporté ? Je ne vois vraiment pas.) Les peluches de ton étagère gisaient par terre et semblaient avoir subi un interrogatoire en règle. Les petits mots de Joe étaient étalés sur le bureau – il n'y en avait pas tant que ça, et aucun de récent. Vu qu'il communique plutôt par texto, ça m'a fait bizarre de voir son écriture. J'imagine qu'il te les passait en classe quand tu ne pouvais pas sortir ton téléphone.

Oh, et en parlant de ça, ton portable avait disparu.

Je ne savais pas quoi faire. C'était difficile de me mettre en colère à ta place, vu que tu avais tout laissé comme ça, sans défense. Peut-être que si ta chambre n'avait pas été attachée au reste de la maison, tu l'aurais réduite en cendres avant de partir. Ou peut-être que tu n'en as plus rien à faire. L'un ou l'autre.

Ça m'a quand même mis en rogne. Parce que s'ils peuvent faire ça à ta chambre, ça signifie qu'ils ne se gêneraient pas pour faire pareil avec la mienne.

Après avoir vérifié que Darren était bien dans le salon, je suis allé trouver maman dans la cuisine. Elle avait mis la télé hyper fort, pourtant elle ne la regardait pas. Elle m'a à peine jeté un coup d'œil quand je suis entré.

– Qu'est-ce que tu as fabriqué dans la chambre de Bea ? ai-je demandé.

L'espace d'un instant, c'était comme si les rôles étaient inversés. C'était elle, l'enfant, et moi, j'étais le parent qui venait de la prendre en faute. Dans ses yeux, j'ai lu un aveu : elle avait fait quelque chose de mal. Mais la culpabilité s'est évanouie aussitôt.

Elle me toisait, désormais.

– Ne me parle pas sur ce ton. J'essaie juste de la retrouver.

– Tu croyais peut-être qu'elle s'était cachée dans un de ses tiroirs ? Ou au fond du panier à linge ?

– Ça suffit.

Je n'ai pas pu m'empêcher d'insister :

– Tu cherchais de la drogue ? Tu en as trouvé ? C'était de la bonne ?

Mauvaise idée. Très mauvaise idée.

– DARREN ! a-t-elle hurlé.

– Maman, c'est bon…

Darren a surgi sur le pas de la porte. Il n'était pas content qu'on le dérange.

– Quoi ?

– Ezra vient de me dire que Bea prenait de la drogue.

– Ce n'est pas ce que j'ai dit !

– Pourquoi tu me demanderais si j'ai trouvé de la drogue si tu ne pensais pas qu'elle en prend ?

J'avais envie de hurler : « JE TE DÉTESTE ! » Comme quatre-vingt-dix-neuf pour cent du temps que je passe à la maison. Comment as-tu pu m'abandonner avec ces gens ? Pourquoi suis-je obligé de les écouter ? Je sais que ça a été dur pour maman quand papa est parti. Que ça n'a pas été facile de nous élever toute seule. Je suis conscient que, grâce à elle, on ne s'est pas retrouvés à la rue. Et je lui en suis reconnaissant. Mais alors qu'elle se débrouillait si bien seule, qu'est-ce qui s'est passé ? À quel moment a-t-elle laissé tomber ? Quand elle a rencontré Darren ? Ou bien ça a été plus progressif ? Je n'arrive pas à me rappeler une époque où elle était de notre côté. Ça a pourtant dû arriver. Mais ensuite, Darren a débarqué et les jeux étaient faits, on n'était plus dans le même camp. Je la reconnais à peine, elle est tellement distante…

Darren nous a sorti son petit discours : il a toujours su que tu te droguais, ça explique pourquoi tu es « instable », et complètement « irresponsable ».

– Et vous n'avez pas peur qu'il lui soit arrivé quelque chose ? ai-je quand même demandé.

– Il ne lui est rien arrivé, a affirmé maman d'un ton morne.

Et Darren – je te jure –, Darren a osé ajouter :

– Personne ne fera jamais de mal à ta sœur. Il n'y a qu'elle qui peut se faire du mal.

C'est quand même le comble venant de lui. Dans ces conditions, pas la peine de discuter. Donc je n'ai rien dit, je suis parti.

Une fois dans ma chambre, j'ai appelé Joe.

– Quoi ? a-t-il répondu avec empressement, plein d'espoir. Qu'est-ce qu'il y a ?

Il croyait visiblement que j'avais des nouvelles. De bonnes nouvelles. Alors que j'appelais simplement parce que je ne savais pas à qui d'autre parler. Et que je voulais savoir s'il continuerait à m'emmener au lycée en voiture.

Je n'ai pas besoin de ta permission pour m'apitoyer sur Joe. Il faut que tu comprennes – quand tu entends la déception dans sa voix, c'est forcé d'avoir de la peine pour lui. Quant à ne pas trop m'en faire... je te demande où est la limite, sérieux, Bea ? Parce que, de mon point de vue, la personne qui a dépassé les limites, ce n'est pas moi.

– Pourquoi elle n'appelle pas ? il m'a demandé.

Et je lui ai répondu :

– Parce qu'elle ne veut pas qu'on la retrouve.

C'est ça, le truc. Tu peux te répéter un tas de phrases dans ta tête, mais à partir du moment où tu les prononces, où tu les dis à quelqu'un d'autre, c'est différent. Comme si la peur prenait vraiment forme et pouvait te faire mal. Et quand quelqu'un dit tout haut ce que tu penses tout bas, ça a le même effet. Ça devrait soulager de partager le fardeau, mais en fait ça le rend plus réel.

– Elle ne veut pas qu'on la retrouve, a-t-il répété.

C'est à ce moment-là que j'aurais dû lui avouer que j'avais eu des nouvelles. C'était égoïste de ne pas le prévenir, mais j'avais aussi l'impression que, si je le lui disais, tu le saurais et ça te prouverait que tu n'aurais pas dû me faire confiance.

Je te connais. Je sais que je n'aurai pas de seconde chance. Pas cette fois.

Alors, au lieu de lui donner le moindre indice, je lui ai demandé s'il pouvait continuer à me conduire au lycée le matin. Il a dit oui. Mais ça ne doit pas te surprendre.

Une fois raccroché, j'ai réessayé d'appeler Sloane.

Elle n'a pas répondu.

J'ai évité le dîner. Maman et Darren ont mangé sans moi. Lorsque je suis descendu plus tard chercher un truc dans le frigo, maman m'a pris la tête. Darren a débarqué, il a saisi la part de pizza froide dans mon assiette et l'a jetée à la poubelle, puis il s'est planté devant le frigo jusqu'à ce que je remonte dans ma chambre.

J'ai mangé un de tes sachets de fruits secs. Et ça m'a rendu triste parce que je sais que si tu ne reviens pas, personne n'en achètera plus. Si je demande à maman, elle refusera. C'est à toi, et si tu n'es pas là, ils n'auront plus rien à faire dans cette maison.

Je sais que c'est idiot. Que je pourrais m'en acheter. Je te raconte juste ce qui se passe dans ma tête en ce moment.

Darren est passé me voir dans ma chambre alors que j'étais couché. Je déteste quand il fait ça. Il reste sur le pas de la porte, comme si j'étais contagieux.

– Quel silence, hein ? il a fait.

– Ouaip.

Pas la peine de faire semblant de dormir, il l'aurait vu tout de suite.

– Normal, hein, maintenant qu'il n'y a plus ta sœur qui met sa musique à fond.

Je n'ai pas souligné qu'il rompait le silence en parlant, je me suis contenté d'acquiescer à nouveau.

– Ouaip.

C'est ma technique : j'essaie d'être rasoir au possible, pour qu'il finisse par partir.

– T'es pas comme elle, a-t-il affirmé. Pas du tout.

Dans sa bouche, c'était sûrement un compliment.

Mais la façon dont il l'a dit…

On aurait presque dit une insulte.

On aurait presque dit qu'il me mettait au défi de partir moi aussi.

Tu l'as su dès le début, pas vrai ?

Quand Darren a débarqué dans nos vies, j'étais prêt à en faire mon papa. Je le dessinais aux crayons de couleur dans nos portraits de famille. Je regardais tout ce qu'il voulait regarder. Je lui proposais de jouer à chat. Je le vénérais, comme maman, parce que je pensais que c'était ce que j'étais censé faire.

Mais toi, tu avais vu clair dans son jeu. Tu as résisté. Tu lui es rentrée dedans. Tu piquais ta crise le jour de la fête des Pères. Tu refusais qu'il ait une place à la table de la cuisine. Je comprends pourquoi ils se sont mariés sans nous. Tu savais qu'il n'en avait rien à faire de nous. Il n'y avait qu'elle qui l'intéressait. Peut-être que tu sentais qu'il arriverait à la détourner de nous.

Tu as voulu garder le contrôle sur la famille et tu as perdu. Moi, je lui ai tendu les rênes avec un sourire et une jolie carte faite main.

Ce n'est pas comme si je ne pensais jamais à fuguer. Mais je sais aussi que je ne peux pas aller plus loin que chez Terrence, faut être réaliste. Au-delà, je n'ai plus rien. Plus personne. Je veux dire, je t'ai toujours toi, quelque part. Mais je ne peux pas me réfugier auprès de toi. Et c'est toi qui l'as voulu, pas moi.

Il était tard, mais je l'ai appelé quand même.

– Qu'est-ce qui te tracasse ?

Terrence ne m'a pas demandé pourquoi j'appelais. Il ne s'est pas plaint que je l'avais réveillé, ni qu'il était tard.

– C'est ce silence…

Et je me suis surpris à lui confier quelque chose que je n'avais jamais dit auparavant.

– Je suis tout seul.

– Mais non, t'es pas seul, il a répondu.

Et voilà. C'était tout ce dont j'avais besoin, de savoir qu'il me restait quelqu'un.

Je sais que tu crois que je suis trop jeune. Que Terrence et moi, on est trop jeunes. Je m'en moque. Je suis assez âgé pour avoir besoin de quelqu'un.

Je ne me rappelle plus les derniers mots que je t'ai adressés. Ça me rend dingue. Je ne pensais pas qu'ils étaient si importants.

Je vais devoir cliquer sur « envoyer ». Mme Goldsmith a ouvert la bibli pour moi en arrivant. Joe voulait essayer de trouver Sloane.

Moi, je veux te trouver, toi.

Réponds-moi vite,
Ezra

Objet : Déjeuner
De : Ezra <e89898989@ymail.com>
À : Bea <b98989898@ymail.com>
Date : mercredi 27 mars 12:04 EST

Le mail que tu m'as envoyé hier indique que tu es dans un autre fuseau horaire. C'est pour ça que tu ne m'as pas répondu ?

Objet : Permanence
De : Ezra <e89898989@ymail.com>
À : Bea <b98989898@ymail.com>
Date : mercredi 27 mars 14:06 EST

Ça me rend dingue, chaque fois que je consulte cette boîte mail, elle est vide. J'espère que tu en es consciente.

En attendant, Sloane est trop bizarre. Et je ne veux pas dire bizarre comme Joe et moi – genre tu nous manques et on s'inquiète pour toi.

Je l'ai coincée à l'heure du déj, après avoir vérifié mes mails et constaté que TU NE M'AVAIS PAS RÉPONDU. (OK, je passe à autre chose.) Je sais que Sloane m'a toujours considéré comme une sorte de parasite qui te collait aux baskets en permanence. (Je me suis efforcé d'être un parasite mignon, une souris plutôt qu'un rat.) Mais j'avais plutôt l'impression que c'était un rôle qu'elle jouait, d'être agacée par le petit frère morveux. Sauf que là, elle avait carrément envie de fuir. Comme si ma vue lui était insupportable.

Cependant, elle devait savoir qu'elle serait bien obligée de m'adresser la parole à un moment ou à un autre, alors elle n'a pas filé.

– Tu as des infos ? lui ai-je demandé en m'approchant. Elle t'a dit quelque chose ?

Et tu sais ce qu'elle a répondu ?

Elle a répondu :

– Elle ne me dit plus rien depuis longtemps.

Puis comme si elle se rendait compte que ce n'était pas très sympa, elle a ajouté :

– Laisse-la. Elle a envie d'être seule. Complètement seule. Et tant pis pour nous. Ce n'est pas toi. C'est elle. Elle et seulement elle. Elle l'a voulu.

Elle avait l'air de s'en laver les mains et, en même temps, je lui trouvais les mains bien sales. Qu'est-ce qu'elle sait que j'ignore ? Je te le demande parce que je vois bien qu'elle ne me le dira pas. Pas parce qu'elle ne m'aime pas, mais parce qu'elle estime que je ne mérite pas de savoir.

J'avoue, ça m'a énervé. J'ai fait style :

– Quoi ? Tu connais Bea depuis combien de temps ? Trois ans ? Eh bien, moi, je la connais depuis toujours. C'est ma sœur. Je sais que ce n'est pas à cause de moi. Mais forcément, je me sens concerné. Tu peux comprendre ça ?

Elle s'est contentée de me toiser comme un paquet de céréales vide bon pour la poubelle et elle a tourné les talons.

Elle ne me doit rien, visiblement.

Lisa Palmer m'a dit que sa sœur lui avait demandé de me demander où tu étais passée. Les gens commencent à se rendre compte.

Aide-moi à comprendre.

Ezra

Objet : Minuit
De : Ezra <e89898989@ymail.com>
À : Bea <b98989898@ymail.com>
Date : mercredi 27 mars 23:56 EST

Oui, je t'envoie un mail de mon portable.
Ton silence est cruel. Et tu le sais.
Cruel, mais peut-être pas inhabituel ?

Objet : RE : Minuit
De : Ezra <e89898989@ymail.com>
À : Bea <b98989898@ymail.com>
Date : jeudi 28 mars 00:05 EST

Je suis désolé. C'était petit.

Je sais que tout ne tourne pas autour de moi. Que tu dois avoir des trucs à faire.

Mais quand même.

Objet : Ceci n'est pas un poisson d'avril
De : Ezra <e89898989@ymail.com>
À : Bea <b98989898@ymail.com>
Date : jeudi 28 mars 12:15 EST

Bon, tu as réussi à fêler mon image de bon élève parfait.

Pour la première fois de ma vie, j'ai été convoqué par le principal ! Et en prime time, après les annonces de la journée !

– Ezra Ahern, merci de vous présenter au bureau de M. Southerly.

Je n'ai pas tout de suite compris. J'ai cru avoir rêvé. Mais tout le monde me regardait et Justin Ling s'est exclamé :

– Oooooh… Qu'est-ce que t'as fait ?

J'ai marmonné que je n'en savais rien. Toi, tu aurais paradé, médaille d'or, fauteuse de troubles professionnelle.

Moi, le mieux que je pouvais faire, c'était m'efforcer de ne pas trembler en pénétrant dans le bureau.

– Ezra ? a fait la secrétaire.

Elle a gravé mon visage dans sa mémoire, pour la prochaine fois.

J'ai acquiescé. Elle a désigné la porte du bureau de M. Southerly.

Je suis entré. Il était en train de regarder un truc sur son ordi, mais il m'a souri et fait signe de m'asseoir. Je ne m'attendais pas à ce qu'il soit aussi sympa.

– Alors, je vais aller droit au but. Tu sais si ta sœur compte revenir au lycée ? Je pose la question parce que ça fait trois jours qu'elle est absente et que, quand on appelle chez vous, ça ne répond pas. Parfois, cela signifie que toute la famille est en vacances, mais puisque tu es là et que ta sœur a des antécédents d'absentéisme, il me semblait nécessaire de me renseigner.

Je n'ai pas l'habitude que les adultes me parlent de façon aussi posée et rationnelle. Peut-être est-ce pour cela que j'ai répondu honnêtement :

– Je ne sais pas trop. Mais je dirais qu'il y a peu de chances qu'elle revienne.

– Elle est à la maison en ce moment ? Tu crois que je pourrais lui parler ?

– Non, monsieur. Je ne pense pas que ce soit possible.

Je savais bien que maman et Darren m'en voudraient d'avoir dit ça, mais en même temps, ils ne m'avaient pas vraiment laissé le choix.

M. Southerly m'a regardé dans les yeux, mais sans se montrer menaçant. J'avais plutôt l'impression qu'il comprenait plus ou moins ce que je ressentais.

– Écoute, a-t-il repris, Beatrix a dix-huit ans, donc je ne peux rien faire. Et je n'ai aucune envie de t'obliger à jouer les intermédiaires. Je veux que tu saches que ça me préoccupe et que je suis là pour vous deux. Je sais qu'à son âge l'école n'est pas toujours la priorité, les examens non plus. Mais c'est une erreur pour son avenir. Tu n'es pas obligé de me dire où elle est, mais au moins… tu sais si elle va bien ?

– Je pense.

– Ça se passe mal à la maison en ce moment ?

Là, l'honnêteté m'a manqué. Je ne pouvais pas répondre : « Ça ne s'est jamais bien passé à la maison. » Parce que ça aurait amené d'autres questions. Et des ennuis garantis.

Mais le plus bizarre, c'est que j'avais l'impression que M. Southerly connaissait parfaitement la réponse. Peut-être qu'il t'avait remarquée, contrairement à ce que tu croyais. Ou peut-être qu'il rencontre souvent ce genre de situation. Si ça se trouve notre famille n'a rien d'original, Bea. C'est trop triste, non ?

– Rien qui sorte de l'ordinaire, ai-je prudemment répondu.

Il a hoché la tête. En enregistrant ça, également.

– Bon, a-t-il fait en se levant, en tout cas, sache que je suis là. Je vais continuer d'essayer de joindre vos parents. Mais je ne mentionnerai pas notre conversation. Ce qui se dit dans ce bureau reste dans ce bureau. Reviens quand tu veux. Compris ?

C'était à mon tour de hocher la tête alors que je n'avais qu'une seule envie : disparaître.

Je ne peux pas passer toute l'heure du déjeuner à t'écrire. J'ai un autre truc à faire. Et j'aimerais que tu me répondes.

Ezra

Objet : Désolée
De : Bea <b98989898@ymail.com>
À : Ezra <e89898989@ymail.com>
Date : jeudi 28 mars 03:09 CST

Ezra,

Si je pouvais te faire comprendre, tu sais bien que je le ferais, non ?

Moi

Objet : Suite
De : Bea <b98989898@ymail.com>
À : Ezra <e89898989@ymail.com>
Date : jeudi 28 mars 03:26 CST

Ez,

Je n'aurais jamais dû te donner cette adresse mail. C'est toujours pareil avec toi. Je ne peux pas faire tout ce que j'ai à faire et m'inquiéter pour toi en plus. Je n'ai jamais été douée pour faire deux choses à la fois, tu sais bien.

Tu n'as pas la moindre idée de ce que ça fait de décevoir tout le monde, en permanence. Non, tu n'imagines même pas, monsieur le premier de la classe parfait en tous points. Ça ne m'étonne pas que maman et Darren ne soient pas plus contrariés que ça, mais ça m'aurait fait plaisir qu'on s'inquiète un peu de… je ne sais pas… ma *sécurité* et mon *bien-être*, peut-être.

Par exemple, sans remonter trop loin dans les archives, tu te souviens quand j'avais onze ans et que je suis tombée de vélo ? Je me suis baladée toute la journée avec le bras cassé jusqu'à ce qu'ils rentrent du boulot et qu'ils se décident enfin à m'emmener chez le médecin – mais seulement après avoir vérifié que je ne bluffais pas. Comme si j'avais déjà inventé ce genre de truc – non, hélas, j'ai appris très tôt que faire semblant d'être malade ou blessé n'était pas un bon moyen pour attirer l'attention.

Alors qu'en fait ça fait très longtemps que ça ne va pas. Peut-être depuis toujours. Tiens, voilà un truc que personne ne sait : j'angoisse. La nuit, alors que tout le monde dormait, je restais éveillée en imaginant tous les malheurs qui pourraient nous arriver, à tous les deux. Je me repassais l'accident de Joe – dire qu'il avait failli mourir et que je me serais retrouvée seule au monde, sans lui, alors que c'était peut-être le seul gars qui m'aimerait jamais. Je pensais à Sloane et à ce qui se produirait si elle me laissait tomber. Je paniquais à l'idée qu'il se passe un truc et que Joe et moi, on se sépare. Ou que Sloane ne me parle plus ou se retourne contre moi, comme tant de filles. J'avais peur que maman ait un accident et meure en nous laissant seuls avec Darren. Ou que tu rompes avec Terrence et que tu déprimes complètement, ou que Darren nous assassine tous dans notre sommeil, et que tout ça, ce soit ma faute.

Mais surtout je m'inquiétais pour toi. Je craignais que Darren te fasse du mal, ou que maman te fasse du mal et que je ne m'interpose pas assez vite. Que je ne puisse pas te protéger. Qu'un truc t'arrive et que je ne sois pas là pour l'empêcher.

Je me faisais même du souci pour papa, t'as qu'à voir.

Donc, comme tu peux le constater, je ne me fiche pas de ce qui m'entoure. Au contraire.

Peut-être que je me suis lassée de décevoir les gens. Que tout le monde s'attende à ce que je fasse exactement ce que j'ai fait : disparaître. Peu importe le nombre de bonnes notes que je récoltais, peu importe que je sois toujours en avance dans les tests de lecture. Peu importe que, pendant deux mois, à la demande de notre prof, j'aie passé toutes mes récrés à aider cette Célia Je-ne-sais-quoi, alors qu'elle menaçait de me tuer si je lui apprenais le moindre truc.

Peut-être que, du coup, au fond de moi, je me suis dit pourquoi pas ? Pourquoi ne pas leur donner ce qu'ils veulent ? Mais ce n'est pas pour ça que je suis partie.

Le problème, c'est que quand tu t'inquiètes tellement, tu finis par angoisser d'angoisser.

Peut-être que j'avais besoin d'être quelqu'un qui fait le contraire d'angoisser.

Mais c'est tout ce que je peux te dire. Ne m'en demande pas plus parce que je ne peux pas.

C'est la dernière fois que je te donne des nouvelles avant un moment. C'est sûrement inutile de te demander ça, mais s'il te plaît, ne le prends pas pour toi. Ça n'a rien de personnel. Ce n'est pas contre toi, ni contre Joe (pas directement tout du moins), ni contre Sloane (même si elle aime à penser le contraire), ni contre ce pauvre M. Southerly qui ne voit rien, ni même contre Darren et maman. C'est moi.

Prends bien soin de toi. Je t'aime. Si tu m'écris, je n'aurai pas ton message. Et même si je le reçois, je ne le lirai pas. Je ne peux pas. Pas maintenant.

Bisous,
Moi

P.S. : Lisa Palmer et sa sœur peuvent aller se faire voir.

Objet : P.S.
De : Bea <b989898989@ymail.com>
À : Ezra <e89898989@ymail.com>
Date : vendredi 29 mars 09:11 CST

Je n'ai pas fermé l'œil de la nuit (comme c'est étonnant) parce que je culpabilisais pour le mail. Et j'ai commencé à m'en vouloir de t'avoir laissé. Mais je suis en colère, Ez. Très en colère. Désolée que ce soit tombé sur toi.

P.S. : Lisa Palmer et sa sœur peuvent toujours aller se faire voir.

Objet : ÇA VA ?
De : Bea <b98989898@ymail.com>
À : Ezra <e89898989@ymail.com>
Date : vendredi 5 avril 12:32 CST

Ez,

Je sais que je t'ai dit de ne pas m'écrire, mais pour être honnête, je ne pensais pas que tu m'écouterais. Je me connecte pour la première fois depuis des jours et je n'ai pas de message de toi. Tu te venges ? Tu veux me donner une leçon ? On a dépassé le stade de ces petits jeux débiles.

Moi

Objet : ÇA VA ?
De : Bea <b989898989@ymail.com>
À : Ezra <e89898989@ymail.com>
Date : samedi 8 avril 06:43 CST

Où es-tu passé ?

Objet : EZ ! ÇA VA ?
De : Bea <b98989898@ymail.com>
À : Ezra <e89898989@ymail.com>
Date : dimanche 7 avril 18:01 CST

Je suis désolée !

Objet : Sérieux, ÇA VA ? NON MAIS VRAIMENT TU ES EN VIE ?
De : Bea <b98989898@ymail.com>
À : Ezra <e89898989@ymail.com>
Date : lundi 8 avril 07:10 CST

Tu te souviens quand Joe a eu son accident ? Avant même d'être au courant, j'avais eu comme un malaise, j'avais froid partout, j'ai failli m'évanouir, tu te rappelles ? Eh bien, ça vient de m'arriver à nouveau. Si tu te fous de moi, je vais vraiment vraiment t'en vouloir.

Objet : HELLO ?!?!?!?!?!?
De : Bea <b98989898@ymail.com>
À : Ezra <e89898989@ymail.com>
Date : mardi 9 avril 14:22 CST

Je sais que tu détestes les gens qui écrivent en majuscules, mais C'EST PAS DRÔLE, FRÉROT ! OÙ T'ES ? Je te promets de ne pas disparaître complètement de ta vie. Si tu m'écris, je te répondrai toujours. Mais maintenant FAIS-MOI SIGNE, je t'en prie. Je t'ai laissé une adresse, Ez, la moindre des choses, c'est de t'en servir.

Ta grande sœur très inquiète qui s'efforce de NE PAS PÉTER LES PLOMBS
Bea

Objet : Sérieux ?
De : Bea <b98989898@ymail.com>
À : Ezra <e89898989@ymail.com>
Date : mercredi 10 avril 21:01 CST

Putain, Ez !

J'ai appris ce qui s'est passé. C'était aux infos, Ez. À la télé ! Je suis partie depuis cinq minutes à peine. WTF ?

Je veux que tu montes dans un car, un train, un hélico, ce que tu veux, et que tu me rejoignes à Union Station à Saint-Louis (c'est dans le Missouri). Devant le planétarium.

Rappelle-toi la liste des conseils pour fuguer. SUIS BIEN CHAQUE POINT.

Fais tes adieux à Terrence. Dis-lui que tu l'aimes. Au cas où ce serait votre dernière conversation, dis-lui tout ce que tu as à lui dire – sauf que tu as l'intention de partir. Ça, tu ne peux pas.

Je t'attends. Confirme-moi que tu as bien reçu ce mail. Dès que tu sauras quand tu arrives, préviens-moi. Attention, ce message s'autodétruira dans cinq, quatre, trois, deux…

Je t'aime.
B

P.S. : Ne prends pas ton portable !

Objet : Les infos
De : Ezra <e89898989@ymail.com>
À : Bea <b98989898@ymail.com>
Date : jeudi 11 avril 04:19 EST

Je te jure, ça fait trop bizarre quand tu t'inquiètes comme pas possible pour une personne et qu'elle t'annonce qu'elle ne veut plus s'inquiéter. Fini. Comme si on pouvait appuyer sur un interrupteur et pouf ! plus d'angoisse. Sauf que toi, ton putain d'interrupteur doit être coincé parce que tu t'inquiètes toujours à mort, et elle te sort, désolée, je ne peux pas te parler, je mène ma vie, qui est vraiment plus importante que la tienne, désolée, ça craint pour toi. Alors, bon, tu te dis, elle me tend les ciseaux pour que *CLAC !* je coupe le cordon, alors bon sang, vas-y, COUPE-LE. Comme ça, quand au lycée tout le monde te regardera bizarrement et quand à la maison tout le monde te regardera bizarrement aussi, tu pourras montrer ton bout de cordon coupé en disant : « Désolé, je n'ai plus aucun lien avec elle, aucun moyen de la contacter, alors ne vous inquiétez pas… » Oh, mais attends, Bea, c'est vrai, tu ne t'inquiètes pas. Je suis le seul à m'en faire, je ne peux pas m'en empêcher. Non, mais quel crétin. Je pensais que j'étais une exception. Je pensais que tu tenais à moi, mais non. « Dégage, ne me contacte plus. » Quand quelqu'un te dit ça, qu'est-ce que tu fais ? Eh bien, tu obéis parce que ça ne va pas être vivable si tu attends, attends, attends en permanence une réponse. Je ne comprends pas, Bea. Tu as coupé les ponts… mais tu veux encore que je marche dessus ? Alors, ouais, ça m'a contrarié. Et – ah, c'est bête – je ne pouvais en parler à personne parce que, avant de me plaindre que tu avais coupé les ponts, il aurait fallu avouer avoir été en contact avec toi. Dommage !

Donc quand Terrence me demande ce qui ne va pas, propose de m'aider, je lui fais des réponses de zombie alors qu'il veut jouer la marraine la bonne fée. Ça craint pour lui. Amoureux d'un garçon qui ne lui dit clairement pas la vérité ! Mais attends, il y a sûrement quelqu'un qui pourrait comprendre la douleur du petit frère abandonné, non ? Le petit ami largué, peut-être. Tu vois de qui je veux parler ? Le pauvre gars qui n'est plus le même depuis son accident. Quel accident ? Ah oui, la fois où il était tellement triste que sa copine veuille rompre qu'il est monté dans sa voiture alors qu'il n'aurait pas dû, qu'il a foncé à une vitesse où il n'aurait pas dû et qu'il a percuté un arbre qu'il n'aurait pas dû percuter. On a évité d'un cheveu la tragédie. Mais finalement ça les a rapprochés, non ? Après ça, ils ont filé le parfait amour. Si, si, enfin tout du moins jusqu'à ce qu'elle parte. Et rappelle-moi, au fait, pourquoi elle est partie ? Ah, c'est vrai… personne ne sait ! Mais le petit ami ? Il commence à se dire… roulement de tambour, s'il vous plaît… qu'il y a un autre mec. Elle prétend qu'elle s'inquiétait trop pour tout le monde, mais le petit ami est convaincu qu'elle avait juste peur de se faire prendre. Le frère pense qu'il a tort, mais maintenant que le petit ami s'est mis cette idée en tête… bah, pas facile de la déloger. Et vu que la meilleure amie de la fille disparue est aussi ouverte à la discussion qu'un putain de mime, le petit copain en déduit qu'elle a quelque chose à cacher. (Ça se comprend, non ?) Alors le mec passe de triste à furax. La meilleure amie est une réplique des trois horribles singes « rien vu, rien entendu, rien dit ». Et la fugueuse dit bye-bye. Alors à qui le frère peut-il se confier ? À sa mère, tiens ! Elle doit bien avoir un fond d'instinct maternel quelque part. Ça fait une semaine qu'il n'a pratiquement parlé à personne et elle le coince un soir, à un moment où il est vraiment vulnérable, et il lui dit : « Ça craint, pas vrai ? » Et tu sais ce qu'elle lui répond ? « C'est sans doute mieux comme ça. » Et il sait très bien qu'il ferait mieux de se taire, IL LE SAIT. Mais il ne peut pas s'empêcher de l'ouvrir. Il regarde sa mère dans les yeux en lui demandant : « Mais qui t'es, putain ? » Elle le gifle. Elle appelle son mari à grands cris, lui raconte l'histoire en plaçant le mot « ingrat » (comme souvent), alors le mari marque un temps d'arrêt pour qu'on ait bien le temps de comprendre ce qui va se passer, cette pause de trois secondes où il décide de quelle manière il va te tabasser. Cette fois, c'est plaquage contre le mur, coup de poing dans le ventre, un, deux. Tu imagines la scène, non ? Dans les moindres détails, je parie. Le mari braille : « Ne parle pas comme ça à ta mère » alors que, dans ma tête, je me demande : *Si je pouvais la virer de son poste de mère, je pourrais lui parler comme je veux ? Et à toi aussi ?* Franchement, j'ai envie de planter là toute la famille, y compris toi. Même si, tandis qu'il me tape dessus, je comprends en partie pourquoi tu n'es plus là. Je me mets à hurler. Il n'y a pas d'autre mot. C'est un hurlement qui monte du plus profond de moi et qui nous pétrifie. Il se fige. Elle recule. Et je continue, je continue à hurler à pleins poumons en décampant. (Tu visualises ? Oui, je parie que oui.) (Non, je ne peux pas dire ça. Je ne peux pas balancer ça comme si je ne savais pas à quel point les disputes pouvaient dégénérer alors que ma chambre a toujours été à côté de la tienne.) Mais pourtant, je décampe et il ne se lance pas à ma poursuite. En poussant la porte, je réalise que c'est exactement ce qu'ils veulent. Que je dégage. Que je les laisse tranquilles. Enfin débarrassés de nous. Imagine l'argent qu'ils vont économiser ! C'est là que la rage me prend. Après toutes ces années, l'étincelle qui met le feu. Je vois rouge. Je n'ai pas encore passé la porte, je suis encore dans la cuisine. Je sais exactement ce que je veux faire, non ce que je *dois* faire. Personne ne m'a couru après. Pas de témoin. Je pose la dernière feuille d'essuie-tout sur la gazinière, je déploie le rouleau à travers la cuisine. J'ouvre le gaz, j'allume la flamme. *Clic clic… woush !* Maintenant, je peux partir. Je ne veux pas réduire la maison en cendres. Je veux juste commettre l'irréparable. Comme toi, mais en mieux. Je ne reste pas pour assister à la suite des événements. Je prends le sac à main de maman sur le bar et je file. Une fois dans la rue, j'appelle Joe pour lui demander de passer me chercher. Il me dit qu'il va au cinéma avec des potes. « Super », je fais. Je lui dis de me rejoindre à la station-service plutôt qu'à la maison. Il ne pose aucune question. En l'attendant, j'entends des sirènes, je vois passer un camion de pompiers. Le temps que Joe arrive, il est parti. Il y a Carson et Walter dans la voiture ; je vois bien qu'ils ne comprennent pas pourquoi Joe s'encombre d'un morveux comme moi. Ni pourquoi j'ai un sac à main sous le bras. (Et bizarrement, personne ne s'étonne que j'aie un coquard. Peut-être parce que ce n'est pas étonnant.) Arrivé au cinéma, je laisse le sac dans la voiture, sous le siège passager. Mais j'emporte le portefeuille et je tire un max au distributeur. (Le code pin de maman est la date d'anniv de Darren. Oooooh.) J'entre dans la salle, je m'installe à côté des gars sur le dernier siège du rang. Pendant les bandes-annonces, mon téléphone vibre encore et encore. Sans arrêt. Je jette un coup d'œil.

C'est Darren. Et bêtement – je sais… – sous le coup de la colère, je réponds : « Je ne peux pas te parler, je suis au ciné », puis je raccroche. Dingue, non ? J'éteins mon téléphone. À peine vingt minutes plus tard, je sens qu'on me déboîte l'épaule et, tiens, voilà Darren dans l'allée, qui me glapit dessus au milieu du film. Ivre de rage – pas besoin d'alcool. Les gens lui soufflent de se taire. Il va me casser le bras, alors j'essaie de me dégager et c'est là qu'il pète vraiment un câble et que les gens se mettent à crier parce que – mais oui ! – Darren a pris son revolver. Et ce n'est pas le genre de truc à sortir dans une salle de cinéma bondée de nos jours. Carson et Walter se pissent dessus de peur, mais Joe se lève d'un bond en protestant « monsieur ! », comme s'il pouvait raisonner Darren. Sur ce, le vigile du ciné débarque en brandissant *son* revolver. Quelqu'un a la présence d'esprit d'arrêter le film et de rallumer la lumière – les gens crient et se bousculent pour sortir de là. Darren est un connard, mais il n'a pas envie de se faire descendre, alors il baisse son arme en prétextant – je te jure ! – que c'est une affaire privée entre lui et son fils. Alors je réplique : « Je ne suis pas ton fils ! », histoire d'embrouiller un peu plus la situation et on reste tous plantés là – Carson et Walter s'en vont, mais Joe reste – jusqu'à ce que la police arrive et embarque Darren. Ouais, c'est passé aux infos, mais je ne pense pas que ça ait fait la une à Saint-Louis, je crois plutôt que tu as surfé sur les sites d'infos locaux. Je ne sais pas s'ils ont parlé de la maison – Joe est passé devant plus tard, elle était toujours là, donc les dégâts ont dû se limiter à la cuisine. Les chaînes d'infos ont dû se concentrer sur Darren et interviewer des gens qui étaient coincés dans le cinéma, craignant une tuerie de masse. Mais je vais être honnête avec toi : moi, je n'avais pas peur. J'étais furieux. Contre lui. Contre maman. Contre toi. Contre tout le monde, y compris moi-même. J'étais extrêmement furax contre moi. Parce que, maintenant, je ne peux plus revenir en arrière. Et pour tout avouer, j'aurais préféré simplement quitter le navire plutôt que de couper complètement les ponts. Je ne suis pas sûr que tu sois dans le même cas, le temps nous le dira. Oh, et au fait, pas question que je rapplique à Saint-Louis. Ni que je me sépare de mon portable, parce que tu sais quoi ? C'est pratiquement tout ce qu'il me reste.

Voilà comment débute ma nouvelle vie : sur le lit du haut où dormait Max, le frère de Joe, avant qu'il parte dans son école de fêtards pour ne plus jamais revenir. Avec Darren en prison, ou pas. Au début, Terrence m'envoyait un texto toutes les cinq minutes pour vérifier que ça allait, et je répondais toutes les six minutes que ouais, ouais. Parce que comment aurais-je pu lui expliquer ? Maintenant il dort, Joe aussi, et toi aussi, quelque part, dans une pièce que je ne peux pas me représenter, peut-être avec quelqu'un, que je ne peux pas me représenter non plus. Il est très tard et je ne sais plus trop quoi te dire. Maintenant tu sais que je ne viens pas. Mais le problème, c'est que le cordon n'est pas coupé. Le pont qui nous relie non plus. On a passé trop de temps à le bâtir pierre par pierre, grande sœur. Tu as une nouvelle chance d'être honnête avec moi, et je veux dire *vraiment* honnête. Je te crois quand tu dis que tu t'inquiétais pour tout. Mais je ne pense pas que ce soit ce qui t'a poussée à partir. Si on prend ce chemin, si on veut démarrer une nouvelle vie, il faut le faire bien. Je t'assure, une partie de moi aimerait te rejoindre, s'installer à la place passager et faire le trajet avec toi, quel qu'il soit. Mais je ne suis pas sûr que ce soit une bonne idée. Parce que tu as raison : tu n'as jamais été douée pour faire deux choses à la fois et, étant donné que tu as des tas d'autres trucs à gérer, devoir t'occuper de moi te compliquerait la tâche. Et si je te rejoins et que ça se passe mal, je ne m'en remettrai jamais. Alors occupe-toi de toi, et je me débrouille ici. Et puis, je ne veux pas quitter le lycée, je ne veux pas quitter Terrence. Je ne peux pas laisser tout ce que j'ai connu jusqu'ici. J'ai quitté maman et Darren. C'est définitif. Mais je ne suis pas prêt à partir d'ici et, je ne vois pas ce que j'irais faire là-bas.

Lorsque j'ai commencé à écrire ce mail, j'étais bien plus en colère contre toi que maintenant. J'aurais vraiment aimé que tu sois là pour voir la tête de Darren quand la police a débarqué, quand il a compris dans quelle merde il était. (Oh, au fait, je n'ai pas le bras cassé, juste un gros bleu. Les flics étaient tellement focalisés sur Darren qu'ils ne se sont pas vraiment préoccupés de moi. Et Joe et moi, on n'a pas non plus traîné sur place pour leur parler. Il y avait plein d'autres volontaires prêts à témoigner.)

À toi de me raconter ce que tu fais de ta vie, dorénavant. Même si tu ne veux pas me dire pourquoi tu es partie… je t'accorde un joker pour ne pas me parler du passé, du moment que tu acceptes de me parler du présent. Je ne le répéterai à personne – tu devrais le savoir, désormais. Et je ne vais pas me pointer là-bas, tu l'as compris. Mais si on veut démarrer une nouvelle vie, on doit s'en parler d'abord. Et si jamais ça dégénère ici, je sais à quelle gare descendre.

Je n'ai pas fait tout ça pour que tu t'inquiètes pour moi. Ça n'était pas dirigé contre toi. Même si ton départ a sans doute de façon indirecte précipité le grand show final au Regal, je pense que ça serait de toute façon arrivé un jour. La colère accumulée des deux côtés n'attendait qu'une étincelle pour exploser. Je ne te raconte pas tout ça pour que tu t'en fasses encore plus. Au contraire, tu devrais être moins inquiète pour moi, parce que je suis sorti de là. Je vais me débrouiller.

En attendant, ça promet d'être trèèèèès intéressant au lycée demain… et par demain, j'entends dans trois heures.

Ton frère,
Ezra (enfin libre OU complètement foutu)

Objet : PUTAIN DE MERDE, EZ
De : Bea <b98989898@ymail.com>
À : Ezra <e89898989@ymail.com>
Date : jeudi 11 avril 11:34 CST

Oh, Ez. Ma vie n'est pas plus importante que la tienne. Tu n'as pas compris ? Pendant des années, j'ai fait passer mon existence en dernier.

Pour être honnête, je ne peux pas tout mettre sur le dos de maman et Darren (enfin, de Darren, si, peut-être). Mais elle, elle pouvait être sympa par moments, non ? Je n'ai pas inventé ? Par exemple, quand j'ai eu mes règles pour la première fois, que j'ai taché mon jean, et que Darren a piqué sa crise parce que « l'argent, tu crois que ça pousse tout seul ? » (comme si j'avais fait exprès). Maman m'a prise à part dans la salle de bains en marmonnant que c'était un homme, qu'il ne pouvait pas comprendre. « Laisse-moi gérer, Darren », elle a dit, avant d'aller à la supérette m'acheter mon gâteau préféré – « Rêve de framboise », avec sa grosse couche de glaçage rose, auquel je n'avais droit que pour mon anniv, normalement.

Et puis une fois, on est partis en voyage, toi, moi et maman. C'était AD, avant Darren. Tous les trois, on s'est éclatés pendant cinq jours, on a pris la voiture, on est allés à la plage en Caroline du Sud ou du Nord, je ne sais plus. Je me rappelle le sable blanc, les dunes couvertes d'herbe… On ramassait des coquillages, maman les nettoyait pour nous. Et le soir, on se glissait dans son lit et je lisais *Coraline* jusqu'à ce qu'on s'endorme. Avant qu'on reparte, elle nous a dit qu'elle nous aimait, de ne jamais l'oublier.

Je n'ai pas tout inventé, hein ? Si c'est le cas, garde-le pour toi.

Mais même là, même dans les meilleurs moments, je n'ai jamais eu l'impression d'avoir une quelconque importance. Peut-être pour toi et moi, mais pour personne d'autre. Pas même pour maman, pas même quand j'étais son seul enfant, avant toi, avant Darren. J'ai toujours su que je l'encombrais. Déjà, elle me l'a dit, mais aussi, je le sentais, de toute façon.

Tu sais combien de fois j'ai eu envie de faire comme toi ? Craquer une allumette. Pouf ! Adieu, maman ! Adieu, Darren ! Adieu, maison.

C'est un peu ce que j'ai fait en partant, j'imagine. On est passés à l'acte tous les deux, oui.

Objet : Ma nouvelle vie
De : Bea <b98989898@ymail.com>
À : Ezra <e89898989@ymail.com>
Date : jeudi 11 avril 11:46 CST

La première nuit, j'ai dormi au musée d'Art de Saint-Louis, dans un quartier surnommé la Colline. Je me sentais plus en sécurité à proximité de toutes ces œuvres hors de prix protégées par leurs systèmes de sécurité ; il ne pouvait rien m'arriver. Non que je sois une œuvre d'art hors de prix, mais je n'ai pas d'autres « moi » en stock. Dans la journée, j'ai beaucoup marché pour découvrir la ville. La Colline est mon quartier préféré : plein de magasins et de restos italiens, d'églises catholiques arborant le drapeau italien, des maisons d'un ou deux étages aux jardins bien entretenus. Ça sent comme *Chez Mario* – sauce tomate et herbes –, on en a l'eau à la bouche. (Tu te rappelles la fois où on leur a volé une fournée entière de gressins dans les cuisines ? On l'a cachée dans le garage et ça nous a duré deux semaines, sans que maman se doute de rien !) (Rire machiavélique.) J'ai trouvé une auberge de jeunesse sur la Colline mais ça coûte trente dollars la nuit et c'est bondé. Or tu sais que j'ai du mal à dormir avec du monde autour de moi. Même Sloane. Même Joe. Tu es le seul que je supporte, Ez. Quand tu étais petit et que tu t'étais mis en tête que Bigfoot ou je ne sais quel monstre avait élu domicile dans ton placard, je me couchais par terre au pied de ton lit et je restais éveillée aussi longtemps que possible pour te rassurer. Je finissais toujours par piquer du nez et ce sont les seules fois où j'ai fait de beaux rêves, quand j'ai dormi dans ta chambre. Peut-être parce que j'avais l'impression de faire une bonne action, que j'avais trouvé ma vocation – chasser les monstres qui embêtaient mon petit frère. Je regrette de ne pas avoir été plus douée.

Enfin, bref. Au besoin, je peux toujours retourner au musée, c'est gratuit, tranquille, et je dors à la belle étoile – des étoiles et des étoiles à ne plus savoir qu'en faire. Alors moi, ça va. C'est toi qui m'inquiètes.

Objet : La suite
De : Bea <b98989898@ymail.com>
À : Ezra <e89898989@ymail.com>
Date : jeudi 11 avril 12:31 CST

Ma vie au jour le jour

Il y a la solitude. Et la culpabilité. Et le remords de t'avoir abandonné. La peur du lendemain et comment je vais faire et pourvu que je ne sois pas obligée de rentrer à la maison – une maison sans toi – la queue entre les jambes, en demandant pardon à maman et Darren, et en promettant d'être une gentille fille sage, amen. Le doute ne me quitte jamais, il est toujours là, au fond de ma tête, à me narguer : TU N'Y ARRIVERAS PAS. TU VAS ÉCHOUER. TU RATERAS TOUJOURS TOUT CE QUE TU ENTREPRENDS PARCE QUE TU ES UNE GROSSE NULLE. UNE MINABLE. TU N'ES RIEN.

Je m'efforce de ne pas l'écouter, mais quand on te l'a tellement répété, c'est difficile. Parce qu'à force, si on te le répète assez souvent, tu n'entends plus que ça. J'essaie de me rappeler que ce ne sont pas mes doutes. Ce sont les leurs. En particulier ceux de Darren, qui les a insinués dans mon esprit. Est-ce que je doutais de moi avant qu'il débarque ? Avant que maman tombe sous son charme et oublie tout instinct maternel ? Je ne m'en souviens pas, ça dure depuis si longtemps. Tu te rappelles, toi? Est-ce qu'on avait confiance en nous? Est-ce qu'avant, on croyait en nous, vraiment? Ce n'est peut-être pas juste de t'inclure là-dedans, alors je reformule: est-ce que j'ai un jour cru en moi sans douter ou jouer l'avocate du diable, ou me dire: *Tu n'y arriveras pas, Bea. Tu n'es pas assez intelligente, pas assez gentille, jolie, drôle, pas assez pas assez...*

Quand le vilain doute s'insinue dans mon esprit et crie trop fort, je réplique: « VA-T'EN, DOUTE! VA-T'EN OU JE T'INCENDIE PARCE QUE VISIBLEMENT C'EST UN DON QU'ON A DANS LA FAMILLE. JE VAIS TE RÉDUIRE EN CENDRES. »

Et je n'écoute plus que moi.

Parce que c'est l'avantage, maintenant, dans ma nouvelle vie: je suis libre.

Libre.

Au cas où tu ne connaîtrais pas le sens de ce mot, ça veut dire: je peux être ce que je veux, qui je veux. Parfois, je suis Bea. Parfois Veronica. Ou Kelsey. Ou Claire. Ou Pippa. Ou personne. Je suis libre de faire de la merde sans que personne me mette le nez dedans en disant: « Ça, c'est Bea, elle gâche toujours tout. » Sans que personne vienne me dire: « T'as vu? T'as vu ce que tu as fait? C'est toujours pareil. On n'attend plus rien de toi parce que tu nous déçois toujours. » Je peux tout rater ici, il n'y a aucun témoin, et tu sais quoi? Le monde ne s'arrête pas pour autant. Il continue sa route et moi aussi.

Je suis aussi libre de réussir et de tout faire bien sans que personne s'en étonne parce que: « Ça alors, tu ne nous as pas habitués à ça! » Je suis libre de faire ce que je veux quand je veux sans que personne me juge ou me dise que je ne peux pas, que je ne dois pas, que je ferais mieux de ne pas sinon... Je suis complètement terrorisée, mais je me découvre aussi beaucoup plus courageuse que je ne le croyais.

Un autre truc : je peux dormir la journée et vivre la nuit. Tu sais que j'adore la nuit. L'obscurité. Les étoiles. Les maisons éclairées de l'intérieur. Tout est propre, net et paisible dans le noir. On ne voit pas la saleté, les ordures, les cicatrices partout, sur tout, tout le monde. Tant de cicatrices. La nuit est pure. La nuit est sûre. Alors je reste éveillée en prétendant que le monde est comme ça en permanence.

Et autre chose : je suis intelligente. OK, je l'ai toujours su, mais il y a le « tellement intelligente que je m'ennuie à l'école alors je ne fous rien » et le « je survis jour après jour dans le vaste monde sans l'aide de personne, et ça va, je me débrouille seule, et personne ne lève la main sur moi parce que je ne laisserai plus jamais personne me faire de mal ». Et devine quoi ? Je suis les deux, seulement je ne l'aurais jamais su si j'étais restée dans l'Indiana, parce que, selon les gens qui m'entouraient (à peu près tous sauf toi), je suis une GROSSE NULLE.

C'est fou ce que tu peux apprendre sur toi-même quand tu fuis ceux qui te mettent le doute. (Et ça inclut Sloane, mais peut-être pas Joe. Pauvre Joe, qui ressentira toujours ce que les autres lui disent de ressentir et restera incapable de ressentir, de réfléchir par lui-même.)

Enfin, un dernier truc : comme tu l'as sûrement compris, je ne veux toujours pas qu'on me retrouve, donc dès que j'aurai fini de rédiger ce mail, je le relirai dix fois pour m'assurer que je n'en ai pas trop dit.

Mais je te dois bien ça.

Alors voilà.

Dans cette nouvelle vie que j'essaie de démarrer, j'ai peut-être une chance d'être aimée. Moi. La pas aimable, pas agréable, l'abominable moi. Bea la baston, Bea la mauvaise tête, Bea la mauvaise graine.

Tu imagines.

Pas le genre d'amour que maman nous portait, à peine de l'amour. Pas non plus comme Joe. J'étais avec lui parce qu'il était prévisible, gentil, ennuyeux, rassurant. Et quand il a eu son accident, j'ai été gentille avec lui parce que… qu'est-ce que je pouvais faire d'autre ? T'es un peu obligé d'être sympa dans ce genre de situation. Je ne pouvais pas le larguer, pas après ça. Je n'avais pas le choix. La seule issue, c'était partir.

Je ne me sens pas coupable pour maman, mais pour Joe, oui. Pas assez pour rester, visiblement, mais quand même.

Cette personne qui demeurera anonyme (pour le moment) me ressemble beaucoup. Mais il est aussi beaucoup mieux que moi sur de nombreux plans. Et avec lui, j'ai l'impression de pouvoir réussir n'importe quoi.

Il fait presque taire le doute. Presque.

Il est drôle, mais aussi sérieux.

Et intelligent – plus intelligent que moi, peut-être même plus que toi.

Il est bizarre aussi – plus bizarre que moi, peut-être même plus que toi. Il est superstitieux – il prend garde à éviter les chats noirs, fait un vœu à 11 h 11, veille à ne pas poser le pied gauche en premier au sortir du lit. Et s'il trouve une pièce par terre, il ne la ramasse pas, il la laisse pour les autres. Et s'il voit une pièce côté pile, il la retourne côté face (il dit que ça porte bonheur). C'est mignon, mais bizarre quand même.

Mais il sait qu'il est bizarre et que je suis bizarre, il dit que tout le monde est bizarre, en fait, dans le fond, même les gens qui prétendent que non, et ça lui va. Il n'essaie pas de me changer.

Avec lui, je me sens capable.

Tu te souviens quand Sloane et moi, on a lu *La Métamorphose* pour le cours de la vieille Mme Nadel ? Ce roman de Kafka sur un représentant de commerce qui se réveille un jour dans la peau d'un insecte ? Reclus dans sa chambre, il devient un vrai fardeau pour sa famille (parce que, évidemment, c'est une BESTIOLE GÉANTE !). Même sa petite sœur doit travailler pour subvenir à leurs besoins, du coup, ils souhaitent tous sa mort. Quand il finit par DÉCÉDER, ils sont tous infiniment soulagés parce que QUI VOUDRAIT D'UN INSECTE COMME FILS ?

Eh bien, c'est l'impression que j'avais à la maison – d'être comme Gregor Samsa, l'énorme insecte monstrueux dont personne ne veut. Alors que désormais, c'est comme si j'étais brusquement devenue la moi que j'étais censée être.

Une moi qui apparemment aime écrire de longues lettres à la Ezra. Au moins, maintenant, tu sais pourquoi j'ai filé. Je préfère me dire que je n'ai pas fui, même si j'ai beaucoup de choses à fuir (et je ne parle pas que de maman et de Darren), j'ai filé vers d'autres horizons. Je file vers la vie, la liberté, vers moi-même.

C'est ce que je te souhaite, Ez. Plus que tout. La vie et la liberté. La possibilité de devenir toi-même. Tu dis que tu es libre, en es-tu bien sûr ?

Écris-moi pour me raconter comment ça se passe au lycée. Je te promets de répondre. Parce que je tiens à toi. J'ai beau avoir quitté tout le monde, toi, je ne veux pas te quitter. Même quand je ne croyais pas en moi, je croyais en toi. Mon seul regret est de ne pas avoir pu t'emmener avec moi.

Je t'aime,
Ta sœur, Gregor Samsa

P.S. : J'imagine que je dois être reconnaissante à Joe d'avoir pris mon petit frère sous son aile. Si tu ne peux pas me rejoindre ni aller chez Terrence, alors je préfère que tu sois chez lui plutôt qu'à la maison. Mais je t'en prie, sois prudent.

Objet : Quoi ? Qui ?
De : Ezra <e89898989@ymail.com>
À : Bea <b98989898@ymail.com>
Date : jeudi 11 avril 13:48 EST

Parfois tu as l'impression que tu bascules dans le surnaturel – peut-être pas au sens de *La Métamorphose* mais, en tout cas, la réalité dépasse la fiction. Soudain, tu te retrouves dans une situation que tu redoutais et c'est encore plus bizarre que tout ce que tu avais imaginé.

Eh bien, c'est arrivé aujourd'hui au lycée. Je suis devenu une sorte de star – je précise qu'au lycée, être kleptomane ou victime d'un meurtre te hisse instantanément au rang de célébrité. Sauf que je ne suis pas un criminel et que je suis encore en vie. La semaine dernière encore, tous les gens que je croisais ne voyaient en moi que ton frère. Maintenant, ils me voient moi, ou plutôt le fils-du-tueur-fou-du-cinéma.

Et moi, pendant ce temps-là, tu sais à quoi je pense ?

À ton mec. L'homme mystère.

Sérieux ?

NON MAIS *WHAT THE FUCK* ?

Je n'y comprends plus rien. Je veux dire, comment peux-tu être libre si tu suis quelqu'un ?

Merde. Y a du monde qui arrive.

Objet : Qui ? Quoi ?
De : Ezra <e89898989@ymail.com>
À : Bea <b98989898@ymail.com>
Date : vendredi 12 avril 01:34 EST

Joe commence à se douter que je lui mens.

Je suis chez lui, dans le jardin de derrière. J'attendais qu'il s'endorme mais pas moyen. Donc j'ai fini par dire que j'allais dehors pour discuter avec Terrence. Et Joe m'a fait genre : « Pourquoi tu ne peux pas discuter avec lui ici ? » Et je n'ai pas trouvé mieux à répondre que « c'est personnel », comme un gamin de dix ans dont le plus grand secret est qu'il mange ses crottes de nez. Et je suis passé pour un ingrat en plus, parce que Joe a pris ma défense alors que rien ne l'y obligeait. Mais j'ai remarqué que, dès que je reçois un message, il regarde l'écran. Pour voir qui c'est. Du coup, je garde mon portable dans ma poche.

Enfin, bref, il est en haut en ce moment, en train de ruminer je ne sais quoi. J'ai peur qu'il interroge Terrence demain : « Pourquoi Ezra t'a appelé si tard hier soir ? Qu'est-ce qui ne pouvait pas attendre que vous vous voyiez en cours ? » Terrence me couvrira, mais ensuite il me posera des questions. Et je ne sais pas quoi lui dire.

Ne le prends pas mal, mais comment arrives-tu à mentir à autant de personnes à la fois ? Comment fais-tu pour ne pas avoir l'impression que ta vie entière est un mensonge ?

Il faut encore que je te parle du lycée. Tu sais qui est venue me voir ce midi ? Jessica Wei. Tu te souviens d'elle ? On était amis en primaire. Et depuis, on est de vagues connaissances, sans plus. Elle s'est dirigée droit sur moi avec les deux filles qui la suivent partout, Serena et Taz, pour savoir ce qui s'est passé hier soir. C'était bizarre, parce que je voyais bien que ce n'était pas juste de la curiosité malsaine comme ta chère Lisa Palmer. Mais elle n'avait pas l'air de s'inquiéter pour moi non plus. Elle ne m'a pas demandé comment j'allais, par exemple. Elle me posait juste la question parce qu'elle voulait connaître la réponse… et que j'étais le seul à pouvoir la lui donner.

Évidemment, toutes nos sempiternelles règles m'empêchaient de répondre. Non, pas des règles, des commandements. *Si ça ne va pas à la maison, ne le dis à personne. La pitié est pire que la douleur, la honte est pire qu'un éventuel soutien. Même si les gens te traitent comme de la merde, tu ne peux pas les trahir. Tu dois leur laisser le bénéfice du doute, car si ça se trouve, c'est ta faute, tu mérites d'être traité comme ils te traitent.*

Tu vois ce que je veux dire.

On ne s'est peut-être pas changés en insectes, mais on nous a clairement fait comprendre qu'on pouvait nous écraser à tout moment.

Mais plus maintenant. C'est la décision que j'ai prise en entendant ces commandements résonner dans ma tête.

Alors j'ai répondu à Jessica :

– Mon beau-père est un salaud et il a enfin réussi à le prouver à la terre entière.

J'ai regardé Serena en ajoutant :

– Ce qui est surprenant, c'est que d'habitude, pour exprimer sa rage, il se sert de ses poings, il n'a pas besoin d'arme.

Je me suis tourné vers Taz pour conclure :

– Pour être honnête, j'ai mis le feu à la maison. Mais sérieux, il méritait encore pire.

Je pensais qu'elles allaient fuir. Je pensais qu'elles allaient rire. Ou sortir leur portable et me demander de répéter pour envoyer ça à leurs amis.

Je m'en moquais.

En fait, tu sais ce qui s'est passé ? Avant que j'aie pu réagir, Jessica m'a pris dans ses bras. Sans un mot. Serré contre elle, sous le regard compatissant de Serena et de Taz que je connais à peine. Puis, quand elle m'a lâché, elle a fait : « Ça va aller. » C'est pas vrai, mais c'est ce que disent les gens quand ils voudraient que ça s'arrange.

Tu penses qu'elle était déjà au courant que ça n'allait pas chez nous ? Que d'autres personnes sont au courant ? On pensait pourtant donner le change. Au supermarché, maman faisait la causette comme si sa vie n'était qu'une succession de desserts gratuits et de coupons de réduction. Darren venait m'applaudir à mes matchs de foot. Les autres pères l'appréciaient. Qu'est-ce qui a fait tiquer Jessica ?

On pensait avoir dressé un mur autour de notre histoire. Mais si, en fait, ce mur avait des fenêtres ?

Que pouvais-je répondre alors que Jessica me témoignait de l'attention ? J'ai dit que ça allait. Que j'avais trouvé un endroit où vivre.

Elle m'a proposé de venir déjeuner à leur table.

Je ne savais pas comment réagir. J'ai tellement l'habitude d'être invisible.

J'ai dit merci, mais que j'avais mangé (mensonge). Ça me semblait déjà colossal de leur avoir révélé tout ça. Je n'étais pas prêt à tenir une vraie conversation.

Elles sont parties. J'aurais pu continuer à t'écrire mais j'ai préféré chercher Terrence. Je lui ai annoncé qu'il fallait que je lui parle, que j'avais des choses à lui dire… Alors, après les cours, je lui ai expliqué que je voulais passer à la maison voir si Darren et maman étaient là et que, si la voie était libre, je voulais prendre des affaires mais que je n'avais pas envie d'y aller seul.

Tu sais comme j'aime Terrence. Tu sais à quel point il est gentil, c'en est même parfois irritant ou carrément inhibant. Je ne pensais pas que ça durerait plus de deux semaines et ça fait sept mois qu'on est ensemble. Il est toujours là pour moi, sauf que cette fois, c'est différent. Il a toujours été là pour moi mais je ne le lui avais jamais spécifiquement demandé. Je n'avais jamais avoué – à part de façon superficielle – que j'avais besoin de lui à mes côtés.

Il a accepté. Bien sûr qu'il a accepté de m'accompagner. En chemin, je lui ai raconté ce qui s'est passé hier soir. Je faisais les questions et les réponses, sachant qu'il n'oserait pas m'interroger aussi férocement que moi. J'allais à rebours et ça devenait de plus en plus difficile à mesure qu'on approchait de la source.

J'ai commencé par : « Qu'est-ce qui s'est passé au cinéma ? »

Je lui ai dit.

« Comment tu t'es retrouvé là-bas ? »

Je lui ai dit.

« Pourquoi tu étais parti de chez toi ? »

Je lui ai dit.

« Pourquoi tu as mis le feu à du sopalin ? »

« Pourquoi tu t'étais réfugié dans la cuisine ? »

« Pourquoi ta mère t'avait frappé ? »

« Qu'est-ce que tu lui avais dit ? »

Je lui ai répété.

« Pourquoi ta mère ne t'aime pas ? »

C'est là que c'est devenu bizarre parce que je ne sais pas pourquoi je me suis posé cette question et j'ignorais quelle serait ma réponse jusqu'à ce que je la formule tout haut :

« Elle m'aime. Mais elle ne m'aime pas assez.

– C'est pour ça que Bea est partie ?

– Non, sans doute un peu, mais pas uniquement, je ne pense pas. »

On n'était plus qu'à quelques pâtés de maisons de chez nous. Pendant que je remontais l'histoire à rebours, je revenais sur mes pas. Je m'en suis aperçu en arrivant.

– Je vais voir, a annoncé Terrence.

J'ai acquiescé.

Puis je me suis caché, au cas où Darren et maman passeraient par là. (Pour autant que je sache, Darren est toujours en prison, mais on ne sait jamais.) J'avais l'impression d'être un cambrioleur dans mon propre quartier. Terrence est revenu quelques minutes plus tard et m'a informé que la voiture de ma mère était là. Il avait cru l'apercevoir par la fenêtre de la cuisine.

J'ai abandonné mon plan. Je ne veux pas la voir. Même si ce salaud est encore en prison.

Terrence n'a pas protesté. On est allés chez lui. Ses parents n'étaient pas là – son père était encore au travail, sa mère à une réunion de son Groupe d'action des femmes noires. En principe, la maison déserte nous aurait incités à faire des câlins. Mais quand on s'est blottis l'un contre l'autre dans sa chambre, ce n'était pas pareil. On avait déjà fait des câlins avant, des câlins de certitude, sachant qu'on était faits l'un pour l'autre et essayant de se le prouver. Mais là… c'était des câlins d'incertitude. Mon incertitude. Il m'a posé quelques questions – combien de temps j'allais rester chez Joe ? Si je voulais qu'il demande à ses parents si je pouvais m'installer chez lui. Et j'ai répondu. Mais on était surtout plongés dans nos pensées – chacun de son côté.

J'ai dîné chez lui, quand ses parents sont arrivés. Ils n'ont pas parlé de Darren – soit ils sont extrêmement polis, soit complètement inconscients de tout ce qui se passe dans notre ville. (Bien sûr, le père de Terrence me considère encore comme le « meilleur ami » de son fils, donc ce niveau d'inconscience ne serait pas surprenant.)

Puis je suis rentré chez Joe. On a joué aux jeux vidéo. Sans parler. Mais il jetait un coup d'œil à mon portable chaque fois que je recevais un message, en s'imaginant que je ne le remarquais pas.

Maintenant, je suis dans le jardin. Il est minuit passé, et il y a cours demain – tu crois que je vais être puni ?

Je ferais bien d' aller me coucher. Mais avant, je dois répondre à une dernière question.

Tu m'as demandé si on croyait en nous autrefois. Il me semble que la réponse est oui, Bea. Le plus dingue, c'est qu'on y croyait encore plus quand on jouait un rôle. Iron Man et Black Widow. Han Solo et Chewbacca. On adorait faire semblant, jouer les héros – ensemble, on défendait notre jardin, on assurait la paix de la cour de récréation. Quand on se glissait dans la peau de ces personnages, on était des enfants hilares, surexcités, sans peur. Peut-être est-ce l'impression que j'avais parce que j'étais le plus jeune. Que tu faisais exprès pour me faire plaisir. Je ne sais pas si ça compte, si c'est réel. Mais quand toi et moi, on jouait à sauver le monde, j'y croyais. J'étais convaincu qu'on en était capables.

C'était déjà ça. Ce n'était pas grand-chose, mais on tenait l'un à l'autre et on y croyait.

Écris-moi vite,
Ezra

Objet : Jouer les héros
De : Bea <b98989898@ymail.com>
À : Ezra <e89898989@ymail.com>
Date : samedi 13 avril 18:52 CST

Cher Ez,

Qu'est-ce que ça fait d'être populaire ?

Ou devrais-je dire célèbre ?

En tout cas, je suis contente que les gens se comportent mieux.

Tu te souviens quand Jessica a raté un mois de cours il y a deux ans ? C'est parce que son frère lui avait cassé la mâchoire. Elle a prétexté un accident à la gym, mais la gym n'y était pour rien. IL LUI AVAIT CASSÉ LA MÂCHOIRE. Ils l'ont envoyé dans un établissement spécialisé tellement ils avaient peur de lui. Enfin, c'est le bruit qui court. Elle doit sans doute avoir un regard laser pour repérer ceux qui comme elle se sont fait maltraiter, même s'ils le cachent bien. (Et on était très doués à ce petit jeu. On n'avait pas le choix.)

Joe est un fouineur. Je sais qu'il s'inquiète et que je lui manque et *bla bla bla*. Je ne veux pas paraître sans cœur mais il a toujours fouiné, même quand j'étais là. Il ne lâchait jamais l'affaire. Il voulait toujours tout savoir. Il était partout. Il voulait qu'on fasse tout ensemble, et c'est peut-être sympa au début, mais au bout d'un moment, j'étouffais. Comme sous une bonne grosse couverture, douillette au départ, mais ensuite elle s'enroule autour de toi, de plus en plus serrée, elle t'enveloppe complètement le corps, le cou et même la tête, et cette foutue couverture se plaque sur ton visage et t'agrippe comme une seconde peau, et là, tu te dis que tu vas mourir asphyxiée parce qu'elle ne te laisse pas respirer. Il est comme ça, Joe.

Terrence pas du tout. Il t'agace sans doute parfois, mais sincèrement c'est un mec bien et on sait tous les deux qu'il s'agit d'une denrée rare. Alors tu peux t'ouvrir à lui. Tu peux lui dire que tu as eu des nouvelles de moi, que je t'écris, mais c'est tout. Et fais-lui jurer sur sa propre tête de ne le répéter à personne.

Comment fait-on pour mentir à autant de gens à la fois ? On le fait parce qu'on n'a pas le choix, qu'on ne sait faire que ça et qu'on a fait ça toute sa vie. On est devenus des menteurs à l'instant où Darren a débarqué dans nos vies. Non, en fait, avant. On est devenus des menteurs quand papa est parti, même si j'étais trop petite pour m'en souvenir et que tu n'étais pas encore né. À la seconde où il s'est volatilisé, maman a commencé à nous raconter qu'il ne voulait plus de nous. Et on n'avait pas d'autre choix que de la croire. Plus tard, on a raconté qu'il était mort dans un incendie (quelle ironie) en essayant de sauver une famille de cinq personnes. Pourquoi un incendie ? Je l'ignore. Pourquoi une famille de cinq personnes ? Parce qu'on trouvait que ça sonnait bien. Une maman, un papa, trois enfants. Une belle vie ordinaire, si ce n'est ce feu imaginaire. Ils avaient l'air tellement heureux qu'il fallait qu'il leur arrive un truc affreux, mais notre père – tout du moins, cette version de lui – est mort en les sauvant. Du coup, tout est bien qui finit bien pour eux, et pas pour nous.

Maman a menti la première, on a suivi son exemple.

Mais je ne mens plus. Ni aux autres ni à moi-même et c'est le plus difficile.

Il faut que j'y aille, mais je reprendrai plus tard et on parlera de moi.

Je t'aime,
Bea

P.S. : Ouais, on jouait les héros. On sauvait le monde sans arrêt, parce qu'on n'avait pas le choix.

Objet : Un jour dans la vie de Bea
De : Bea <b98989898@ymail.com>
À : Ezra <e89898989@ymail.com>
Date : dimanche 14 avril 11:47 CST

Je me rends à pied au magasin du bout de la rue. C'est une épicerie italienne, évidemment, vu qu'on est sur la Colline. Ça sent le vinaigre balsamique et l'ail. L'homme derrière le comptoir doit travailler là depuis l'ouverture, en 1923. Il s'appelle Franco, il a les sourcils les plus broussailleux que j'aie jamais vus. La première fois que j'entre, il suit mes moindres faits et gestes de son œil de rapace. Je regarde et je prends en main tous les bocaux, les pots, les légumes ; ils sont tellement beaux, magnifiques témoignages d'un monde étranger. Et je me dis : *Il y a des gens qui cuisinent tout ça. Ils viennent ici, ils mettent ce bocal dans leur panier, ils rentrent dans leur jolie maison, avec leur jolie famille et ils préparent un délicieux repas au lieu de commander une pizza ou de sortir un paquet de céréales en braillant « Le dîner est prêt ! ».*

Mon observation méticuleuse rend le vieux Franco un peu nerveux, comme s'il avait peur que je vole quelque chose. Mais au lieu de me suivre à travers le magasin ou de me crier dessus, il me lance :

– Hé, petite, on va passer un marché. Tu ne me voles pas, je ne te vole pas.

Dans ma tête, je me dis : *Là, t'es perdant, mon pote, parce que je n'ai rien à voler.* Mais à la place, je réponds :

– Ça marche.

Et depuis, j'y vais tous les jours. C'est le seul rituel que j'aie dans ma nouvelle vie. La femme de Franco, Irène, passe les commandes pour le magasin. Elle a de longs cheveux noirs grisonnants qu'elle remonte en chignon et toute une collection de boucles d'oreilles perroquets. Elle raconte que c'est une de leurs filles qui vit à San Diego qui lui envoie alors qu'elle déteste les oiseaux. Pour moi, c'est une bonne mère qui porte des bijoux qu'elle n'aime pas parce que sa fille les lui a offerts.

Franco m'a laissée me servir de son ordi. D'habitude, je vais à la bibliothèque municipale, mais aujourd'hui, je suis dans son bureau, assise sur une chaise à roulettes en bois, face à un vieux ventilo métallique qui me souffle dessus en grinçant. Il y a un grand sofa couvert de coussins et d'un plaid rouge, ainsi que des photos de l'Italie aux murs. (Quand elle ne s'occupe pas d'approvisionner le magasin, Irène adore lire des bouquins de déco et de design.) Ça sent les épices et je suis pleine d'espoir. Pas heureuse. Pas encore. Pleine d'espoir. Quand as-tu ressenti cela pour la dernière fois ?

La bibliothèque te plairait, au fait. Je sais que la lecture, c'est plus mon truc que le tien, mais il faut que tu voies cet endroit, Ez. Marbre au sol, fenêtres en ogive, plafonds plus hauts que les arbres, lustres tout droit sortis de Poudlard. Parfois, j'y vais le matin, je choisis une pile de bouquins et je lis jusqu'à la fermeture.

Enfin, revenons à Franco.

En ce moment, à cet instant précis, alors que je tape ces mots, je suis assise là, je respire. C'est l'une de mes activités dans ma nouvelle vie : je respire. Je ne jette pas de coups d'œil inquiets pardessus mon épaule, craignant que Darren ou maman n'entrent, parce que la seule porte ouvre sur le magasin et que, plus je passe de temps loin d'eux, plus je me détends. Mieux je respire.

Le musée n'est pas loin, mais pas juste à côté non plus. Pareil pour l'auberge de jeunesse. Au cas où quelqu'un me reconnaîtrait après avoir vu ma photo de personne disparue diffusée nulle part. Voilà le genre de détails auquel on pense quand on est en cavale – repérer la sortie, prévoir un plan si Darren débarque, se demander si on sera capable de fuir sa propre mère. Et ainsi de suite. Je reste en permanence sur mes gardes. Je préfère brouiller les pistes.

Je sais que tu te poses des questions sur le fameux Mec Mystère. On l'appellera M. Mystère à compter de maintenant. Il ne vit pas avec moi, mais il est en ville. Ça me ferait bizarre d'habiter avec lui parce que, techniquement parlant, je ne l'ai encore jamais vu. Tout du moins pas en chair et en os. C'est pour bientôt.

Si je suis nerveuse ? Oui.

J'ai chamboulé toute ma vie, en partie à cause de lui.

Mais je ne serais pas passée à l'acte si je n'avais pas été convaincue que c'était nécessaire. J'espère que tu le sais. Je n'ai pas agi sur un coup de tête ou de colère, ni pour dire *fuck* à maman et Darren.

Merde.

Objet : Un jour dans la vie de Bea (suite)
De : Bea <b98989898@ymail.com>
À : Ezra <e89898989@ymail.com>
Date : dimanche 14 avril 12:03 CST

J'ai entendu des voix dans le magasin et j'ai paniqué. Mais étonnamment, ce n'était ni maman, ni Darren, ni même la police à la recherche d'une fille disparue. C'était Irène, qui mettait en rayon de nouveaux produits en sifflotant, ses boucles perroquets dansant à ses oreilles.

Je me demande si tu me reconnaîtrais. J'ai de moins en moins l'impression d'être un insecte. Toujours un peu monstrueuse, mais de plus en plus humaine. J'ai changé de coiffure et de style de vêtements. Je me suis dit qu'il valait mieux me déguiser un peu au cas (improbable) où quelqu'un se lancerait à ma recherche.

Le magasin est ouvert jusqu'à neuf heures du soir. Je vais peut-être rester jusqu'à la fermeture. Ou alors, après avoir fini ce mail, j'irai me promener au bord du Mississippi. Hier, je suis passée devant la maison de Scott Joplin. De l'extérieur, on ne devinerait jamais qu'autant de morceaux y ont été composés. Elle se fond dans le paysage.

C'est l'impression que j'ai également. Je peux sortir du magasin, descendre au bord du fleuve ou monter au musée sans que quiconque me remarque, à part pour se demander : *Pourquoi cette fille a l'air pleine d'espoir ?* Peut-être que quelqu'un m'inventera une histoire. Imaginera où je vais, pour retrouver qui. Me jalousera et enviera ma vie. Si ça se trouve, je lui sourirai même, je lui dirai bonjour.

J'ai rendez-vous avec M. Mystère demain. Je ne sais pas quoi faire en attendant. J'ai l'impression d'être une petite fille, Ez. Me voilà redevenue Han Solo. Prête à sauver le monde.

Bisous,
Bea

Objet : Derrière les portes*
De : Ezra <e89898989@ymail.com>
À : Bea <b98989898@ymail.com>
Date : dimanche 14 avril 13:35 EST

Ta vie a visiblement… changé.

Pas la mienne.

J'aimerais que tu m'en dises davantage sur cette histoire de respiration. Comment ça marche ?

Je fais des efforts pour être discret et ne pas écouter la conversation qui a lieu dans la pièce voisine, mais vu qu'elle me concerne, c'est vraiment difficile. Je me sens trop mal : Joe est en train d'expliquer à ses parents que je n'ai nulle part où aller et que c'est leur devoir de chrétiens de m'accueillir. Il a même sorti la carte de l'accident en vantant le rôle que tu avais joué dans sa guérison et que c'était le moins qu'ils puissent faire de m'aider alors que je traverse une période difficile. Je reprends l'expression qu'il a employée : « période difficile ». Sa voix porte plus que les leurs et j'ai du mal à saisir ce qu'ils répondent. Mais en tout cas, il n'abandonne pas.

Et je me sens vraiment mal parce que c'est justement sa ténacité – le fait qu'il n'abandonne jamais – qui me saoule ces derniers

* Référence au roman de B.A. Paris, *Behind Closed Doors*, paru en France en 2017 chez Hugo Thriller sous le titre *Derrière les portes*. (N. d. T.)

temps. Et maintenant, le voilà qui essaie de m'éviter de devoir rentrer à la maison. Ce que je ne peux absolument pas faire.

Je comprends ce que tu veux dire, au sujet de Joe. Chaque minute, chaque seconde est une période difficile pour lui. Je ne sors pas avec lui, mais j'ai l'impression qu'il envisage de m'embaucher comme acolyte. J'ai réalisé ça ce week-end. Je voulais faire la grasse mat, me détendre et réfléchir à tout ça. Bref, respirer un peu, quoi. Mais à peine debout, il m'a réveillé. Et tu sais pour quoi ? Pour jouer aux jeux vidéo. Pendant des heures. Pour moi, l'intérêt de ces jeux, c'est qu'on peut y jouer seul. J'imagine que, si je n'étais pas là, Joe jouerait en solo. Mais puisque je suis présent, il y joue comme à un jeu de société, en commentant chaque tir, chaque point de vie gagné, chaque pièce visitée. Il est tellement content d'avoir quelqu'un à qui parler que j'essaie de m'en réjouir également. Mais franchement, ce serait bien de pouvoir le mettre sur pause de temps en temps.

Maintenant, il les supplie de m'accorder « encore une semaine ». Ce n'est pas bon signe s'il doit négocier pour sept jours. Mais attends, il les remercie. Vite, je range mon portable, qu'il ne puisse pas se douter que je me suis intéressé à autre chose que *Call of Duty* durant le dernier quart d'heure.

Objet : Derrière la porte de la salle de bains
De : Ezra <e89898989@ymail.com>
À : Bea <b98989898@ymail.com>
Date : dimanche 14 avril 13:53 EST

Je me cache dans la salle de bains.

Donc voilà les nouvelles : aucune nouvelle.

En fait, Joe est revenu dans le salon, a pris sa manette et s'est remis à jouer. En me demandant ce qu'il avait raté. Puis il m'a raconté la fois où, avec Walter, ils avaient gagné la guerre du Viêtnam en un après-midi. Ou un truc du genre, honnêtement, je n'ai pas trop suivi. Enfin, bref, il ne m'a pas rapporté un mot de la conversation qu'il venait d'avoir avec ses parents. J'étais dans la pièce quand sa mère lui a demandé s'il pouvait venir discuter un moment. Il le sait. Mais il doit vouloir éviter que je m'inquiète. Il espère sans doute pouvoir obtenir une semaine de plus. Ou alors il veut rester avec son acolyte le plus longtemps possible. Non, je suis injuste. Rien ne l'oblige à faire tout ça pour moi. Je devrais lui être plus reconnaissant.

N'empêche, il faut que je trouve un plan B.

Merci de m'autoriser à prévenir Terrence. J'ai besoin d'avoir son avis.

Mais le problème, c'est comment faire pour m'éclipser sans faire de peine à Joe ?

Objet : ???
De : Ezra <e89898989@ymail.com>
À : Bea <b98989898@ymail.com>
Date : dimanche 14 avril 18:53 EST

Maman a appelé la mère de Joe. En entendant son prénom, j'ai réagi comme un golden retriever dressé au sifflet, j'étais en arrêt, aux aguets. J'ai mis le jeu sur pause. Joe m'a regardé avec de grands yeux, mais j'ai désigné la cuisine et il a compris.

On a tendu l'oreille. Maman appelait pour dire qu'elle avait jeté Darren dehors et qu'elle attendait avec impatience mon retour pour qu'on prenne un nouveau départ.

NON, JE BLAGUE. En réalité, elle accusait la famille de Joe d'héberger un criminel en cavale et exigeait mon retour pour que je puisse être jugé et exécuté. Darren a été libéré sous caution, ou peut-être qu'il ne sera même pas poursuivi – impossible à dire en entendant qu'une moitié de la conversation. Maman ne s'est pas attardée sur le sujet, elle était focalisée sur le « rendez-nous-Ezra-qu'on-puisse-le-trucider ». Pour être honnête, je m'attendais à ce que la mère de Joe cède et dise : « Bien sûr, on vous le ramène. » Mais à la place, elle n'arrêtait pas de répéter : « Non, je ne pense pas que ce soit une bonne idée, Anne. Je pense que personne n'est prêt pour ça. »

J'avais envie de lui sauter au cou. Et en même temps, je me sentais piégé. Ma vie était entre les mains de deux personnes qui n'étaient pas moi. Quatre, si on comptait Joe et son père. Cinq, si on comptait Darren qui était très certainement derrière maman en train de lui glisser quoi dire. Je n'aime pas me sentir aussi dépendant. Je sais que c'est idiot, vu que j'ai toujours dépendu des autres, mais le truc, c'est que je ne m'en rendais pas compte.

Et puis Joe – Joe ! – m'a dit :

– Elle ne te mettra pas dehors. Elle ne te renverra pas chez eux. Elle sait que c'est l'horreur là-bas. Elle comprend.

Sauf que je n'ai pas dit un mot. Je ne lui ai jamais rien raconté.

C'est sûrement toi. Parce que je voyais bien qu'il connaissait notre quotidien, tout du moins un peu.

Je ne sais pas ce qui m'a pris. J'ai entendu sa mère raccrocher. Je n'étais pas censé avoir entendu la conversation, pourtant je me suis précipité dans la cuisine. Dans mon dos, Joe a protesté – « Hé ! » –, mais il n'a pas pu m'arrêter. Sa mère était debout, devant la table, le regard perdu au loin. Elle n'a même pas essayé de se donner une contenance quand je suis entré, d'accrocher un sourire à ses lèvres, de me détourner du sujet qui nous étouffait tous. Non, elle a levé les yeux vers moi, l'étranger dont elle était temporairement responsable.

Joe a failli mourir. Sa mère a dû endurer cette épreuve. Mais honnêtement, ce n'est pas pour cette raison que j'ai dit ça. Je ne pensais pas du tout à lui.

– Vous me sauvez la vie, ai-je lancé. Je sais que rien ne vous y oblige et que ce n'est pas simple. Si je peux faire quoi que ce soit pour faciliter les choses, je le ferai. Mais en attendant, je voulais juste que vous sachiez que vous et votre famille, vous me protégez d'une très triste réalité. Je suppose que vous en êtes consciente, sinon je ne serais pas là, mais je tenais à vous le dire. Pour que ce soit clair.

Elle a hoché la tête d'un air absent en précisant :

– Tu peux rester, Ezra, mais ce n'est qu'une solution temporaire. Je comprends que tu ne peux pas retourner là-bas, seulement, il faudra bien que tu parles à ta mère à un moment ou à un autre. Surtout maintenant que ta sœur est partie... elle n'a plus que toi.

– Elle a son mari, ai-je fait remarquer.

– Oui, a concédé la mère de Joe. Elle n'a plus que toi en dehors de cet homme.

« Cet homme. » Deux mots qui résument pourquoi elle m'accueille sous son toit.

– Nous, les mères, on se fait du souci.

J'avais envie de répliquer que les enfants aussi se font beaucoup de souci. Surtout quand leurs parents ne les aiment pas. Et qu'ils ne leur laissent aucun espoir. Que leur vie est trop lourde à porter.

– Oh, maman, a fait Joe en venant la serrer dans ses bras. T'es la meilleure.

Elle lui a rendu son étreinte et j'ai senti que c'était le moment de m'éclipser. Même si la conversation tournait autour de moi, ce n'était pas ma place. Je suppose que c'est un des effets secondaires de grandir dans une famille où on est détesté – on ne sait pas comment réagir face aux démonstrations d'affection.

J'ai marmonné un « merci encore » et j'ai décampé. Une fois dans le salon, je me suis rendu compte que c'était l'occasion ou jamais de m'échapper – avant que Joe ne revienne et propose de jouer encore. Alors j'ai filé. J'ai envoyé un texto à Terrence pour lui dire que j'arrivais. J'en ai envoyé un à Joe pour lui dire que j'étais parti. Terrence m'a répondu qu'il m'attendait, Joe que c'était dommage parce qu'on n'était plus qu'à deux niveaux d'un super combat.

J'arrive chez Terrence, là. Je t'épargne les pensées qui tournent en boucle dans ma tête vu qu'il s'agit uniquement de variations autour de : *Qu'est-ce que je vais faire ?* J'espère que Terrence pourra m'apporter des éléments de réponse sans se sentir forcé de le faire.

En d'autres termes : je ne veux pas qu'il ait l'impression que je lui demande de m'installer chez lui.

La suite au prochain numéro.

Objet : Bonne nouvelle, mauvaise nouvelle
De : Ezra <e89898989@ymail.com>
À : Bea <b98989898@ymail.com>
Date : dimanche 14 avril 21:03 EST

Je traîne dans le parc avant de rentrer chez Joe. Ça ne s'est pas bien passé avec Terrence. Je vais m'efforcer de t'expliquer – je ne peux pas te rapporter notre conversation mot pour mot, mais voici à peu près ce que ça a donné.

Quand je suis arrivé, il était en train de faire ses devoirs dans sa chambre. Je connais ses petites manies, je sais qu'il venait de s'y mettre parce que tous ses livres et ses cahiers étaient étalés par terre (il les range au fur et à mesure qu'ils sont faits, donc le sol se dégage peu à peu, généralement de gauche à droite). J'ai ri parce que j'avais à peine la place de poser mes fesses – j'ai dû pousser son ordi pour m'asseoir.

– Bon, j'ai du nouveau, ai-je annoncé.

Pour moi, c'était assez solennel, mais il n'en avait aucune idée.

– Cool, a-t-il fait. Qu'est-ce qui se passe ?

– J'ai eu des nouvelles de Bea.

Là, j'ai eu toute son attention. Il s'est penché vers moi.

– Waouh. Où elle est ?

Je savais qu'il allait me le demander, mais je ne m'attendais pas à une question aussi directe. Alors j'ai bafouillé.

– Hum… je peux pas te le dire.

Il s'est rassis, a gardé le silence un instant avant de lancer :

– Okaaaaaay…

– Sérieux. J'ai promis.

Terrence a eu l'air vexé.

– Tu peux me faire confiance.

Ce n'était pas le problème. J'ai donc répondu que je le savais bien et que j'étais sûr que tu avais aussi confiance en lui. (J'aurais pu lui citer ton mail, mais ça aurait fait bizarre.) Je lui ai raconté que tu m'avais autorisé à lui révéler que j'étais en contact avec toi.

– Je n'en ai parlé à personne d'autre.

Terrence m'a à nouveau surpris en répliquant :

– Mais tu vas le dire à Joe, hein ?

J'ai répondu que non, qu'il était la seule personne à qui j'avais le droit d'en parler. Je pensais qu'il serait flatté qu'on le mette dans la confidence. Je le lui ai fait remarquer. Mais comme s'il ne se rendait pas compte de l'importance du secret que je lui avais confié, il s'est entêté :

– Joe doit devenir fou de ne pas savoir.

Je ne comprenais vraiment pas pourquoi il s'inquiétait tellement pour Joe.

– C'est Bea qui a décidé, pas moi, ai-je expliqué.

– Et pourquoi a-t-elle mis autant de temps à te contacter ?

Et là, j'ai bien été obligé de mentir. Je lui avais déjà fourni plusieurs réponses pas très satisfaisantes et je sentais que si je lui révélais qu'on était en contact depuis un moment, ça n'allait pas passer. Alors j'ai lâché :

– J'ai reçu le mail il y a une heure. Je suis tout de suite venu te prévenir.

À nouveau, il n'a pas pris la mesure de l'importance de la chose. Que s'il n'était pas là, je n'aurais personne à qui me confier, que j'aurais gardé ce secret seul.

– C'est vraiment pas sympa de t'avoir fait attendre aussi longtemps.

Je lui ai dit que ce n'était pas aussi facile.

Mais il ne voulait pas en démordre.

– Ah bon ? Et pourquoi ?

Il commençait à s'énerver, je le lui ai fait remarquer.

– Pourquoi tu te mets en colère ? Tu crois pas que c'est plutôt à moi de savoir si j'en veux à ma sœur ou pas ?

– Si. Mais tu dois reconnaître que si tu te retrouves en galère, c'est parce qu'elle a fugué en te laissant tout seul.

Je t'ai défendue.

– D'abord, elle avait ses raisons. Et ensuite, je ne suis pas vraiment tout seul, si ?

Ça l'a un peu calmé. Il s'est penché vers moi, m'a posé la main sur la cheville.

– Non, bien sûr que non. Enfin, tu vois ce que je veux dire.

– Oui. Mais crois-moi, je la comprends.

– Écoute, j'apprécie ta sœur, tu le sais. Quand même, avoue qu'elle n'a jamais eu beaucoup d'égards pour les autres.

– Qu'est-ce que tu insinues ?

– J'essaie de t'aider. De t'ouvrir les yeux.

– Et de quel droit ? Tu n'as aucune idée de ce qui se passait chez nous.

Il a saisi l'occasion pour répliquer :

– Eh bien, raconte-moi alors ! Tu m'as invité… quoi ? Deux, trois fois ? Je ne connaîtrais même pas ta sœur si elle n'avait pas joué les taxis. Et oui, tu m'as bien confié quelques trucs, mais tu ne m'as pas tout dit.

Je ne comprenais pas comment il pouvait exiger ça de moi.

J'ai soupiré :

– Je ne peux pas. Pourquoi tu me demandes ça ? Je t'ai raconté la fois où Darren m'a obligé à m'entraîner à répondre au téléphone pendant deux heures sous prétexte que j'étais impertinent quand je décrochais. Et la fois où j'ai dû passer la nuit dehors parce que je n'avais pas fini mes corvées du jour à l'heure du coucher. Je t'ai dit qu'il avait convaincu notre mère de ne pas nous offrir de cadeaux d'anniversaire parce qu'on était soi-disant trop gâtés et qu'elle l'avait écouté. Ça ne te suffit pas ?

– J'essaie juste de comprendre.

– Je sais. Et j'apprécie. Mais tu ne peux pas comprendre. Personne ne peut… à part Bea.

Ce n'est pas une compétition. Je ne veux pas qu'il ait cette impression. Parce que quel intérêt… ? Il ne pourra jamais gagner et c'est tant mieux même s'il ne le voit pas sous cet angle !

Ensuite, il m'a demandé si tu avais l'intention de revenir. Je lui ai dit que non, je ne pensais pas, j'espère que ça ne te dérange pas.

Alors il a enchaîné :

– Parce qu'elle pense que t'envoyer un mail, c'est suffisant ?

– C'est plus compliqué que ça.

– Eh bien, je n'en suis pas persuadé.

J'avais envie de savoir d'où ça venait, tout ça. Je lui ai demandé pourquoi il s'acharnait sur toi. Il a répliqué :

– Pourquoi tu ne veux pas me dire où elle est ?

Je lui ai répondu au plus près de la vérité.

– Parce que je ne peux pas.

– Si, tu peux, Ezra, mais tu ne veux pas.

– D'accord, ai-je concédé. Je ne veux pas.

C'en était trop pour lui. J'ai vu les dommages qu'avaient causés ces mots. Je l'ai vu faiblir un instant. Par ma faute. Il aurait dû en rester là. Mais non. Il a insisté.

– Et ce n'est pas tout. Tu me caches autre chose, je le sais.

Je me suis efforcé de limiter les dégâts. Je croyais arranger la situation en ajoutant :

– S'il y a un truc que je ne te dis pas, je te promets que ça n'a rien à voir avec toi. Ça ne concerne que moi.

Il a tendu le bras pour me prendre la main. Et tendrement, il a soufflé :

– Le problème c'est qu'on est arrivés à un point où tout ce qui te concerne me concerne automatiquement. Enfin, je pensais qu'on en était là. Mais peut-être que pour toi, non.

Je me suis dégagé. J'avais l'impression d'être piégé, ma main dans la sienne.

– Tu déformes tout ! Ça n'a rien à voir avec mes sentiments pour toi. Bien sûr que je tiens à toi. Et que j'ai confiance en toi. Et que je t'aime. Mais ça ne signifie pas que je peux tout te dire. Il y aura toujours des choses que je devrai garder pour moi. Des choses que tu ne comprendras pas.

– Comment veux-tu que je comprenne si tu gardes tout pour toi ?

– Non… ce n'est pas ce que je veux dire. Ce que je dis, c'est que tu as une famille convenable, et une vie convenable, et que je ne peux pas te faire comprendre que ça n'est vraiment pas le cas de tout le monde. Tu ne peux pas te figurer à quel point ça peut être affreux. J'ai mis le feu à ma propre maison, Terrence. Tu ne ferais jamais ça parce que tu n'as aucune raison de le faire. Je peux t'expliquer pourquoi j'ai agi ainsi. Je peux t'en parler pendant des heures et des heures, mais ce n'est pas pour ça que tu arriveras à t'imaginer ce que c'est. Tout ce qui se passe dans ma tête. Je partage au maximum, je te le jure. Mais je ne peux pas faire plus. Quand j'ai eu des nouvelles de Bea, j'ai tout de suite eu envie de te prévenir. Je voulais être auprès de toi. Tu n'as aucune raison d'être en colère, ou amer, ou dans l'état d'esprit dans lequel tu es en ce moment.

J'aimerais tellement pouvoir te dire qu'il a compris.

Mais non.

Il était blessé. Et ça m'a énervé. Et ça l'a encore plus blessé.

On ne s'est pas disputés. Toi et moi, on en connaît un rayon là-dessus. Ça n'avait rien à voir avec une dispute. Mais alors que j'avais l'impression qu'au fil des mois, Terrence et moi, on s'était rapprochés, c'était comme si, tout à coup, mon comportement lui avait prouvé qu'on n'était pas si proches qu'il le croyait, en fin de compte. Et après ça, c'était dur de revenir en arrière.

Néanmoins tu sais à quoi je vois que Terrence est quelqu'un de bien ? Il aurait pu me pousser encore plus loin. Il n'aurait fallu que quelques mots de sa part pour que la déchirure soit irréparable. Quand on est blessé, on est atteint dans son orgueil et je sais les ravages que ça peut faire. Je lui aurais fait encore plus de mal s'il avait prononcé les mauvais mots. Mais à la place, il a dit :

– J'imagine que le plus important, c'est que ta sœur aille bien, où qu'elle soit. Et que tu ne sois pas seul.

Et avant que j'aie pu répondre, il a enchaîné :

– J'ai une énorme envie de pizza. Ça te tente ?

J'ai répliqué qu'il connaissait parfaitement la réponse. Ça l'a fait sourire.

– Oui, tu as raison.

On a mangé une pizza (ses parents étaient sortis). Sur le canapé, devant Netflix.

Mais une distance s'est installée entre nous, Bea. Je suis perdu. Alors je vais être franc.

Je pense que Terrence est la meilleure partie de moi.

Ce n'est sans doute pas très sain que la meilleure partie de moi-même soit quelqu'un d'autre.

Mais je sais que j'ai besoin de son aide.

Et je ne sais pas comment lui demander. Parce que, soyons honnêtes, demander de l'aide, ce n'est pas notre fort.

(Quand je dis ça, on a l'impression que c'est notre faute. Je sais bien que ce n'est pas notre faute. Si on avait demandé de l'aide, on l'aurait payé au prix fort après, et c'est bien ça, le problème.)

Je veux dire... je sais que je lui envoie des signaux contradictoires. Je lui dis que je l'aime, car c'est quelqu'un de bien et en même temps que c'est ce qui l'empêche de comprendre ce que je vis.

Il faut que je tire ça au clair.

Tu dois avoir la même impression. Maintenant que tu as quitté la maison, tu dois voir tout ce que notre « normalité » avait d'anormal. Ou peut-être que tu en étais déjà davantage consciente que moi.

Je vais y aller. Je vais remercier Terrence d'avoir été là pour moi. J'espère que ça le rassurera et que ça nous rapprochera.

Je vais peut-être aussi lui demander de l'aide pour mes devoirs. Il adore ça. Il a beau dire que ça l'embête, je te jure, il adore.

Ton anormal de frère,
Ezra

Objet : Arrête de te regarder le nombril, Ezra
De : Ezra <e89898989@ymail.com>
À : Bea <b98989898@ymail.com>
Date : dimanche 14 avril 23:36 EST

MOI JE MOI j'arrête MOI JE deux MOI JE MOI JE MOI JE MOI JE MOI JE MOI JE MOI JE MOI JE secondes MOI JE de me plaindre MOI JE MOI JE MOI JE MOI JE MOI JE MOI JE MOI JE MOI JE MOI JE MOI JE MOI JE MOI JE MOI JE MOI JE MOI JE pour MOI JE te MOI JE MOI JE MOI JE MOI JE MOI JE MOI JE MOI JE MOI JE MOI JE MOI JE MOI JE souhaiter MOI JE MOI JE MOI JE MOI JE MOI JE MOI JE MOI JE MOI JE MOI JE MOI JE MOI JE MOI JE MOI JE MOI

JE MOI JE MOI JE MOI JE MOI JE MOI JE bonne MOI JE MOI JE MOI JE MOI JE MOI JE MOI JE MOI JE MOI JE MOI JE MOI JE chance MOI JE avec MOI JE MOI JE MOI JE MOI JE MOI JE MOI JE MOI JE MOI JE MOI JE MOI JE MOI JE MOI JE MOI JE MOI JE le MOI JE MOI JE MOI JE MOI JE MOI JE MOI JE MOI JE MOI JE MOI JE MOI JE Mec MOI JE MOI JE MOI JE MOI JE MOI JE MOI JE MOI JE MOI JE MOI JE MOI JE MOI JE MOI JE MOI JE MOI JE Mystère MOI JE MOI JE MOI JE MOI JE MOI JE MOI JE MOI JE MOI JE MOI JE MOI JE MOI JE MOI JE MOI JE MOI JE demain.

Embrasse-MOI,
Ezra

JE VEUX DIRE
Je t'embrasse,
Ezra

Objet : Alors ?
De : Ezra <e89898989@ymail.com>
À : Bea <b98989898@ymail.com>
Date : lundi 15 avril 21:12 EST

Comment ça s'est passé ?

Objet : Je suis mort (d'angoisse). Pas toi, j'espère.
De : Ezra <e89898989@ymail.com>
À : Bea <b98989898@ymail.com>
Date : lundi 15 avril 23:17 EST

Tu es consciente que tant que je n'aurai pas de nouvelles de toi, je vais m'imaginer que c'était un *serial killer* ?

Objet : RE: Je suis mort (d'angoisse). Pas toi, j'espère.
De: Ezra <e89898989@ymail.com>
À: Bea <b98989898@ymail.com>
Date: lundi 15 avril 23:19 EST

Ou un kidnappeur. Ça, ce serait le comble.

Objet : RE : Je suis mort (d'angoisse). Pas toi, j'espère.
De : Ezra <e89898989@ymail.com>
À : Bea <b98989898@ymail.com>
Date : mardi 16 avril 01:01 EST

Bon, je vais me coucher. À mon réveil, j'espère trouver un compte rendu détaillé de ta soirée.

Objet : Je ne suis pas morte.
De : Bea <b98989898@ymail.com>
À : Ezra <e89898989@ymail.com>
Date : mardi 16 avril 11:34 CST

Cher Ez,

Est-ce que parfois, tu te sens tout petit ? Si minuscule que tu pourrais tenir dans ta poche. Comme un bébé qu'on doit faire manger à la petite cuillère. J'aimerais que quelqu'un me fasse manger ma bouillie. Ou m'apporte du bouillon et des biscottes, comme la mère de Sloane, quand elle ne se sent pas bien – pas le genre de maman, même avant Darren.

Je me sens tellement riquiqui, je suis peut-être carrément devenue invisible. De la taille d'une puce. Je regarde mon pied droit, et ça me surprend de constater qu'il est bien là, pas petit du tout. (En revanche, mes baskets sont foutues. Je marche tellement dans ma nouvelle vie que j'use mes semelles. Littéralement.)

« Et pourquoi, ma merveilleuse sœur, te sens-tu invisible ? »

Je vais te le dire, Ez.

Je me sens petite, invisible, je me ratatine à vue d'œil parce que je suis allée au rendez-vous. Ce rendez-vous que je n'ai cessé de m'imaginer depuis que j'ai décidé de venir ici. J'y suis allée, le cœur battant, avec un sourire béat et plein d'espoir aux lèvres, et j'ai poireauté quatre-vingt-treize minutes.

Quatre-vingt-treize minutes.

À attendre.

Pour rien.

Pour personne.

Parce que M. Mystère n'est pas venu.

Ce qui signifie que ta sœur, Beatrix Ellen Ahern, est une idiote.

On l'a toujours su, pas vrai ? Tu devrais le dire à Terrence. Ça lui ferait sans doute plaisir. Il répliquerait « Je le savais ! » en posant tendrement la main sur ta cheville.

Je suis méchante. Je ne devrais pas.

Mais je suis comme ça, non ? Je décharge ma haine sur des gens qui n'ont rien fait. Je me demande d'où je tiens ça. Le truc, c'est que j'y croyais dur comme fer. Je pensais que M. Mystère se pointerait. Je me suis dit : *Ne te fais pas trop d'illusions, miss. Les choses ne tournent pas toujours comme tu veux.*

Pourtant, j'y suis allée quand même et j'y croyais.

Et bien sûr, il n'est pas venu.

Et il ne m'a pas prévenue.

Et me voilà au fin fond du Missouri où mes seuls amis sont une dame qui collectionne les boucles d'oreilles perroquets et un vieil Italien qui sent l'ail et a une forêt de poils qui lui sort des oreilles. J'ai des trous dans mes chaussures. Je porte les mêmes vêtements depuis des semaines et je dors sur un banc public ou dans un dortoir d'auberge de jeunesse. Je me nourris de sandwichs de station-service – quand je décide de m'offrir un festin – et je me suis mise à fumer – quand j'arrive à piquer les mégots des passants – parce que je suis complètement stressée et – putain ! – complètement terrifiée. Et tu sais bien que je ne dois pas fumer parce que je suis asthmatique et que c'est la cigarette qui a tué tante Lucy après l'avoir vieillie d'un demi-siècle et changée en pruneau ratatiné. Je sais donc ce qui m'attend.

Quoi qu'il arrive, Ez, ne fais pas comme moi. Sois toi-même. Tu es la meilleure partie de moi-même. Depuis toujours. La seule bonne partie, d'ailleurs.

Alors voilà, je me retrouve sans rien. À part mes baskets trouées qui tapotent nerveusement sous le bureau. Et maintenant que j'y pense, si ça se trouve, mon pied n'est pas réel. Si j'enlève ma chaussure, il n'y aura peut-être que de l'air à la place. Parce que je suis plus petite qu'une puce. Je ne suis rien.

Objet : Peut-être bien morte, en fait.
De : Bea <b98989898@ymail.com>
À : Ezra <e89898989@ymail.com>
Date : mardi 16 avril 11:51 CST

Écoute, on sait tous les deux que je peux être assez Bea-centrique, alors je vais m'efforcer de ne pas ajouter ça à la liste de mes défauts.

Je suis désolée que Terrence ait réagi comme ça. Je suis désolée parce que c'est ma faute. Si je n'avais pas « tout quitté », vous seriez encore en train de roucouler au milieu des licornes et des arcs-en-ciel.

Comme d'habitude, tout est ma faute.

Et ça aussi : tu as maintenant pu constater que Joe n'est pas aussi fun qu'il y paraît. Si j'étais restée seulement deux mois de plus pour passer mon diplôme, tu ne serais pas prisonnier chez quelqu'un d'autre. Tu serais prisonnier sous ton propre toit mais au moins, l'image que tu as de Joe serait restée intacte. Et c'est chouette d'avoir foi en l'humanité, non ? J'ai adoré les quinze minutes où ça m'est arrivé dans ma triste et courte vie.

Maman. Malgré tout, je me sens coupable. Je m'en veux sans doute plus de faire du mal à celle que je voudrais qu'elle soit plutôt qu'à celle qu'elle est en réalité, mais je culpabilise quand même. Au final, voilà ce qui me reste : mes baskets trouées, ma nouvelle coiffure pourrie (style Kurt Cobain ou Debbie Harry)… et la culpabilité.

Fais-moi plaisir. Envoie tout de suite un texto à Terrence. Dis-lui que tu bloques sur tes devoirs. Dis-lui que tu risques de te planter s'il ne t'aide pas. Dis-lui que tes études en dépendent ! Fais-lui comprendre qu'il compte pour toi. Que ta sœur a beau être partie, on s'en fout, ce qui compte pour toi, c'est lui. Concentre-toi là-dessus.

Embrasse Joe. Ou serre-le dans tes bras, ce qui te dégoûte le moins. Et dis-lui que c'est de ma part, que c'est le câlin que je t'aurais sûrement demandé de lui faire si seulement tu avais des nouvelles de moi.

Sois heureux.

Et ne mets plus le feu nulle part, s'il te plaît.

Même si c'était sacrément badass.

Je t'embrasse,
Bea

P.S. : Tu vas avoir du mal à le croire, mais je culpabilise aussi de ne pas apprécier Darren. Je sais que maman l'adore, pour des raisons qui nous ont toujours échappé. J'ai essayé de lui trouver des qualités. Un truc en plus, un charme qui expliquerait pourquoi elle l'aime plus que nous. Mais je n'ai jamais compris, Ez. Jamais.

Objet : Comment Bea s'est retrouvée dans une ville inconnue, à l'autre bout du pays

De : Bea <b98989898@ymail.com>

À : Ezra <e89898989@ymail.com>

Date : mardi 16 avril 12:36 CST

Je pourrais te montrer les mails. Je ne le ferai pas, mais je pourrais. Il ne m'a pas suppliée de venir ici, mais il m'a fait des promesses. Des promesses, Ez.

Je voudrais juste que tu saches que je n'ai pas perdu la tête. Si j'ai quitté notre maison dans l'Indiana pour Saint-Louis, ville incroyablement sexy du Missouri, c'est pour une bonne raison.

On a discuté ensemble pendant pile neuf mois. Tout a commencé un dimanche après-midi – un jour où il se passe rarement des trucs exceptionnels. Maman et Darren étaient sortis. Tu étais sorti. Un après-midi morne et paisible. Je me souviens d'avoir pensé : *T'imagines vivre en permanence dans une maison aussi morne et paisible ?*

Je suis tombée sur lui par hasard. J'avais tweeté un truc fumeux comme quoi j'étais prisonnière chez moi, dans ma petite ville, et il a commenté. Et voilà, boum ! c'était parti.

Je ne lui ai pas répondu. Tu me connais. Il a tweeté : *Je sais que tu es là, quelque part.* Là, je me suis dit qu'il avait un don de voyance ou bien accès à ma webcam. Du coup, pendant trois jours, je ne suis pas allée sur Twitter, au cas où. Je suis sortie avec Joe, j'ai traîné avec Sloane, je t'ai conduit chez Terrence, le soir où maman t'avait puni, tu te souviens ?

Mais je n'y tenais plus. J'étais accro, ne me demande pas pourquoi. Alors je l'ai suivi. Sur Twitter, pas dans la vraie vie. Pendant quarante-huit heures, il n'a pas réagi, je me suis vraiment sentie trop nulle, mais je n'ai pas fait marche arrière et, au bout de quarante-neuf heures, paf, il m'a suivie en retour. Et j'ai reçu un message de lui : *Tu sais, il y a plein de choses merveilleuses dans la vie, mais tu as l'air de croire que tu n'y as pas droit. Pourquoi ?*

Mon cœur bat à cent à l'heure parce que c'est la remarque la plus sensée qu'on m'ait jamais faite.

Alors j'écris : *Peut-être que je ne les mérite pas.*

Il répond : *Pourquoi tant de haine ?*

J'écris : *Parce que… la vie, quoi.*

Lui : *Alors change. Arrête de râler et sois le changement que tu veux voir dans le monde, Gandhi.*

Moi : *Peut-être que j'aime être malheureuse.*

Lui : *Je ne pense pas. Certaines personnes se complaisent dans leur malheur, mais pas toi. Tu vois la vie en grand.*

Moi : *Tu ne me connais pas.*

Lui : *C'est vrai. Mais je lis entre les lignes.*

Puis il ajoute : *J'ai envie de te connaître.*

Personne ne m'avait jamais dit ça. *J'ai envie de te connaître.* La plupart des gens me font clairement savoir qu'ils n'ont pas envie de me connaître et voilà ce type, un parfait inconnu, qui prend le temps de discuter avec moi. Pathétique, non ? Mais j'avais envie de croire qu'il était celui que j'imaginais, tu vois ?

Même si je suis une idiote.

Je n'ai pas tout de suite décidé de tout plaquer. Ça paraît sans doute bizarre, mais je n'avais pas vraiment pris la décision de partir avant de passer à l'acte. J'ai réalisé ce que j'étais en train de faire alors que j'étais déjà à cent kilomètres de la maison. J'ai regardé la route et je me suis dit: *Hum… Sois le changement que tu veux voir…* J'ai failli descendre du bus et revenir. Mais finalement non.

Franco s'inquiète pour moi, je le vois bien. Je lui ai proposé de l'aider au magasin.

– Même pas la peine de me payer, j'ai dit.

– Mmm, il a fait.

– Je pourrais mettre en rayon, ranger, m'occuper des clients.

Il a regardé mes cheveux. Mes chaussures.

– Ou ranger la réserve, où personne ne me verra.

– Mmm, il a répété.

J'ai pris ça pour un oui. J'ai besoin de m'occuper, sinon je vais craquer. Nerveusement. Alors je suis allée direct dans l'arrière-boutique où il y a une montagne de cartons à déballer. Où il y a des toiles d'araignée au plafond, dans les coins. Où il y a un tas de vieilles photos aux coins jaunis du magasin au fil du temps – 1933, 1945, 1960, 1978 –, qui attendent juste d'être encadrées. Il m'a suivie et m'a regardée farfouiller dans le bazar, me percher sur un vieil escabeau jaune qui a grincé quand je l'ai déplié, agiter un balai déniché derrière la porte des toilettes et déloger les premières toiles d'araignée.

– OK, il a fait.

– OK.

Il a écarté les mains, genre: « Je n'ai pas le choix, de toute façon. »

– Super, ai-je fait.

J'ai sauté de l'escabeau pour lui tendre la main. Tandis qu'il la fixait, les coins de ses lèvres ont frémi, menaçant de se soulever. Il a tendu la sienne et nous avons scellé notre marché.

Donc voilà, j'ai un boulot. Quinze dollars de l'heure pour commencer, six heures par jour, six jours par semaine. D'ici cet été, je serai riche.

Franco vient de passer la tête dans le bureau pour me proposer de dîner avec eux. Je sais que c'est parce que j'ai l'air maigrichonne – cheveux pourris, baskets pourries, vie pourrie. Je vais refuser parce qu'il vaut mieux ne pas dépendre de quiconque, mais l'espace d'un instant, j'ai eu peur de fondre en larmes devant lui. Il déteste la terre entière à part sa femme.

Je ne rentrerai pas à la maison. Pas après tout ce qui s'est passé. Je n'ai pas envie de rentrer. Je pense que la partie de moi qui respire encore en mourrait et que ce serait la fin.

Mais putain, qu'est-ce que je vais faire ici ?

Objet : M. Mystère, acte II
De : Bea <b98989898@ymail.com>
À : Ezra <e89898989@ymail.com>
Date : mardi 16 avril 17:21 CST

Je t'écris de la bibli, installée à une table couverte de livres. Mathématiques. Physique. Anthropologie. Ça doit te paraître assommant puissance mille – ou peut-être que, en bon élève que tu es, ça te semble le programme idéal pour un mardi soir.

J'ai travaillé toute la journée au magasin et, si j'aime m'activer, avoir les mains occupées, mon cerveau aussi a besoin de stimulation. Sinon je passe mon temps à ruminer, angoisser et me demander ce que j'ai bien pu faire pour effrayer le Mec Mystère. Ou alors je dresse la liste de tous les malheurs que je lui souhaite.

Je suis donc là, à étudier, simplement parce que j'ai besoin de me changer les idées et que cette bibliothèque est le plus bel endroit du monde, et que les livres étaient posés là, sur la table, quand je suis arrivée.

Tu savais que :

– Le pénis humain ne doit ses érections qu'à l'afflux de sang alors que les autres mammifères possèdent un os pénien ?

– Les hommes de Neandertal étaient roux ?

– Si le soleil était un amas de bananes, il serait aussi chaud que maintenant, en tant qu'amas gazeux ?

– Les événements du futur peuvent changer le passé ?

Réfléchis un peu à ça, Ez : « Les événements du futur peuvent changer le passé. »

Et si tout ce qu'on faisait demain – toutes nos décisions à venir, de la plus petite à la plus importante – pouvait changer notre passé merdique et chaotique ? Deviendrait-on des personnes différentes ? Se retrouverait-on ailleurs, dans une autre famille ? Maman resterait-elle avec notre père ?

Ou alors est-ce qu'on risquerait de rendre notre passé encore pire ? Genre que Darren soit notre vrai père, par exemple ?

Je ne sais pas quoi en penser. C'est séduisant, comme idée, mais ça met la pression, quand même.

Objet : M. Mystère, acte III
De : Bea <b98989898@ymail.com>
À : Ezra <e89898989@ymail.com>
Date : mardi 16 avril 18:04 CST

Bon, je venais de t'envoyer mon dernier mail quand j'ai reçu un message. Du Mec Mystère :

J'ai eu un empêchement. Désolé. Je peux me rattraper ?

J'avais envie de dire non, Ez, mais bien sûr je ne l'ai pas fait. Je suis allée trop loin. J'ai répondu :

Évidemment.

Un mot alors que j'avais envie d'en écrire cinquante : *Ne me brise pas le cœur à nouveau. Il est déjà en miettes, alors si c'est une arnaque et que tu as encore l'intention de me poser un lapin, s'il te plaît, évite. Dis-le-moi tout de suite, qu'on en finisse.*

Et en même temps je me dis : *Bea, t'es qu'une idiote. Trop confiante. Naïve. Rentre chez toi. Termine tes études. Supplie Joe de te reprendre. Sois là pour ton frère. Ne tourne pas le dos à ta mère. Reconnais que tu as eu tort. Demande pardon à tout le monde. Même à Darren.*

Et en même temps, je me dis : *Pitié, pitié, pitié, faites qu'il existe.*

Objet : RE : M. Mystère, acte III
De : Ezra <e89898989@ymail.com>
À : Bea <b98989898@ymail.com>
Date : mardi 16 avril 19:21 EST

Y a un truc qui m'échappe, quand même. Pourquoi il t'a appelée Gandhi ? T'es sûre qu'il te connaît ?

Objet : RE : M. Mystère, acte III
De : Ezra <e89898989@ymail.com>
À : Bea <b98989898@ymail.com>
Date : mardi 16 avril 19:23 EST

Je sais, je sais, c'est pas drôle. Je voulais juste te faire rire.

Objet : Vu d'ici
De : Ezra <e89898989@ymail.com>
À : Bea <b98989898@ymail.com>
Date : mardi 16 avril 19:29 EST

Je ne vois pas pourquoi tu suivrais mes conseils, mais quand même... fais attention. Le preux chevalier est doué pour les joutes, d'accord, il t'a ouvert le pont-levis pour te permettre de sortir du château, mais c'est peut-être un gros naze une fois descendu de son cheval. Je ne veux pas le démonter au cas où ce serait un type correct, en fin de compte. Mais c'est facile d'encourager quelqu'un par tweet ou par message. Et bien plus difficile en personne.

Bon, maman veut récupérer son sac à main.

Cette fois, je n'ai pas été convoqué dans son bureau. Southerly m'a chopé dans le couloir.

– Ta mère a appelé. Elle veut récupérer son sac, m'a-t-il informé.

Je lui ai ri au nez. Sérieux.

– Dois-je en déduire qu'il est encore en ta possession ? a-t-il enchaîné. Elle a fait opposition sur les cartes de crédit, mais ça lui faciliterait la vie que tu lui restitues son permis.

– Bah oui, je suis là pour ça : lui faciliter la vie.

Je pensais que Southerly apprécierait l'ironie de la situation, mais il m'a répondu d'un ton sec :

– Attention, Ezra. Elle t'accuse de vol.

– Si c'est le cas, demandez-lui ce qu'elle a fait de l'argent de notre grand-mère. Je suis certain que quand notre chère Mimaw a décidé de nous léguer un pécule pour nos études à ma sœur et à moi, elle n'imaginait pas que ça servirait à rembourser le prêt étudiant de notre beau-père. Ni à payer sa caution, d'ailleurs. Dites à ma mère que si elle veut jouer à ce petit jeu, j'ai plein de bonnes cartes dans ma manche.

M. Southerly n'avait rien à répondre à cela.

– Je vais lui rendre son sac et son permis, ai-je assuré.

Je n'ai pas précisé que je devrais entrer par effraction chez moi pour le faire.

En plus, il va falloir que j'attende qu'un paquet de gens dorment.

Objet : Dis-moi que ce n'est pas ça, l'amour
De : Ezra <e89898989@ymail.com>
À : Bea <b98989898@ymail.com>
Date : mardi 16 avril 23:14 EST

Oh, punaise. Joe a pété les plombs ce soir.

J'aurais dû le voir venir. Lorsqu'un truc tournoie dans les airs comme ça pendant si longtemps, tu te doutes qu'il va finir par te tomber dessus.

Quand je suis entré dans sa chambre, il était assis sur son lit, le regard dans le vide. Mais pas façon zen, plutôt en état de choc. J'ai tenté de grimper sans faire de bruit dans le lit du haut, mais je n'avais même pas touché l'échelle qu'il a dit :

– Elle ne m'a jamais aimé, hein ?

– Qu'est-ce que tu racontes ? Bien sûr qu'elle t'aimait.

– Non, pas vraiment. Pas comme je l'aurais voulu.

Ce n'était visiblement pas le moment de l'embrasser de ta part.

Il a poursuivi :

– Ça fait trois semaines, Ezra. *Trois semaines*. Et pas un mot. Si elle m'aimait un tant soit peu, elle m'aurait fait signe.

– Elle doit avoir ses raisons…

Il m'a lancé un regard mauvais.

– Ouais, et la raison, c'est qu'elle n'en a rien à foutre de moi.

Je n'aurais jamais dû lui faire ma demande. Je savais que ça allait la faire flipper… et ça n'a pas raté.

J'ai pas pu m'en empêcher, j'ai répété :

– Ta demande… en mariage ?

(Non, mais sérieux, Bea !?!)

– Je n'avais pas de bague ni rien, mais je voulais qu'on se promette l'un à l'autre pour toujours. Ça me semblait logique. Après tout ce qu'on avait traversé. Évidemment, tu n'es pas au courant – elle n'en a parlé à personne. Je pense que ça l'a mise mal à l'aise. J'étais tellement retourné ce soir-là, Ezra – le soir de l'accident, je veux dire. Je pensais vraiment que c'était fini entre nous. Je n'ai pas voulu me faire du mal, mais je ne regardais pas la route… et quand je me suis réveillé à l'hôpital, je me suis dit : *Quel connard. T'as failli te tuer alors que tu n'as qu'une seule envie, passer ta vie avec elle.* Je le lui ai répété, et pendant peut-être dix secondes, j'ai eu l'impression qu'elle ressentait la même chose. Sauf que je me trompais. Elle n'a jamais partagé mes sentiments. Je comprends, maintenant. Elle ne pouvait pas larguer le type cloué au lit à l'hôpital, la jambe en mille morceaux. Je m'en doutais sûrement, je m'en suis contenté, du moment qu'on restait ensemble. Sloane m'a averti. Elle m'a dit que Bea se servait de moi. Que j'allais gâcher ma vie pour une fille qui ne jetterait même pas un regard en arrière pour constater les dégâts une fois partie. C'était avant que Bea mette les voiles. Mais Sloane avait raison, pas vrai ? Trois semaines sans un mot. *Trois semaines*.

J'ai essayé. J'ai dit :

– Elle ne voudrait pas que tu penses ça. Je suis sûr qu'elle n'est pas partie à cause de toi.

– Et comment peux-tu en être si sûr ?

Il m'a dévisagé longuement, d'un œil mauvais.

– Tu n'as pas eu de nouvelles d'elle, au moins ?

– Non, ai-je répondu machinalement.

Et j'ai vu qu'il ne me croyait pas vraiment.

– Tu me le dirais sinon, hein ? a-t-il insisté. Vous vous êtes toujours serré les coudes, tous les deux. Tu l'as aidée, c'est ça ?

– Non ! ai-je protesté avec véhémence. Je n'étais pas plus au courant que toi.

(Ça, c'est vrai.)

– Mais elle t'a contacté, pas vrai ? Tous ces textos…

– C'est Terrence.

(C'est vrai aussi, mais seulement parce qu'il a parlé de « textos ».)

– File-moi ton téléphone. Fais voir.

J'étais content que mon portable soit dans ma poche parce que, si à cet instant il avait été posé quelque part, nous nous serions tous les deux jetés dessus.

J'ai secoué la tête.

– Pas question.

– Pourquoi, si tu n'as rien à cacher ? J'ai été sympa avec toi, Ezra, non ? Si tu étais un peu sympa avec moi, maintenant ?

J'ai commencé à reculer.

– Mes textos avec Terrence, c'est personnel. Je ne veux pas que tu les lises.

– Je ne vais pas lire les messages de Terrence ! Seulement ceux de Bea.

J'efface toujours l'historique après t'avoir envoyé un mail, sur mon téléphone comme sur les ordis du lycée. Mais j'ignorais s'il pouvait les repérer d'une autre manière – je n'y connais pas grand-chose, j'avoue.

– Il n'y a rien à voir, ai-je affirmé. Rien du tout.

– J'aurais dû savoir que tu prendrais sa défense ! J'ai beau être sympa, j'ai beau l'aimer, il n'y a pas moyen de se faire une place entre vous. Même pas après tout ce qu'on a traversé, Bea et moi.

Ça m'a énervé.

– Tu as eu un accident, Joe, lui ai-je rappelé. Un accident dont tu étais responsable. Bea et moi, on a subi bien plus que ça, et tu le sais.

Je sentais bien que ce n'était pas la chose à dire. Même si c'était vrai, ce n'était pas malin. C'était méchant.

Mais j'ai terminé ma phrase quand même.

Putain, Bea. Et si on avait hérité des pires défauts de nos parents ? Et si on ne valait pas mieux ?

Il s'est jeté sur moi. Je le méritais, j'imagine, parce que je n'ai pas bougé. Je l'ai laissé me tomber dessus. Laissé hurler : « Dis pas ça ! » Laissé me plaquer au sol. Laissé pleurer sur moi parce qu'il ne pouvait pas s'essuyer les yeux et me maintenir en même temps.

– Désolé, ai-je dit. Pardon.

Tu veux savoir le plus pathétique dans l'histoire ?

J'ai légèrement roulé sur le côté pour que tout mon poids repose sur la poche où était mon téléphone.

Mais il n'a pas essayé de me le prendre. Enfin, je n'ai rien remarqué. Non, c'est encore pire. Il s'est relevé en hurlant « PUTAAAAAIIIN ! » à pleins poumons. C'était exactement ce que j'avais envie de faire.

Son père a surgi sur le pas de la porte. Déjà en pyjama, alors qu'il n'était pas si tard que ça.

– Qu'est-ce qui se passe ici ? a-t-il voulu savoir.

Par chance, je m'étais déjà rassis.

– Cette andouille s'est cogné le petit orteil, ai-je expliqué en désignant les pieds nus de Joe.

Son père a fait la grimace.

– Effectivement, ce n'est pas agréable. Mais la prochaine fois, tu pourrais dire « punaise » pour ménager les oreilles de ta mère, s'il te plaît ? Ezra, passe-lui un oreiller pour étouffer ses cris.

– Pas de problème, monsieur.

Une fois son père parti, Joe a secoué la tête, incrédule.

– Vous êtes vraiment doués pour ce genre de trucs. J'espère que vous tirez une certaine satisfaction de nous rouler en permanence.

– C'est pas ça, ai-je répliqué.

– C'est quoi, alors ?

– C'est l'instinct de survie, ai-je affirmé.

Maintenant que j'y pense, je me demande : de qui on tient ça ?

« Si quelqu'un t'interroge, dis que tu t'es écorché les genoux en tombant de vélo. »

Et je répondais : « Bah ouais, sauf qu'on n'a pas de vélos. »

Et elle affirmait : « Ils ne chercheront pas plus loin. »

Je n'ai pas envie de penser à ça maintenant. Joe dort – maman et Darren doivent aussi ronfler.

C'est le moment de pénétrer chez nous.

J'ai besoin de certains trucs.

Objet : C'est pas ça, l'amour
De : Bea <b98989898@ymail.com>
À : Ezra <e89898989@ymail.com>
Date : mercredi 17 avril 00:13 CST

1) J'ai un mauvais pressentiment, Ez. Contente-toi de jeter le sac dans le jardin. N'entre pas dans la maison.

2) Si tu y vas, FAIS SUPER GAFFE.

3) NE LES LAISSE PAS T'ATTRAPER, JE T'EN SUPPLIE. Mais au cas où ça arrive, fais semblant d'être somnambule. Tu te souviens ? C'était mon excuse, jusqu'à ce que Darren installe un verrou sur la porte de ma chambre – pour m'enfermer à l'intérieur. Dis que c'est de famille. Et si ça tourne mal, mets-toi à hurler, comme Joe !

4) En parlant de Joe, je suis désolée de ne pas t'avoir parlé de sa demande en mariage, mais je me suis sentie tellement mal, j'avoue… Je veux dire… quel genre de personne suis-je ? J'essaie d'aimer les gens, et je n'y arrive pas. Pas seulement Joe, mais maman, Darren, Sloane. Tout le monde sauf toi. Tu es la seule personne que j'aime au monde et regarde ce que je t'ai fait. À cause de moi, tu es devenu un pyromane et un cambrioleur.

5) Voilà pourquoi j'espère que ça ne sera pas pareil avec le Mec Mystère. Il le faut, Ez. J'ai besoin de voir que je ne suis pas un monstre incapable de sentiments. Joe a tort. Je ne me suis pas

servie de lui. J'ai essayé de l'aimer. Ce n'est pas la même chose. Le truc dont personne ne se doute, c'est que malgré tout, je crois encore vraiment, profondément, inexplicablement en l'amour.

Objet : Qui vole un sac…
De : Ezra <e89898989@ymail.com>
À : Bea <b98989898@ymail.com>
Date : mercredi 17 avril 01:19 EST

Premièrement, je te rassure tout de suite : LE SAC A ÉTÉ RESTITUÉ. Je suis sûr que tu étais très inquiète à ce sujet.

Deuxièmement, je tiens à préciser qu'un marqueur noir a survolé tous les papiers d'identité de notre mère jusqu'au dernier afin d'y rayer le nom de Darren.

La photo de lui qu'elle conservait dans son portefeuille pourrait bien avoir également subi les outrages dudit feutre noir. Il est difficile de dessiner un micropénis aisément reconnaissable en tant que tel et qui ne risque pas d'être pris pour, disons, un point, j'ai donc ajouté une légende.

Quant aux photos de nous qu'elle conserve précieusement dans son portefeuille, si je ne les ai pas trouvées, c'est sans doute parce qu'elle préfère les garder tout contre son cœur. Ça doit être ça, bien sûr.

Troisièmement, je n'ai pas trafiqué sa plaquette de pilule ni ses produits d'hygiène féminine. Parce que je suis un gentleman.

Oh, et quatrièmement, je ne me suis pas fait prendre.

Bon, sinon, ça fait vraiment bizarre de remettre les pieds dans cette maison. Je pense que ce serait pareil pour toi si tu revenais.

Rien n'a vraiment changé (mis à part les traces de l'incendie dans la cuisine, qui sont sublimes, je dois dire). Mais tu te retrouves là, rien n'a changé... et tu comprends que c'est toi qui as changé. C'est comme un voyage dans le temps, dans le passé. Pourtant, il ne s'est écoulé que quelques jours.

Elle était quelque part dans la chambre. Il s'était écroulé dans le salon.

Une soirée normale, quoi.

Ça te choque si je te dis que, même si je détestais la vie qu'on y menait, il y a certaines parties de la maison que j'aimais ? Franchement, ce n'était pas la faute de ma chambre, si j'étais malheureux. Elle ne m'a jamais fait de mal. C'était même mon seul espace à moi.

J'ai choisi quelques vêtements, mais je ne pouvais pas tous les emporter. J'ai pris trois livres, je ne pouvais pas charger ma bibli sur mon dos. J'ai embarqué quelques photos de nous, et quelques photos de Terrence et moi. Et celle où on est tous les trois – toi, moi et Mimaw. Des shorts, parce que c'est bientôt l'été.

J'ai aussi vidé mon autre cachette principale. Là, dans la poche d'un de mes sweats, une petite tirelire cochon qu'on peut ouvrir et vider sans la casser.

J'ai toujours voulu te la donner.

Objet : Aveux
De : Ezra <e89898989@ymail.com>
À : Bea <b98989898@ymail.com>
Date : mercredi 17 avril 02:04 EST

Je ne peux pas en rester là.

Je pense que tu comprends, mais c'est une solution de facilité. Il faut que j'assume. Que je te demande pardon.

Pardon de ne jamais t'avoir donné cette tirelire.

Pardon pour toute l'histoire qui m'a poussé à te l'acheter.

Je sais que j'avais seulement neuf ans. Mais ce n'est pas une excuse. J'avais terriblement peur de lui, mais ce n'est pas une excuse non plus. Lorsqu'il a demandé qui avait cassé la lampe, j'aurais dû avouer et dire la vérité. À la place, je t'ai montrée du doigt. J'ai vu une issue pour sauver ma peau et j'ai foncé. Comme tu protestais, j'ai insisté. Désormais, je risquais de me faire prendre *et* parce que j'avais cassé la lampe *et* parce que j'avais menti.

J'ignorais ce qui allait se passer quand il a foncé dans ta chambre. Je savais juste que ça allait être affreux. Qu'est-ce qu'il disait déjà ? « Tu casses un truc, on te casse un truc. » C'était bien ça ? Il savait parfaitement à quoi s'attaquer. Tu avais une tirelire cochon, en porcelaine, depuis toute petite. Et tu n'y glissais jamais la moindre pièce parce que, pour la récupérer, il aurait fallu que tu casses ton cochon.

Et c'est ce qu'il a fait. Puis il a écrasé les morceaux sous ses pieds en disant que si tu ne ramassais pas jusqu'au dernier éclat de la tirelire et de la lampe, il casserait autre chose dans ta chambre, et ainsi de suite jusqu'à ce que tu aies tout nettoyé. D'où il sortait ce genre d'idées, Bea ? Je n'invente pas pourtant, si ? Parfois je me demande. Je me demande aussi si j'ai préféré oublier certains trucs.

Et ce soir seulement, j'ai compris qu'il nous punissait tous les deux. Sur le coup, j'avais cru qu'il te visait toi. Mais il avait bien précisé que je n'avais pas le droit de t'aider. Il devait savoir à quel point ça m'atteindrait.

Je me sentais tellement coupable. Pendant des mois, je leur ai volé des petites pièces, à lui, à maman, pour t'acheter une nouvelle tirelire cochon. Mais j'avais peur qu'il la voie et qu'il te punisse d'avoir remplacé ce qu'il avait cassé. Alors je l'ai cachée. Et j'ai continué à leur voler leur petite monnaie.

Je sais que c'est idiot de m'excuser pour ça six ou sept ans plus tard. Mais quand même.

C'est le danger de retourner là-bas, être submergé par la douleur et la culpabilité.

Mais au moins, maintenant, j'ai de quoi m'habiller.

Bon, faut que je rentre chez Joe.

La suite demain.

Je te dois toujours une tirelire cochon.

Bisous,
Ezra

Objet : RE : Aveux
De : Ezra <e89898989@ymail.com>
À : Bea <b98989898@ymail.com>
Date : mercredi 17 avril 02:23 EST

Je crois que Joe m'a enfermé dehors.
Et je n'ai presque plus de batterie.
Merde.

Objet : Joe n'est qu'un GAMIN
De : Bea <b98989898@ymail.com>
À : Ezra <e89898989@ymail.com>
Date : mercredi 17 avril 01:16 CST

J'espère qu'il va te piquer ton portable et voir ce mail.

JOE, SI TU LIS CES MOTS, SOIS PAS SALAUD !

Ezra, cogne à la porte jusqu'à ce que ses parents t'ouvrent. De l'extérieur, Joe a beau avoir l'air d'un homme, dans sa tête, il a quatre ans. Ne le laisse pas jouer à ces petits jeux idiots !

(Désolée si c'est un peu dur, mais J'EN AI ASSEZ DE SES CONNERIES ! TU ES EN TRAIN DE LIRE, JOE ? TANT MIEUX ! Ez, on a de vrais problèmes, toi et moi, et ça, il ne l'a jamais compris. Je sais que tout le monde a son lot de galères et qui suis-je pour dire que les nôtres sont pires, mais honnêtement, c'est pire. Largement pire. Alors bon sang, qu'il grandisse et qu'il t'ouvre la porte !)

TU M'ENTENDS, JOE ? GRANDIS UN PEU ET OUVRE CETTE PUTAIN DE PORTE !!!

Objet : RE : Aveux
De : Bea <b98989898@ymail.com>
À : Ezra <e89898989@ymail.com>
Date : mercredi 17 avril 01:23 CST

Je vais rester là jusqu'à temps que tu sois bien rentré.

Je t'ai dit que Franco et Irène avaient proposé de m'héberger ? Je peux dormir sur le canapé, et il y a une salle de bains juste à côté (avec une douche !). Je les paierai cinquante dollars *par mois*, soit seulement vingt de plus que l'auberge de jeunesse pour *une seule nuit*. Quand j'ai protesté « mais je n'ai pas encore d'argent », Franco a répondu « tu travailles déjà pour le gagner ». Et voilà. Il pourrait demander bien plus pour cette chambre, mais non. Car, dans le fond, il a un bon cœur.

Je me suis retenue de pleurer parce qu'il aurait craqué et qu'il serait peut-être même revenu sur sa proposition. Je me suis contentée de hocher la tête genre « OK, merci », sans en faire toute une histoire. Mais c'est génial, Ez. Ça va me changer la vie.

Une montagne de cartons d'huile d'olive, de tapenade, de crackers et d'olives venaient d'arriver. Franco m'a montré comment les étiqueter et les mettre en rayon. Il m'a expliqué le fonctionnement de la vieille caisse enregistreuse – on a franchi une étape niveau confiance.

Puis il m'a de nouveau invitée à dîner, mais j'ai prétexté que j'étais fatiguée, et que mon petit frère avait des ennuis et que je devais m'assurer que ça allait s'arranger. Je n'ai pas précisé que tu avais prévu d'entrer par effraction chez nous pour dessiner des pénis partout.

(C'est cool, non ? Il a assez confiance en moi pour me donner les clés. Dire qu'au début il me regardait de travers !)

Je suis contente que tu aies pu entrer et ressortir sans encombre. Au fond, je regrette un peu que tu sois un tel gentleman et que tu n'aies pas vandalisé toutes ses affaires, mais je suis surtout soulagée que tu sois sain et sauf.

Oui, je me souviens de la tirelire.

Comme si c'était hier.

Pas besoin de t'excuser.

Tu avais neuf ans, Ez. Neuf !

Que voulais-tu faire ?

Maman et Darren ont vraiment un don pour nous mettre dans des situations impossibles. Des situations dans lesquelles personne ne devrait jamais se retrouver – surtout pas des enfants.

Alors, non, tu n'as pas besoin de t'excuser.

En plus, j'ai une confidence à te faire.

J'aurais dû te le dire avant, je suis désolée.

J'aimerais que tu comprennes pourquoi je ne l'ai pas fait.

Ça va te paraître idiot, mais j'avais peur que si je te le disais ou simplement si je le disais tout haut, ça ne se réalise pas.

J'ai encore un peu peur, d'ailleurs.

Parce que les bonnes choses ne durent jamais, pas vrai ? Je voulais être sûre…

En fait, je n'en ai pas encore la certitude, mais… je te dois la vérité.

Le Mec Mystère, c'est papa, Ez.

Papa.

Mais attends, ce n'est pas tout.

Il m'a dit que maman nous avait arrachés à lui. Pas par la voie juridique en obtenant notre garde.

Non, genre, on était là et hop, disparus.

Elle nous a enlevés.

Du coup, la vie de merde qu'on a vécue ? Ce n'était pas notre vie. On était censés vivre heureux avec un père qui nous aime, ici, à Saint-Louis, dans le Missouri. On était censés être de gentils enfants dans une gentille famille. Être aimés.

C'est drôle, hein ? Enfin, si on aime l'humour noir. Tout le monde pense que j'ai fui la maison alors que je me suis échappée pour y retourner, en fait. Pas étonnant qu'ils ne passent pas sur toutes les chaînes de télé pour me supplier de revenir. Parce que ce sont des kidnappeurs. Enfin, maman, tout du moins.

Pardon de ne pas te l'avoir dit. Je voulais d'abord vérifier. Le voir de mes yeux. M'assurer que ce n'est pas un Darren. Ni une maman en puissance. Qu'il est fiable.

Du coup, on va mettre à l'épreuve cette loi de la physique, comme quoi des événements du futur peuvent changer le passé.

J'ai rendez-vous avec lui jeudi – demain, en fait. Désolée de ne pas te l'avoir dit. Désolée de ne pas t'avoir emmené. Mais s'il est vraiment celui qu'il semble être – et s'il ne s'agit pas d'un coup monté machiavélique de maman et Darren –, alors tout espoir n'est peut-être pas perdu pour nous, finalement.

Objet : Un point positif
De : Bea <b989898989@ymail.com>
À : Ezra <e89898989@ymail.com>
Date : mercredi 17 avril 01:27 CST

Faut croire qu'à un moment dans nos vies, maman tenait à nous.

Objet : Je ne sais pas par où commencer
De : Ezra <e89898989@ymail.com>
À : Bea <b98989898@ymail.com>
Date : mercredi 17 avril 07:40 EST

Une fenêtre était restée ouverte. Je suis passé par là, j'ai dormi sur le canapé, rechargé mon portable et je suis parti avant que Joe se réveille.

Puis je suis allé à pied au lycée. J'ai vérifié mes mails.

Et là…

Je ne sais pas par où commencer, Bea.

Je vais écrire comme ça me vient…

Tu m'as déjà caché des trucs, sauf que ça, C'EST VRAIMENT GRAVE ! Et puis… QU'EST-CE QUE C'EST QUE CETTE HISTOIRE ?!? D'accord, je n'étais même pas né quand il est parti. Et toi, tu avais à peine trois ans. Nos souvenirs ne sont donc pas très fiables. Mais quand même… tu insinues que maman nous aurait kidnappés ? Sans aucune raison ? Pour se retrouver à nous élever seule pendant des années ? Par pure méchanceté ? Désolé, mais non. Ça ne colle pas. Tu crois vraiment que, tout ce temps, on était si durs à trouver ? Et soudain, il t'envoie un message perso sur TWITTER ?! Et il te pose un lapin au premier rendez-vous ?

Tu te rappelles ce que je t'ai dit au sujet du preux chevalier dans sa belle armure étincelante ?

EH BIEN, C'EST D'AUTANT PLUS VRAI MAINTENANT.

Je te connais, Bea ! Je sais que tu aimerais que je sois enthousiaste. Tu aimerais que ce fantasme devienne réalité. Je comprends. Sincèrement. C'est ce dont tu as toujours rêvé – quand ça allait vraiment mal, tu me racontais qu'il était quelque part sur cette terre, ce parent parfait mais inaccessible. J'aimais t'écouter, mais pour moi, ce n'était qu'une légende. Peut-être est-ce parce que tu l'as déjà côtoyé – il t'a tenue dans ses bras, il t'a vue, alors que moi, non –, mais je n'ai jamais cru en lui comme toi. Et c'est encore le cas.

Bien sûr, tu as envie de connaître sa version de l'histoire. Mais surtout n'oublie pas : ce n'est qu'une histoire.

Je suis désolé. Pourquoi suis-je incapable de me réjouir pour toi ? Pour nous ? Pourquoi cette nouvelle ne m'enthousiasme-t-elle pas plus que ça ?

Mon cerveau est en surchauffe. Je ne vais pas te mentir. Parce que si c'est vrai – si ce n'était pas sa faute, s'il nous attendait quelque part –, je ne suis pas sûr que ce soit vraiment mieux. C'est peut-être même pire. Pour moi, en tout cas. On a supporté tout ça parce qu'on n'avait pas d'autre solution, Bea. Si je me dis qu'il y avait une autre solution – lui – pendant tout ce temps, ça me tue. Et ça me donne envie de le tuer aussi. Parce que je ne crois pas – je ne croirai JAMAIS – qu'on était introuvables.

Je vais ranger mon téléphone. Te laisser faire ce que tu as à faire. Je t'en veux tellement de ne pas m'avoir prévenu et de t'être lancée là-dedans sans moi. J'ai autant le droit d'être là-bas que toi, Bea. Je sais que tu ne m'as pas tenu à l'écart par méchanceté. Je sais que tu m'aimes, et qu'en ce moment tu improvises, comme moi. Je me souviens de ce que tu m'as dit à son sujet, qu'il t'encourageait, qu'il te poussait à prendre ta liberté. Que tu ne fuyais pas, mais que tu filais vers ta nouvelle vie. S'il a fallu qu'il te le dise pour que tu comprennes tout ça, d'accord. Mais ne sors pas d'un piège pour tomber dans un autre.

Pourquoi est-ce plus facile pour moi de t'imaginer seule qu'avec lui à tes côtés ? Je ne sais pas.

Ce que je veux dire, c'est : ne le laisse pas s'en tirer aussi facilement, juste parce que tu veux qu'il soit tel que tu l'as imaginé. Ce n'est pas parce qu'on a du matériel génétique en commun que ça lui donne automatiquement le droit de revendiquer d'être notre père. Être notre père n'a rien d'automatique, c'est un titre qu'il faut mériter. Alors assure-toi qu'il le mérite, Bea.

Et s'il ne le mérite pas, trouve-toi un autre but. Je t'en prie.

Bon, en parlant de mériter, j'ai des comptes à régler avec ce cher Joe.

Objet : ?
De : Ezra <e89898989@ymail.com>
À : Bea <b98989898@ymail.com>
Date : mercredi 17 avril 08:35 EST

Je suis en cours, mais je t'écris quand même. Juste pour te dire qu'en fait, je ne crois pas un mot de toute cette histoire.

Objet : ???
De : Ezra <e89898989@ymail.com>
À : Bea <b98989898@ymail.com>
Date : mercredi 17 avril 08:37 EST

J'ai aussi envie de courir voir maman pour la bombarder de questions.

Objet : Un peu plus de midi
De : Ezra <e89898989@ymail.com>
À : Bea <b98989898@ymail.com>
Date : mercredi 17 avril 12:10 EST

Alors voilà comment s'est passée ma grande confrontation avec Joe.

Moi : « Hé, mec, pourquoi tu m'as enfermé dehors hier soir ? »

Joe : « Je t'ai pas enfermé dehors, frère. »

Moi : « Bah, quand je suis rentré de chez Terrence, la porte était fermée à clé. »

Joe : « Ça doit être ma mère. Réflexe. Elle verrouille toujours la porte le soir, elle ne savait pas que tu étais sorti. »

Moi : …

J'hésite. Si j'insiste et que je monte d'un cran, je vais devoir emménager chez Terrence. Et si ça se passe mal, je n'aurai plus nulle part où aller. En plus, après la scène d'hier soir, je ne suis pas certain que Terrence ait envie que je m'installe chez lui. Il dirait sûrement oui, et ses parents aussi, mais seulement pour quelques jours. Donc après analyse de la situation, je préfère battre en retraite.

Moi : « Pas de problème. J'avais plus de batterie, j'ai pas pu t'envoyer de texto. La prochaine fois, je prendrai une clé. »

Joe : « Ouais, bonne idée. »

Bref, j'ai encore un toit pour dormir.

Objet : Au cas où tu t'imaginerais que j'arrive à penser à autre chose
De : Ezra <e89898989@ymail.com>
À : Bea <b98989898@ymail.com>
Date : mercredi 17 avril 12:35 EST

Tu es censée le voir à quelle heure ?
Ça me tue, d'attendre comme ça.

Objet : On a rendez-vous
De : Bea <b98989898@ymail.com>
À : Ezra <e89898989@ymail.com>
Date : mercredi 17 avril 13:03 CST

À quatre heures demain.

Objet : Bon…
De : Bea <b98989898@ymail.com>
À : Ezra <e89898989@ymail.com>
Date : mercredi 17 avril 13:11 CST

Je commence à stresser un peu.

Je sais que tu m'en veux, mais j'aimerais que tu sois là, Ez. Je n'ai plus d'ongles à force de les ronger.

Tu as raison, je prends sûrement mes rêves pour la réalité. Si ça se trouve, j'ai discuté avec un affreux vieux bonhomme… ou une femme au foyer désœuvrée. Mais… et si…

Et si c'était vrai ?

Objet : Questions
De : Bea <b98989898@ymail.com>
À : Ezra <e89898989@ymail.com>
Date : mercredi 17 avril 13:19 CST

J'ai fait la liste de tout ce que j'avais à lui demander :

Pourquoi tu nous as abandonnés ?
Et maman, elle a toujours été aussi naze ?
Et toi, tu es aussi naze qu'elle le dit ?
Tu connais Darren ? Tu sais comment il traite tes enfants ?
Toi, tu nous traiterais comme ça, si tu étais là ?
T'étais comment à notre âge ?
Tu voulais avoir des enfants ?
De quoi as-tu le plus peur ?
Qu'est-ce que tu as toujours voulu faire ?
À quel Avenger tu t'identifies le plus ?

Ne rigole pas, cette dernière question était très importante à mes yeux quand j'avais dix ans. J'essayais d'imaginer ce qu'il répondrait. Moi, je voulais un papa qui dirait : « Mon héros c'est Bruce Banner, pas la version Hulk, non, la version humaine, Mark Ruffalo le gentil scientifique. » Ou bien Steve Rogers, ou même carrément Black Panther, bien sûr, mais c'était un peu trop demander.

Je me disais : *Ne te fais pas d'illusions. N'espère pas trop, Bea.* Comme maman et Darren nous avaient appris. *Contente-toi de ce que tu as.*

Et en grandissant je me suis dit : *Bon, si j'avais la chance de le revoir et que je ne puisse lui poser qu'une seule question, ce serait quoi ?*

Ce serait :

« Pourquoi tu ne veux pas être notre père ? »

Objet : Je te promets
De : Bea <b98989898@ymail.com>
À : Ezra <e89898989@ymail.com>
Date : mercredi 17 avril 13:29 CST

Moi, Beatrix Ellen Ahern (si tel est mon vrai nom), je jure solennellement de ne pas laisser M. Mystère s'en tirer aussi facilement juste parce que je suis une idiote sentimentale qui veut son papa vu que tous les autres parents qu'elle a connus étaient nuls.

Je promets de l'obliger à prouver qu'il mérite sa place de père.

Et s'il ne la mérite pas, je promets de filer vers d'autres horizons aussi vite que possible. Un mur de briques, peut-être. Ou un train à pleine vitesse. Un truc du genre parce que si je n'ai pas ça, je n'ai rien. Je suis juste une fugueuse décrocheuse qui n'a nulle part où aller.

Objet : Ou alors...
De : Bea <b98989898@ymail.com>
À : Ezra <e89898989@ymail.com>
Date : mercredi 17 avril 13:35 CST

Sinon je pourrais rester là, et demander à Franco de me donner un vrai boulot. Je passerais le restant de ma vie à ranger des crackers et de l'huile d'olive dans les rayons en échange du gîte et du couvert. J'irais chanter au coin de la rue pour gagner un peu plus, je lirais tous les livres de la bibliothèque municipale de Saint-Louis. Je vieillirais et peut-être qu'un jour, dans des années, Terrence et toi, vous me rendriez visite et tu ferais genre : « C'était ma sœur, mais c'est devenu une pauvre femme que je ne reconnais même plus. » Et vous bavarderiez une ou deux heures avec moi par bonté d'âme avant d'aller dîner (je te conseille *Chez Lorenzo*, même si je n'y ai jamais mangé, Irène dit que c'est *delizioso*). Peut-être que tu me rapporterais quelque chose – des gressins ou tes restes de raviolis – et je passerais la fin de ma courte et triste vie à me remémorer « le jour où mon frère m'a rendu visite ».

Objet: Sois sympa avec ta pauvre sœur fugueuse et décrocheuse
De: Bea <b98989898@ymail.com>
À: Ezra <e89898989@ymail.com>
Date: mercredi 17 avril 13:41 CST

Je t'ai balancé ça sans ménagement et ça a dû te faire l'effet d'une bombe. Je sais que tu es sous le choc et j'en suis désolée, vraiment. Mais laisse-moi rêver, Ez. Juste un jour encore.

Si tu pouvais me répondre en m'encourageant plutôt que de me faire la morale, ce serait cool.

Je t'embrasse,
Bea

Objet : RE: Sois sympa avec ta pauvre sœur fugueuse et décrocheuse

De: Ezra <e89898989@ymail.com>

À: Bea <b98989898@ymail.com>

Date: mercredi 17 avril 15:12 EST

OK.

Il y a un truc que tu ne sais pas. Enfin si, mais on n'en a jamais parlé.

Terrence n'est pas le premier garçon que j'ai embrassé. Le premier, c'était Jonny Pryor. À une soirée pyjama chez lui, en cinquième. Les autres garçons avaient apporté leur sac de couchage et s'étaient installés dans la salle de jeux pour jouer à la Xbox toute la nuit. Jonny m'a proposé de partager son lit. Ça me paraissait beaucoup plus confortable qu'un sac de couchage – surtout le nôtre qui avait dû servir de cible de tir à la carabine.

Bref, on s'est mis en pyjama et on s'est couchés. Presque immédiatement, j'ai pensé *Y a un truc qui se passe, là.* J'étais hyper conscient de son corps et lui du mien. On s'est dit bonne nuit, puis on est restés allongés là pendant des heures. Une fois toute la maison endormie, il m'a demandé si j'étais réveillé, j'ai répondu oui.

– Je ne te vois pas dans le noir, il a dit.

– Je suis juste là.

– Où ?

– Là, j'ai répété.

Il a tendu la main, comme je m'y attendais, et l'a posée sur mon épaule.

– Oh, te voilà, il a fait.

À mon tour, je lui ai pris l'épaule et j'ai dit :

– Je t'ai trouvé.

Il a descendu sa main le long de mon bras, j'ai déplacé la mienne au creux de sa nuque. Puis en bougeant le moins possible, je l'ai encouragé à s'approcher.

Parfois, on a conscience des choses bien avant d'être capable de les formuler. À un moment de ma vie, j'ai compris que si j'embrassais quelqu'un, ce serait un garçon. Mais ce n'était pas pareil que de passer à l'acte.

Il m'a embrassé le premier, mais je l'avais attiré contre moi donc peut-être que c'est moi qui ai pris l'initiative. Ça a commencé par les lèvres, mais ensuite nos corps entiers étaient impliqués. Puis, au bout d'un moment, on s'est blottis l'un contre l'autre et on s'est endormis. Au réveil, chacun était de son côté du lit, et j'ai su au premier regard qu'on n'aborderait plus jamais le sujet et qu'on n'explorerait pas davantage. Il a bondi hors de son lit pour aller jouer à la Xbox avec les autres en me disant de les rejoindre quand je voulais. J'ai même cru un instant que j'avais rêvé, mais lorsque je suis descendu dans la salle de jeux, sa façon de m'éviter m'a confirmé que c'était bien arrivé.

Je ne me sentais pas coupable. Je n'avais pas honte. Comme si je cherchais une confirmation et que je l'avais obtenue. Jonny avait été le messager, mais c'était le message, le plus important.

C'est seulement en rentrant à la maison, dans l'après-midi, que j'ai commencé à angoisser. À mesure que j'approchais, je sentais l'ombre de Darren et de maman fondre sur moi. Je craignais qu'ils le sentent, qu'ils captent une radiation émanant de mon corps. Je savais qu'ils n'approuveraient pas – non seulement parce que j'étais gay, mais aussi parce que je l'avais découvert par moi-même. À leurs yeux, ce serait un acte de défiance. Ils ne verraient ça que de leur point de vue. Et ça ne leur plairait pas.

Au moment où j'ai passé la porte, j'étais complètement en panique. C'était absurde : j'avais beau savoir qu'ils ne m'aimaient pas, j'avais peur qu'ils m'aiment encore moins.

Je suis entré dans la maison et je suis allé te voir directement.

Même quand je partais en vrille, ma raison me dictait de vriller vers toi. Je venais de trouver une porte ouvrant sur le vaste monde mais sentant que je n'avais pas le courage de la franchir, je savais que tu m'empêcherais d'être lâche et de la refermer complètement.

Tu avais visiblement envie d'être seule. Tu avais mis les Smashing Pumpkins à fond et ta chambre était fermée. Tu n'as pas apprécié que j'entre sans frapper.

– Qu'est-ce que tu veux ? as-tu rugi sans même me regarder.

– Je peux juste rester un peu avec toi ? j'ai demandé.

Peut-être était-ce ma voix… tu t'es tournée vers moi.

Tu m'as regardé et tu as vu en moi quelque chose dont je ne savais que faire. Tu as su qu'il ne fallait pas me poser de questions. Tu as su que la seule chose à faire, c'était de me laisser entrer, de me laisser tranquille.

Ce n'était pas la première fois que je n'étais pas prêt. Et ce ne serait pas la dernière. Mais ça s'est toujours vérifié : même quand je suis tout sauf sûr de moi, je sais avec certitude que tu seras là pour moi, plus que toute autre personne au monde.

On n'a jamais reparlé de cet après-midi. Tu ne t'en souviens sans doute pas parce que, pour toi, c'était un dimanche comme un autre. Mais ce dimanche-là, une page de mon histoire s'est écrite.

Avance rapide. Deux ans plus tard, je rencontre Terrence. J'embrasse Terrence, et même si je ne cours pas à la maison pour te l'annoncer, tu seras la première personne à qui je parlerai de ce garçon avec qui j'ai vraiment vraiment envie de sortir. Parce que, au final, j'ai autant besoin de toi dans les bons moments que dans les moments de doute ou de galère.

Ça ne veut pas dire que je vais arrêter de râler. Ça ne veut pas dire que je suis content d'être coincé ici.

Mais ça veut dire que tu as toujours été là pour moi quand j'en avais besoin. Et si tu es en manque de certitudes en ce moment, ça, tu peux en être sûre.

Bonne chance, Bea.

Ez

Objet : JONNY PRYOR ?!!!
De : Bea <b98989898@ymail.com>
À : Ezra <e89898989@ymail.com>
Date : mercredi 17 avril 18:01 CST

Je me rappelle quand tu es rentré. Je me rappelle la tête que tu faisais. Je me rappelle mon humeur du moment. Je me rappelle (bon sang) les Smashing Pumpkins. Je ne savais pas ce qui t'était arrivé, seulement qu'il t'était arrivé quelque chose.

Oh, Ez. En y repensant, je n'ai pas assuré en tant que sœur, vraiment. J'étais tout le temps dans mes pensées, et je ne vais pas te sortir un million d'excuses parce qu'on sait tous les deux pourquoi. Durant les derniers… je ne sais pas… toute ma vie, je me suis efforcée de construire un rempart autour de moi pour me protéger de Darren et de maman, sauf que je ne m'étais pas aperçue, jusqu'à aujourd'hui, assise devant l'ordi d'un gentil petit vieux – un gentil étranger dans une ville étrangère – que ces murs me coupaient du monde.

J'aurais dû te demander pourquoi tu faisais cette tête. Peut-être que tu avais besoin qu'on te laisse tranquille, certes, mais finalement, je me dis qu'on a passé trop de temps seuls. Et que les gens n'auraient pas dû nous « laisser tranquilles ».

Merci d'être la seule personne que j'apprécie et que j'aime. Merci pour ton mail. Merci d'être toi.

Je t'aime,
B

Objet : Non mais sérieux, JONNY PRYOR ?!!!
De : Bea <b98989898@ymail.com>
À : Ezra <e89898989@ymail.com>
Date : mercredi 17 avril 18:05 CST

Hum.

Objet : Mon premier baiser
De : Bea <b98989898@ymail.com>
À : Ezra <e89898989@ymail.com>
Date : mercredi 17 avril 18:43 CST

… c'était avec Tripp Dugan. On était en sixième, en sortie au musée des Enfants. Après la visite, on a pique-niqué dans le parc. Tout le monde disait que c'était nul, un truc de bébés, et je suivais le mouvement alors que j'avais adoré. Genre ADORÉ. J'aime toujours cet endroit. Tout est simple, clair, fait pour que tu mettes la main à la pâte, « voilà comment ça marche » et « voilà d'où ça vient » et « tiens, si tu essayais tout seul ? ». L'endroit le plus cool où j'aie jamais mis les pieds. C'est positif, intéressant, ça t'encourage à poser des questions, à être curieux, au lieu de te dire de la fermer et de t'occuper de tes affaires et « épargne-nous tes bêtises » et « quand on n'a rien à dire, on se tait ».

Mais j'avais douze ans, je me souciais du regard des autres, alors j'ai moi aussi affirmé que c'était nul, puéril et que je m'étais ennuyée à mourir parce que j'étais bien trop mature pour ça.

Au pique-nique, Tripp s'est assis à côté de moi en disant :

– C'était naze, pas vrai ?

– Complètement, ai-je fait en m'en voulant de critiquer un endroit que j'avais adoré. Je suis trop grande pour ces trucs de bébés.

– Moi aussi.

Il a collé sa jambe contre la mienne sous la table. Au début, j'ai cru qu'il ne faisait pas exprès, mais vu que ça continuait, j'ai posé mon sandwich et j'ai bâillé, comme s'il m'ennuyait à mourir, lui aussi. Pendant ce temps mon cœur battait à tout rompre, genre *oh my god oh my god oh my god.*

Il a fait :

– Par contre, tu sais ce qui est de mon âge ?

– Quoi ?

– Le sexe.

C'est fou que je ne lui aie pas ri au nez. Mais sur le coup, Ez, j'étais surexcitée.

Je me suis contentée de hausser les épaules, style *oh le sexe, ce truc dépassé.*

Il a dit :

– Je vais t'embrasser.

– Peut-être.

– T'en as pas envie ?

– Ça m'est égal.

Il m'a fait son sourire malicieux, tu te rappelles ce sourire ? Quand il était petit ? Avant qu'il devienne odieux ? Il a affirmé :

– Je parie que c'est pas vrai.

Il a écarté sa jambe, j'ai cru que c'était fini, que j'avais laissé passer ma chance. J'étais à la fois soulagée et un peu triste. Mais c'est arrivé dans le car qui nous ramenait au collège. J'étais assise dans le fond, comme d'hab, toute seule, et il venu, s'est planté devant moi une minute avant de s'asseoir à côté de moi. J'ai su ce qui allait se passer. Il a à nouveau collé sa jambe à la mienne, puis au bout d'un petit kilomètre sans parler, il a dit :

– C'est quoi, ça ?

– Où ?

– Là, dehors…

Comme il tendait le doigt vers la fenêtre, je me suis tournée, mais je ne voyais rien à part la route et les arbres. Quand je me suis retournée, son visage était tout contre le mien. Je crois que mes yeux se sont fermés tout seuls et le temps que je me demande pourquoi, il s'est penché et m'a embrassée.

Ça n'a pas duré longtemps. Il a juste posé ses lèvres sur les miennes. Bouches fermées. Langues sagement rangées. Juste une brève pression. Mais ça m'a paru vertigineux, énorme, le plus gros truc qui puisse arriver à quiconque.

Il n'a jamais essayé de recommencer, en tout cas, pas avec moi (j'ai découvert plus tard que c'était un embrasseur en série, et ça semble logique vu le nombre de filles qu'il a mises enceintes, non ?). Mais ce jour-là, j'avais l'impression d'avoir un merveilleux petit secret qui me protégeait. Du moment que j'avais ce secret, ils ne pouvaient pas m'atteindre vraiment – ni maman, ni Darren, ni les pestes du collège, ni les profs que je n'aimais pas, ni le monde entier. J'étais en sécurité.

Tu es la seule personne à qui je l'ai dit. Je sais qu'à l'échelle du monde, ce n'est rien. Mais pour moi, ce n'est pas rien. C'est quelque chose. Et le moins que je puisse faire, c'est de te le confier maintenant.

Bisous,
Bea

Objet : Bonne nuit
De : Bea <b98989898@ymail.com>
À : Ezra <e89898989@ymail.com>
Date : mercredi 17 avril 19:07 CST

Franco a besoin de l'ordinateur, je vais donc te dire au revoir, petit frère. Merci de m'avoir changé les idées ce soir. Je t'écrirai demain après l'avoir rencontré.

Bon sang.

Après l'avoir rencontré.

Ça me soulève le cœur.

Je crois que je vais vraiment être malade.

Bon, j'ai dû courir vomir dans la salle de bains et maintenant ce pauvre Franco s'inquiète pour moi. Il dit que sa sœur Dorothea avait mal au ventre sans arrêt et qu'ils ont découvert plus tard qu'elle avait un parasite dans les intestins. Tu imagines ? Comme si j'avais besoin de ça maintenant.

Mais c'est agréable d'avoir quelqu'un qui se soucie de moi pour une fois. À part toi, je veux dire. Je travaille pour lui au magasin et j'ai officiellement emménagé dans le bureau. Ma situation s'améliore.

Écoute, peu importe comment ça se passe demain, de toute façon, ça ira, hein ? Toi et moi. On a déjà traversé tellement d'épreuves. Juste une de plus.

Ça ira.

Je t'embrasse,
Beatrix Ellen Ahern

Objet : Avec des amis comme ça…
De : Ezra <e89898989@ymail.com>
À : Bea <b98989898@ymail.com>
Date : mercredi 17 avril 23:33 EST

Tu es déjà au courant, je sais, mais je vais l'écrire noir sur blanc : notre mère est une femme très étrange.

Non seulement elle a rappelé la mère de Joe ce soir pour l'accuser d'héberger un fugitif (pas exactement en ces termes), mais apparemment, elle a aussi appelé la mère de Terrence, qui (selon lui) était extrêmement mal à l'aise. En effet, alors que j'ai toujours été accueilli là-bas en tant que son « meilleur ami », maman a accusé la famille entière de m'avoir fait basculer du côté gay, la rendant responsable de mon comportement déviant dans tous les domaines – une accusation que la mère de Terrence ne savait comment réfuter. Après avoir raccroché, elle a demandé à son fils si j'avais l'intention de m'installer dans sa chambre et il a répondu que « non, non, pas du tout ».

Terrence m'a raconté tout ça par texto et pour le « non, non, pas du tout », il a ajouté :

Désolé ☹

Le plus dingue, c'est que maman a beau rager et râler, elle ne m'a pas appelé une seule fois, moi.

J'imagine qu'elle préfère avoir affaire à la mère de Terrence.

Mais ce n'est pas la seule chose que j'ai à te raconter. Parce que, ce soir, je suis parti en mission d'espionnage. Et ce que j'ai découvert va grandement t'intéresser.

Comme tu le sais, je supporte Joe non-stop depuis quelques jours. Il n'a donc pas grand-chose de neuf à me raconter. Mais il y a une pièce manquante au puzzle : Sloane. Au lycée, elle fait comme si je n'existais pas. Même quand Darren a pété un câble – pas un mot. Je ne m'attendais pas à des félicitations ni rien. Juste qu'elle me voie.

Mais elle m'évite. Elle m'évite vraiment.

Alors j'ai décidé de me mettre en travers de son chemin.

Je ne pouvais pas demander à Joe de m'emmener en voiture, sinon il ne se serait pas contenté de me déposer, évidemment. Alors en sortant du lycée, j'y suis allé à pied.

Il faut avouer que j'avais pris l'habitude que tu me conduises partout. Mais j'aime bien marcher aussi, ça me calme. Je prends le temps de réfléchir, à l'air libre au lieu d'être toujours à l'intérieur – à l'école, à la maison, dans une voiture. Je m'aperçois que j'ai passé un temps infini à foncer, la tête dans les épaules, pour éviter les gens – maman dans la cuisine, Darren dans le salon, tous les deux dans leur chambre. Ne pas faire de bruit. Ne pas se faire remarquer. Si tu es dans cet état d'esprit même chez toi, ça devient l'état d'esprit de toute ta vie. Foncer sans bruit dans la rue. Foncer sans se faire remarquer dans les couloirs du lycée. Si tu ne fais pas attention aux autres, ils ne feront pas attention à toi.

Maintenant que je passe à pied devant chaque maison et non en voiture, j'ai le temps de me demander si comme chez nous, certaines dissimulent des secrets. Et si les gens à l'intérieur comptent sur le fait que personne n'y prête attention. Je repense à ce que tu m'as dit à propos de Jessica. Comment ai-je pu louper ça ?

Sûrement parce que je fonçais tête baissée, non ?

Arrivé au *Coffee Tree*, je me suis dit qu'au lieu de penser aux maisons et tout ça, j'aurais mieux fait de réfléchir à ce que j'allais dire à Sloane. Elle était derrière le comptoir, comme prévu. Et c'était plutôt désert, parce que, faut être honnête, *Starbucks*, c'est plus cool que le *Coffee Tree*, et aussi beaucoup plus près du lycée. Il y avait quelques clients assis à des tables – des personnes âgées qui lisaient la rubrique des chiens écrasés dans le journal du matin, et quelques étudiants installés comme à la bibli.

Sloane fixait la porte quand je suis entré, elle m'a donc vu arriver. Elle avait déjà un regard noir, ce n'était vraisemblablement pas à cause de moi. Mais j'ai bien vu qu'elle se réfugiait derrière un mur de silence, avec juste une petite fente pour les commandes. Son supérieur se tenait juste derrière elle – ce vieux gars, Raymond, qui te fait ton horoscope pendant que la serveuse prépare ton expresso.

– Salut, mec ! m'a-t-il lancé lorsque je me suis présenté au comptoir. Tu prends quoi ?

– Salut, Raymond, juste un allongé, s'il te plaît. Et j'aimerais dire un mot à Sloane, aussi.

Son regard noir a pris un éclat incandescent tandis qu'elle répondait platement :

– Je travaille.

Raymond a laissé échapper un petit rire.

– Je peux bien te laisser dix minutes pour discuter avec ton petit ami.

J'ai bien vu que Sloane se retenait de lui hurler un bon gros *FUCK YOU* à la face. Mais j'imagine que, depuis qu'elle a été virée de *Starbucks* à Noël, elle a appris à s'adresser à son patron.

– Deux minutes suffiront, a-t-elle affirmé à la place.

Elle ne s'est même pas donné la peine d'enlever son tablier. Elle s'est ruée dehors. Tandis que je lui emboîtais le pas, Raymond a crié :

– Bonne chance, mon gars ! Je garde ta commande, le temps de voir si tu survis.

Sloane ne m'attendait pas devant, elle était dans la ruelle sur le côté, près des poubelles – qui sentaient plus l'œuf pourri que le marc de café.

– Qu'est-ce qu'il y a ? a-t-elle fait quand je l'ai rejointe.

– J'ai juste envie de parler.

– Bah vas-y, parle.

– Pourquoi tu es comme ça avec moi ?

– Je ne suis rien du tout avec toi, Ezra. Je ne suis plus obligée de te supporter, donc je m'épargne cette corvée. Je croyais que c'était évident.

– OK, ai-je fait. Très bien. Mais je ne m'en irai pas tant que tu ne m'auras pas raconté ce qui s'est passé entre toi et Bea.

– Pourquoi tu ne lui demandes pas ? a-t-elle répliqué.

Et là, elle m'a bien eu. Elle a vu que je devais réfléchir avant de répondre. Du coup, elle s'est engouffrée dans la brèche.

– Tu lui as parlé, hein ? C'est bien elle, ça !

– Je ne lui ai pas *parlé*. Et qu'est-ce que tu veux dire par là ?

Il est tout à fait possible que je ne sache pas distinguer le mépris de la pitié parce que je te jure, Bea, que je ne saurais pas dire ce qui dominait dans son regard quand elle m'a toisé.

– Ta sœur se sert des gens, Ezra. Elle a toujours besoin d'avoir quelqu'un à sa botte. Elle n'avait plus aucun pouvoir sur moi, elle avait tiré tout ce qu'elle pouvait de Joe, et donc il ne restait plus que… toi. Parce que je ne sais pas si tu as remarqué mais elle n'avait pas vraiment d'autres amis. Je me demande bien pourquoi…

Même si je savais que tu l'avais laissée tomber – même si tu avais des inquiétudes pour votre amitié –, je ne pensais pas qu'elle parlerait aussi froidement de toi. C'était la seule amie que tu aies jamais invitée à la maison, la seule personne qui ait traversé le champ de mines avec toi.

– Qu'est-ce qui s'est passé ? me suis-je étonné. Vous étiez comme des sœurs.

Sloane a soupiré.

– Ouais, bah, certaines sœurs ne s'adressent plus la parole une fois adultes. C'est la vie.

– Je sais que tu es en colère qu'elle soit partie. Moi aussi. Mais…

– Non, m'a-t-elle coupé, pour être en colère, il aurait fallu que je sois surprise. Sauf que je m'y attendais.

– Comment ça ?

– Je ne suis pas idiote. J'ai bien senti qu'elle me cachait quelque chose. Mais il y avait un truc entre ta sœur et moi. Avant, quand je savais qu'elle avait un secret, j'arrivais à deviner ce que c'était. Parce qu'il n'y avait pas de mur entre nous. Et soudain, elle a bâti une muraille, et le pire c'est qu'elle pensait que je ne le remarquerais pas. Alors je l'ai laissée faire. J'en avais assez de son petit jeu. J'en avais assez de voir Joe tomber dans le panneau et refuser de regarder la réalité en face.

– Mais tu ne parles plus à Joe non plus. Pourquoi ?

– Parce qu'il ne parle que d'elle. Et moi, j'ai envie de changer de sujet. C'est ce qu'elle voulait. Et je te conseille fortement de faire pareil.

– Oui, j'essaie, ai-je dit.

Sauf que « dire » n'est pas le terme exact. Quand les mots sont sortis de ma bouche, je me suis retrouvé dans la peau du petit frère de dix ans. Qui pleurniche.

Et ça, ça l'a touchée. Juste un instant.

– Je sais, a-t-elle fait. Je comprends. Quand j'ai su que tu étais parti de chez toi, j'avoue, Ezra, j'ai crié : « Hourra ! » Je me suis dit : *Il y a encore de l'espoir pour lui.* Mais il faut que tu fasses pareil avec Bea, couper les ponts avant qu'elle t'entraîne vers le fond.

– Comment ça, elle t'a entraînée vers le fond ?

Sloane a secoué la tête.

– Nan. C'est fini. Tu as obtenu tout ce que tu pouvais espérer de moi. Tu pourrais lui demander ce qui s'est passé, mais elle te mentirait. C'est comme ça. Et moi, je n'ai pas envie de remuer la merde. Lâche-moi et je te laisserai tranquille, OK ?

(Je rapporte ses termes mot pour mot : « Lâche-moi. » Mais sur le chemin du retour, j'ai réfléchi. On dit tous ça sans arrêt, mais c'est une drôle d'expression, quand même. Sérieux, qui a envie qu'on le lâche vraiment ?)

Je cherchais quoi répondre. Je voulais la toucher pour qu'elle continue à me parler. En même temps, je comprenais. Si elle en avait fini avec toi, elle en avait fini avec moi.

– Et ne reviens pas à l'intérieur, a-t-elle fait en rajustant son tablier. Je vais dire à Raymond d'annuler ta commande. Si tu veux un café, va au *Starbucks*, putain, ou passe quand je ne suis pas là.

Et c'est tout. Je ne peux pas dire que ça m'ait beaucoup avancé. Maintenant que je sais à quel point elle t'en veut, j'en déduis que ça a dû très mal se finir entre vous. Mais j'ignore toujours pourquoi.

Quant à ses tentatives pour m'éloigner de toi... bon, je suis en train de t'écrire, pas vrai ?

Je sais que c'est un peu décousu. Je suis rentré à temps pour dîner avec la famille de Joe, et maman a appelé, puis Terrence m'a envoyé un texto pour me dire qu'elle avait appelé chez eux également, et après j'ai joué aux jeux vidéo avec Joe pendant deux heures, puis j'ai passé beaucoup moins de temps à faire mes devoirs, et maintenant tout le monde dort, et je suis en bas, et je rumine sûrement tout ça pour éviter de penser au fait que tu as rendez-vous avec notre père demain. Je sais que tu espères vraiment qu'il sera là, et moi aussi, sans doute. Au moins parce que j'aimerais obtenir des réponses, Bea, même si ce ne sont que des demi-réponses ou des réponses qui se révèlent être des mensonges que nous réfuterons.

Alors, ouais. Bonne chance. Tiens-moi au courant.

Je t'aime (mais plus Sloane, visiblement),

Ez

Objet : Sloane
De : Bea <b98989898@ymail.com>
À : Ezra <e89898989@ymail.com>
Date : mercredi 17 avril 22:57 CST

C'est du Sloane tout craché.

Bref. Franco est parti et j'attends de voir si j'ai des nouvelles de toi avant d'éteindre l'ordi pour la nuit parce que, tu sais, j'ai rendez-vous avec notre père demain et ça fait quinze ans que je ne l'ai pas vu et je me suis rongé les ongles jusqu'à la peau, et j'ai à nouveau vomi et je devrais essayer de dormir un peu.

Je vais te rejouer la scène, Ez. Ce sera plus simple.

Le rôle de la meilleure amie sera endossé par Sloane. Le petit copain par Joe. Et la méchante, ce sera moi, bien sûr.

Époque : on est en décembre dernier. Décor : la soirée de Bradley. Tu sais que j'adore les soirées, surtout avec des gens du lycée – c'est ironique, évidemment, j'ai horreur de ça. Mais Meilleure Amie a insisté : « Allez, Bea, pour une fois. Tu ne fais jamais ce dont j'ai envie, tu es toujours perdue dans tes pensées, dans ton petit monde, il n'y a que toi toi toi, le moins que tu puisses faire, c'est de m'accompagner à cette putain de fête. » Et ainsi de suite jusqu'à ce que je cède parce que je ne voulais pas perdre mon amie, hein ? Donc, je suis allée à cette putain de fête.

Sauf que je suis arrivée en retard parce que, ce soir-là, Darren avait décidé de prendre tous les paquets au pied du sapin pour les mettre dans l'allée. Tu te rappelles la séance de destruction des cadeaux de Noël de l'an dernier, pas vrai ? Il n'y avait pas tant de paquets que ça déjà, alors était-il obligé de tous les écraser ?

Enfin, bref, je n'étais pas dans un état d'esprit très festif, mais tu étais chez Terrence, et Sloane et Joe étaient à la soirée de Bradley, il n'était pas question que je reste à la maison.

Donc, comme toi, j'y suis allée à pied. Parce que parfois marcher est le meilleur moyen de se remettre les idées en place. Sauf que quand je suis arrivée à la fête, pas de Meilleure Amie en vue. Pas de Petit Copain non plus. Mais j'avais fait tout le trajet à pied, je n'allais pas rentrer direct. Pour voir maman courir après tous les papiers cadeaux et rubans qui jonchaient le jardin ? Pour la regarder nettoyer le gâchis ?

Alors je suis restée, j'ai bu un verre, discuté avec les potes crétins de Bradley, comme une personne normale et ordinaire qui vit une vie normale et ordinaire – et dont les cadeaux attendent sagement sous le sapin et ne gisent pas écrabouillés sur le béton. Je me suis même dit : « En fait, c'est facile, je devrais le faire plus souvent. »

J'ai joué le rôle de Bea Ahern, la fille normale. J'ai ri et bavardé, je voyais bien qu'ils n'en revenaient pas, Bradley et ses copains, comme s'ils m'avaient prise pour un animal non doué de parole jusque-là. Si tu m'avais vue…

À un moment, je suis partie à la recherche des toilettes, et c'est là que je les ai trouvés. Meilleure Amie et Petit Copain. Dans la pièce où les parents de Bradley entreposent tout le matos de gym qu'ils n'utilisent jamais. Meilleure Amie était perchée sur un tapis de course et Petit Copain était assis à ses pieds. Sauf qu'ils ne faisaient pas ce que tu crois. Ils n'avaient pas cédé aux feux de la passion adultère. Je ne les ai pas trouvés nus. Même pas en train de s'embrasser. Non, ils étaient en train de parler de moi. À quel point j'étais égoïste. On ne pouvait pas compter sur moi. J'avais promis de les retrouver à la soirée et je n'étais pas venue. J'avais dit que je l'aimerais pour toujours et à jamais, et j'avais voulu le plaquer. Et même si c'était peut-être vrai que ma maison était un champ de mines, je n'étais qu'une menteuse, une mauvaise amie, trop nulle et égocentrique pour s'intéresser aux autres. Et bien sûr, c'était pas cool de vivre en terrain miné, mais je n'étais pas la seule au monde à devoir éviter les bombes. Meilleure Amie aussi. Petit Copain aussi. Peut-être pas les mêmes, peut-être pas aussi graves, mais est-ce que ça les empêchait d'être là pour les autres ? Non. Est-ce que ça les empêchait de venir aux fêtes ? Non.

Et là, ils se sont embrassés – quel cliché –, et d'où je me trouvais, c'était carrément dégueu, comme deux chiens qui se lèchent le museau. Mais ce n'est pas ce qui m'a contrariée. Je m'en foutais complètement qu'ils s'embrassent. Ce qui m'a blessée, c'est que les deux personnes dont j'étais le plus proche étaient en train de me traiter de grosse merde. Franchement, c'était pourtant sympa de croire que d'autres que toi, mon propre frère, m'appréciaient un tant soit peu.

Alors je suis partie. Je suis sortie de la maison. Dans la nuit. Dans le froid. Je me suis assise dans le jardin parce que je n'avais pas envie de rentrer. Je crois que je t'ai envoyé un texto. Ou pas. Je ne m'en souviens pas. En tout cas, je voulais.

Je suis restée assise là.

Encore.

Et encore.

J'attendais, je ne sais pas trop quoi. Peut-être que la situation se soit arrangée à la maison, que les cadeaux aient réapparu comme par magie et que maman dise : « Ah, te voilà, on s'inquiétait pour toi. Rentre au chaud, je vais te faire un chocolat », comme quand on était petits, avant Darren.

J'étais toujours là, devant chez Bradley, quand c'est arrivé. Toute l'histoire. Sloane est sortie avec Reggie Tan, et il s'est vanté à tout le lycée qu'elle avait couché avec lui sauf que c'est pas vrai, parce qu'elle voulait attendre la fac. C'est pour ça qu'elle m'en veut. Parce que si j'avais été là, il n'y aurait pas eu cette histoire avec Reggie, parce qu'elle n'aurait pas bu, pas autant, en tout cas, et qu'elle n'aurait pas été en colère et qu'elle se serait bien amusée. Si j'étais venue au lieu de la laisser en plan. Comme d'hab.

Je ne mens pas. Franchement, si c'était le cas, j'aurais inventé une meilleure explication, non ?

La vérité est toujours plus triste que les mensonges. Plus mesquine, plus minable, et beaucoup plus complexe. Comme la réalité par rapport à la fiction. Comme nous.

Petits et minables.

Je vais me coucher. Tu peux croire Sloane ou me croire, moi, Ez, ça m'est égal.

Sauf que non, ça ne m'est pas égal. Mais je suis trop fatiguée pour essayer de te convaincre.

Je t'embrasse,
Bea

Objet : Le matin de…
De : Bea <b98989898@ymail.com>
À : Ezra <e89898989@ymail.com>
Date : jeudi 18 avril 08:29 CST

Je me suis réveillée à cinq heures. Après avoir fixé le plafond et mâchouillé les petites peaux autour de mes ongles, j'ai fini par me lever pour me préparer. Je me suis même maquillée et j'ai essayé de faire quelque chose de mes cheveux. Puis je suis allée dans la partie magasin.

J'ai déballé des cartons, étiqueté des produits. D'abord l'huile d'olive, puis la tapenade, les crackers et les olives. Chaque bouteille, chaque bocal, chaque paquet est si beau. Je les ai maniés délicatement, comme des pierres précieuses. La plupart venaient de très loin. J'ai envisagé de me cacher dans un carton pour m'expédier en Italie ou à New York. Je me suis imaginée émergeant dans un endroit plein de vie, de bruit, de couleurs et de lumière, entourée d'étrangers qui ne me connaissent pas, qui ne savent rien de ma vie d'avant. J'ai rangé les bocaux, les bouteilles et les paquets un par un à leur place sur les rayonnages, en pensant au long trajet qu'ils avaient parcouru pour venir ici, comme moi. Un moment d'intense réflexion, Ez. Tu aurais été fier de moi.

Puis j'ai pris le balai et j'ai nettoyé toute la pièce jusque dans les moindres recoins, en me figurant que je balayais les miettes de mon ancienne vie. J'ai balayé, balayé. Ensuite, je me suis mise à quatre pattes avec de l'essuie-tout et du produit pour récurer le sol – adieu maman, Darren, Joe, Sloane et l'ancienne Bea –, jusqu'à ce que le parquet soit rutilant.

À un moment, j'ai entendu une clé tourner dans la serrure, et Franco est arrivé. Les yeux écarquillés, il nous a regardés, moi, les étalages et le sol, puis il a hoché la tête. Il a brandi un sachet de la boulangerie en disant : « Viens manger. »

On s'est assis sur des tabourets, derrière le long comptoir en bois, pour manger nos donuts encore chauds. Franco contemplait les rayonnages bien ordonnés, le sol étincelant dans la lumière du matin. Sérieux, Ez. Je suis brouillon (peut-être même souillon), mais tu sais que faire le ménage m'aide à réfléchir. Et là, je m'étais surpassée. C'était ma façon de les remercier, lui et Irène, d'avoir cru en moi et de m'avoir adoptée sans le dire vraiment – sans quoi le vieux Franco aurait risqué de me renvoyer d'un coup de pompe dans la rue.

J'ai mangé donut sur donut. Au bout d'un moment, il a désigné le magasin du menton, levant les yeux des rayonnages et du parquet pour les poser sur moi, et il a déclaré : « Beau travail. » Court, mais sympa.

On a fini de manger en silence. Et c'était *très* sympa. Tout.

Quoi qu'il arrive aujourd'hui, Ez, je t'aime aussi.

Objet : Presque l'heure de…
De : Ezra <e89898989@ymail.com>
À : Bea <b98989898@ymail.com>
Date : jeudi 18 avril 15:49 EST

Quand je vais me retrouver face à Joe, je ne sais pas si je pourrai m'empêcher de lui mettre mon poing dans la figure. Ou mon genou dans les couilles.

Mais ne pense pas à ça maintenant. Ni à ce que je suis sur le point de te dire. En fait, je te le dis juste pour le sortir de ma tête. Je sais que la prochaine fois que tu m'écriras, tu auras du nouveau sur notre père. Ou pas. Ça dépend s'il se pointe.

Mis à part tout ce que tu viens de me balancer sur Joe et Sloane, il y a un truc qu'elle a dit hier qui me trotte dans la tête – et c'est ça que je veux évacuer.

Parce qu'en marchant jusqu'au lycée aujourd'hui, je me suis demandé : comment ça se fait que je n'ai pas plus d'amis ?

Enfin, je ne suis pas tout seul. J'ai Terrence. On se parle sans arrêt. Mais sinon…

Ce que j'essaie de dire, c'est que si on compte les gens à qui je peux vraiment parler, pas ceux avec qui je déjeune le midi, eh bien, il y a Terrence, et puis…

Mes bons copains…

Merde.

Dans les couloirs, aujourd'hui, j'ai croisé plein de visages familiers, sauf que *leur vie* ne m'est pas familière. Ce n'est pas que je ne fais pas attention. Je sais qui sort avec qui. Qui bavarde en classe et qui écoute. Qui est souvent convoqué, qui est choisi le premier en sport. Je sais à peu près où chacun s'assied à la cafét.

Mais ce n'est pas de l'amitié.

Surtout quand je me demande ce qu'ils savent de moi.

Ce qui m'amène à cette question : ont-ils passé toutes ces années à m'éviter ou bien ai-je passé toutes ces années à les éviter ?

Je n'ai pas l'impression de leur avoir menti. Je les ai juste maintenus à distance pour que personne ne puisse jamais savoir la vérité.

Terrence a plein d'amis. De la paroisse. D'enfance. De l'an dernier. Du club d'athlétisme. Et ma présence ne les dérange pas, visiblement. Mais à part deux trois mots échangés dans les couloirs ou quand on sort tous ensemble, je ne suis jamais seul avec eux, ils ne me connaissent pas. À leurs yeux, je suis juste le copain de Terrence.

Je ne sais pas comment aborder le sujet avec lui sans risquer de l'éloigner encore plus de moi. Il culpabilise pour ce qui s'est passé entre nos mères. Et maintenant, ses parents se méfient de moi (il ne l'a pas formulé en ces termes). Il n'arrête pas de répéter « on va arranger ça », « je vais leur parler » et « tu es toujours le bienvenu quoi qu'ils en disent ». C'est gentil – je sais que c'est gentil. Mais c'est une cause perdue, je suis une cause perdue.

Alors que je suis en train de me demander comment il est possible que j'aie déjà vécu quinze ans, sans parvenir à me faire quinze amis, j'aperçois Jessica devant son casier, qui range ses bouquins avant d'aller déjeuner. Et je me dis : *pour prouver que je ne fuis pas les autres, je vais aller vers elle.*

Elle n'a pas l'air surprise que je l'aborde. On dirait presque qu'elle m'attendait.

– Ça va ? je demande.

– On fait aller.

Elle referme la porte, me dévisage.

– Et toi ?

– La galère. Je crois que je n'ai même plus d'endroit où dormir. Et ça… je peux te dire que ça craint.

Et Jessica, qui me connaît à peine, me répond :

– Putain. Je me doutais que ce n'était pas la joie, mais je ne pensais pas que tu étais à la rue.

Mon premier réflexe est de protester. De lui dire non, non, non, quelqu'un qui est à la rue, c'est un vieux bonhomme qui ne s'est pas douché depuis des semaines et pousse un Caddie plein de bouteilles. C'est une famille dont le toit a été emporté par une tempête. C'est un ado gay que ses parents ont jeté dehors et qui est obligé de vivre dans un foyer, sous un pont ou à l'arrière d'une voiture.

Je me dis que moi, je ne suis pas à la rue.

Puis soudain, je me pose la question : *Mais en fait, tu habites où, maintenant ?*

Et là, je réalise : *Je suis à la rue.*

Je n'ai pas eu de chez-moi où être en sécurité depuis des années.

Et maintenant, je n'ai carrément plus de toit.

Jessica n'a pas l'air surprise que je reste perdu dans mes pensées une longue minute, face à elle. Quand je reviens sur terre, je m'excuse, mais elle m'arrête. Pas la peine. Pas besoin.

Le problème, c'est que, pile à ce moment-là, Serena débarque en demandant ce qui lui prend si longtemps. Alors que je suis là, juste devant elle. Il est clair que c'est moi qui lui prends si longtemps.

J'ai très envie que Jessica l'envoie promener. Mais Serena est son amie. Peut-être sa meilleure amie. Et moi, je ne suis rien. Je n'ai aucun droit sur elle.

Jessica lui répond qu'elle arrive. Satisfaite, Serena se dirige vers la cafét.

Jessica se retourne vers moi pour proposer :

– Viens déjeuner avec nous.

Je secoue la tête en disant que je ne peux pas.

Elle me demande pourquoi. Je réponds :

– J'aurais dit oui avec toi seulement.

Je me rends compte que c'est vraiment nul, alors j'ajoute :

– Je n'ai rien contre Serena et tes autres amies. Elles sont sympas. Mais je ne peux pas leur confier les mêmes choses qu'à toi. Enfin, ne te sens pas obligée de m'écouter. Je veux dire, on ne se connaît pas. Enfin, pas beaucoup. Je veux dire… on n'est pas vraiment amis, alors je préfère que tu restes avec tes amies.

Franchement, c'est pitoyable. Comme si j'avais oublié comment interagir avec les autres humains.

Au lieu de prendre la fuite, Jessica acquiesce :

– Je comprends. Et si je pouvais m'en débarrasser, je le ferais. Seulement on a un exposé ensemble cet aprèm, et il n'est pas prêt, alors je dois y aller. Mais… si tu veux, on peut aller boire un café demain après les cours. Tous les deux.

– OK, je marmonne en m'efforçant de cacher (cacher !) ma déception.

J'ai besoin d'un ami maintenant, pas demain.

De toute façon, c'est idiot. Qu'est-ce que j'aurais pu lui dire ? « Tu ne me connais pas vraiment, mais je pète les plombs parce que, dans quelques heures, ma sœur qui a mis les voiles va rencontrer notre père qui a mis les voiles et j'ai l'impression que ma vie se joue là-bas, sans moi. »

Non. Je ne crois pas.

La seule personne à qui je peux me confier, c'est toi. Voilà.

Ma vie est sur pause tant que je n'ai pas de tes nouvelles.

En fait, peu importe comment ça va se dérouler, je veux juste que ce soit passé et qu'on sache ce qu'il en est, qu'on puisse y voir plus clair.

Bonne chance,

Ezra.

Objet : Bonjour
De : LONDON WOOSTER <l89989889@ymail.com>
À : Ezra <e89898989@ymail.com>
Date : jeudi 18 avril 20:03 CST

Cher Ezra Ahern,

Je m'appelle London Jonathan Calvin Wooster. J'ai quatorze ans (bientôt quinze !) et Bea m'a demandé de t'écrire. C'est moi qui l'ai contactée sur Internet. C'est à cause de moi qu'elle a fugué deux mois avant de passer ses exams et c'est à cause de moi que tu as mis le feu chez toi et que tu as dû partir vivre ailleurs. C'est moi qui lui ai envoyé les messages et qui lui ai demandé de venir. Je pensais que tu l'accompagnerais. Je suis ton frère.

Pardon.

Cordialement,

London Wooster

Objet : Re-bonjour
De : LONDON WOOSTER <l89989889@ymail.com>
À : Ezra <e89898989@ymail.com>
Date : jeudi 18 avril 23:21 CST

Cher Ezra Ahern,

C'est encore moi, London Wooster. Je sais que tu ne me connais pas, et je suis désolé de débarquer comme ça dans ta vie, mais je vais t'expliquer.

Je suis ton frère. Enfin, plus exactement, ton demi-frère. Surprise ! Je t'écris parce que Bea a filé et j'ignore où elle est partie et si j'aurai de ses nouvelles or, j'aimerais vous dire certaines choses.

Je ne sais pas comment m'y prendre. J'essaie de m'imaginer ce que je ressentirais si je recevais un message de ce genre de la part d'un inconnu. J'aurais sûrement envie de l'envoyer promener, et d'arrêter de lire. Sauf que, me connaissant, je ne pourrais pas parce que je suis trop curieux.

J'espère que tu vas continuer à lire. C'est le truc le plus flippant que j'aie jamais fait. T'écrire, je veux dire. Le truc le plus débile, c'est d'avoir contacté Bea en me faisant passer pour notre père.

Elle a mis un moment à me répondre, mais ensuite on a discuté. Je n'y croyais pas ! À un moment, je lui ai dit que j'allais mourir. Pas moi, mais papa. Ce n'était pas prévu, ça m'est venu comme ça. Et avant que j'aie pu changer d'avis, c'était sorti. Alors elle a dit qu'elle voulait venir me voir avant qu'il ne soit trop tard parce qu'elle voulait me connaître et je n'ai rien fait pour l'arrêter, et il se peut même que je lui aie dit que j'étais mourant. Et voilà, elle a débarqué !

Le truc, c'est que pour mon père – notre père –, je n'inventais pas complètement. Il est mort l'an dernier d'une crise cardiaque. C'était un bon père. Je ne dis pas ça pour te faire de la peine, mais c'est vrai. C'était le meilleur des pères, même si je n'ai pas de point de comparaison et que, du coup, ce n'est pas une évaluation scientifique ni rien. Je l'aimais. Il me manque. Tout ce que j'ai écrit à Bea à son sujet, c'était vrai. À 11 h 11, il faisait un vœu. Il ne posait jamais le pied gauche en premier en sortant du lit. Il ne ramassait pas les petites pièces, parce qu'il disait que d'autres en avaient sûrement plus besoin que lui. Et ce n'est qu'un aperçu de ses qualités.

Alors je suis vraiment désolé de vous balancer cette bombe aussi brutalement, mais je sais ce que ça fait. Parce que je viens d'apprendre votre existence. Je fouillais dans les cartons. Tous ces cartons contenant ses affaires. Et voilà. Bea a surgi des pages de son journal, où il faisait référence à sa seconde famille, sans l'avoir jamais mentionnée devant nous. Il avait embauché des détectives. Qui ont découvert que ta sœur vivait dans l'Indiana sous le nom de Beatrix Ahern.

Toi, tu n'apparaissais pas dans son journal. C'est Bea qui m'a parlé de toi. Je ne suis pas sûr que papa était au courant de ton existence.

Je suis vraiment désolé pour toi. J'ai l'impression que c'est un peu ma faute, parce que votre mère, Anne Wooster, l'a quitté en apprenant que la mienne était enceinte de lui.

Pardon.
London Wooster

Objet : Quelques infos sur moi
De : LONDON WOOSTER <l89989889@ymail.com>
À : Ezra <e89898989@ymail.com>
Date : vendredi 19 avril 08:12 CST

Cher Ezra Ahern,

Mes amis m'appellent Lo. On n'est pas amis et on ne le sera sans doute jamais, mais tu peux quand même m'appeler comme ça, si tu veux.

Ou tu auras peut-être une autre idée, ce serait cool. J'ai toujours voulu avoir un surnom. Mon meilleur pote, Thomas Warmflash, tout le monde l'appelle Wormy depuis le CE1. Et j'ai une amie – Megan Louise Vanacore – dans sa famille, c'est Midge. Pour Wormy et moi, c'est Meg. Sa copine l'appelle Vanna, et les autres Lou.

D'autres infos à mon sujet :

Je t'écris de mon portable, perché sur une branche du vieux chêne qui pousse devant la fenêtre de ma chambre. Quand j'avais sept ans, je l'ai baptisé Captain America, parce qu'il était grand, fort et qu'il avait l'air sympa. Tu dois te dire que c'est délirant. Toute cette histoire doit te sembler délirante.

Ma mère, Amelia, est paysagiste. Elle s'y connaît en plantes (la plupart des gens l'appellent Amy, mais mon père la surnommait Amélie, comme dans le film).

Des branches de Captain, je vois jusqu'au fleuve et à l'Arche.

Je suis en troisième.

Je vais t'envoyer une photo de moi pour que tu saches à quoi je ressemble. Bea et moi, on a le même nez, le nez de notre père. En le voyant, elle a soupiré :

– Tu l'as aussi. Désolée pour toi.

J'ai un chien, Moustache, qui a six ans.

Plus tard, je voudrais être archéologue. Papa m'emmenait souvent voir les fouilles supervisées par l'université et, parfois, ils me laissaient participer.

Je suis doué pour fouiller.

Je n'ai jamais eu de frère, mais j'en ai toujours rêvé.

Bien sincèrement,

Lo

Objet : Un dernier truc
De : LONDON WOOSTER <l89989889@ymail.com>
À : Ezra <e89898989@ymail.com>
Date : vendredi 19 avril 20:48 CST

Cher Ezra,

Je ferais sans doute mieux d'arrêter de t'écrire, je ne veux pas te harceler, ni rien. Mais je voulais te répéter que je suis désolé.

J'espère que tu auras envie de me répondre. Je vais rester perché dans mon arbre en attendant.

Ton frère,
London

Objet : Après j'arrête, promis
De : LONDON WOOSTER <l89989889@ymail.com>
À : Ezra <e89898989@ymail.com>
Date : samedi 20 avril 00:52 CST

Cher Ezra,

Bon, je ne vais pas rester perché dans Captain toute la nuit, parce que ce n'est pas très confortable et je dois me lever tôt pour aller à une fouille à Sappington House, la plus vieille maison en brique du comté. Et maman me tuerait. Et puis, si ça se trouve, tu ne vas pas me répondre tout de suite, ni jamais. Je ne peux pas rester là-haut si longtemps, je finirais par avoir faim.

Alors bonne nuit, Ezra. Et si tu décides de ne pas me répondre, adieu. Je suis désolé de ne pas t'avoir connu. Et qui sait ? Si ça se trouve, tu es aussi désolé de ne pas m'avoir connu.

London

P.S. : Ce n'était pas une menace, hein. Je voulais juste dire que si ça se trouve, tu as toujours rêvé d'avoir un frère, comme moi. Et me voilà.

P.P.S.: J'aimerais pouvoir remonter dans le passé avec le TARDIS de Docteur Who et tout changer. Et en même temps, bizarrement, j'ai l'impression que te rencontrer, ce serait retrouver un petit morceau de papa.

Objet : FW : Après j'arrête, promis
De : Ezra <e89898989@ymail.com>
À : Bea <b98989898@ymail.com>
Date : samedi 20 avril 02:12 EST

Bea,

Je t'en prie, dis-moi ce qui se passe. J'ai besoin d'avoir ta version des faits. Je n'ai confiance en personne d'autre.

Ez

Objet : FW : Bonjour
De : Ahern, Ezra
À : Hall, Terrence
Date : samedi 20 avril 07:24 EST

Terrence,

Voilà ce que j'ai reçu.

Ici, tout le monde dort encore, mais ils vont bientôt se réveiller. Il faut que je parte.

Je ne sais pas quoi faire. Mais au moins, tu sais ce qui m'arrive.

Bisous,

Ezra

Objet : RE : FW : Bonjour
De : Hall, Terrence
À : Ahern, Ezra
Date : samedi 20 avril 07:27 EST

Viens vite à la maison.
Je suis là.

<3 T

Objet : FW : Après j'arrête, promis
De : Ezra <e89898989@ymail.com>
À : Bea <b98989898@ymail.com>
Date : samedi 20 avril 10:12 EST

Bea,

J'ai appelé Terrence au secours et il a répondu présent.

C'est tout simple, pourtant ça n'avait rien d'évident pour moi, mais cette fois, ça a fonctionné.

Et ça m'a fait pleurer. Parce que je crois que jamais ça ne m'était arrivé. Pas comme ça.

J'ai pleuré parce que maman n'a jamais été là pour moi quand je l'appelais au secours.

J'ai pleuré parce que tu n'es pas là pour moi alors que je t'appelle au secours.

J'ai pleuré parce que mon père est mort et que je n'ai jamais pu l'appeler au secours.

J'ai pleuré parce qu'on ne sait jamais à quel point on est profondément sous l'eau jusqu'au moment où on se noie.

J'ai pleuré, et ça allait parce que j'étais dans les bras de Terrence. Et cette fois, il sait tout ce qu'il doit savoir, tout ce pour quoi j'ai besoin qu'il me serre contre lui.

J'ai pleuré parce que sa présence m'y autorisait.

J'ai pleuré parce que j'étais trop épuisé pour être en colère, trop abattu pour riposter, Bea.

J'ai pleuré parce que, quand je suis arrivé, son père était surpris de me voir là si tôt, un dimanche matin, mais Terrence lui a expliqué :

– C'est mon copain, papa. Mon *petit ami*. Je l'aime et si ça te pose problème, on pourra en reparler plus tard. Là, il a besoin de moi et je suis là pour lui que ça te plaise ou non.

J'ai pleuré en réalisant à quel point j'avais besoin de l'entendre dire ça.

J'ai pleuré parce que son père m'a laissé entrer et que sa mère m'a fait un bon petit déj.

J'ai pleuré parce que je commence à comprendre qu'aimer quelqu'un, l'aimer vraiment profondément, c'est avoir envie qu'il fasse partie de ta famille.

J'ai laissé toutes ces émotions monter en moi. Je me suis autorisé à les éprouver. Ce qui dominait, c'était le sentiment de perte. D'avoir perdu un chez-moi que je n'ai en réalité jamais eu. D'avoir gâché une si grande partie de ma vie jusque-là. On s'imagine que la perte, c'est le vide, le néant, mais non, c'est le plus douloureux.

Je me suis demandé ce qui nous a le plus blessés, de la part de maman et de Darren : ce qu'ils nous ont fait ou ce qu'ils n'ont pas fait ? Qu'est-ce qui nous a abîmés le plus profondément : leur présence hostile ou l'absence de tendresse ?

J'y ai réfléchi. J'ai ressenti tout ça.

Puis j'ai pris conscience de tout ce que j'avais. Pas seulement Terrence mais tout le reste.

Je me suis dit que c'était un nouveau départ. L'aube d'une nouvelle vie.

Et j'ai arrêté de pleurer.

Assis par terre dans la chambre de mon copain, qui ramassait les mouchoirs trempés en m'en tendant d'autres. Il m'avait rejoint en eau profonde et on ne savait pas quoi dire.

On n'avait jamais vécu ça avant. On s'était déjà aventurés au large auparavant, certes, quand il m'avait parlé de l'amour pas franchement inconditionnel que lui portait son père et de l'incapacité de sa mère à le convaincre du contraire. Ou quand je lui confiais ce que je voulais bien lui confier sur ce qui se passait chez nous. Un soir, il m'avait demandé de but en blanc si par « maltraiter » j'entendais se faire crier dessus, un peu bousculer parfois, et encore plus rarement prendre une claque, ou si cela avait été plus loin. J'avais confirmé que c'était à peu près ça et il avait répondu que c'était déjà beaucoup trop. Je n'avais pas nié, et nous n'avions pas creusé la question. Nous nous étions éloignés du bord mais nous nagions sur place. Nous ne nous étions pas aventurés en eau profonde parce que je pensais toujours que j'avais pied.

Mais maintenant, au grand large, j'ai besoin de lui parce que si j'arrête de faire du surplace, si je fatigue, je coule et je ne pourrai pas refaire surface. J'aurai peut-être même besoin qu'il me ramène au bord, et il m'assure qu'il est assez fort pour y parvenir.

Je suis toujours là. Par terre, sur son tapis. En eau profonde. Sauf qu'il m'a prêté son ordinateur portable et laissé un peu d'intimité pour que je puisse t'écrire. Il dit qu'il faut que je t'écrive. Que je dois comprendre la situation dans son ensemble.

Je sais qu'il a raison. Je sens que ça pourrait mal tourner, si je compte trop sur lui. Mais je me dis aussi que ce serait idiot de ne pas me fier à quelqu'un qui a toujours été fiable. Je n'avais pas réalisé cela jusqu'ici. Pas aussi clairement. L'importance de la confiance, parce que ce n'est pas quelque chose dont j'ai l'habitude.

OK. J'inspire profondément… voilà ce que j'ai à te dire.

Si London est vraiment celui qu'il prétend – et j'aurais tendance à le croire parce que je ne vois pas pourquoi tu lui aurais donné mon mail si ce n'était pas le cas –, je ne suis pas sûr d'avoir envie de le connaître. Je suis désolé que son père soit mort. Désolé qu'il ait toujours rêvé d'avoir un frère. Mais c'est tout, je ne ressens rien d'autre. Rien d'autre qu'une fureur épuisée.

C'est encore pire de savoir que notre père biologique était un type bien.

C'est encore pire de savoir qu'il a disparu et qu'on ne pourra jamais en profiter.

C'est encore pire de l'avoir appris de la bouche d'un inconnu et non de toi.

J'ai l'impression de passer ma vie à jouer à un jeu de comparaisons, du genre « Ça, c'est pas aussi pire que ça ». Je me répétais que notre vie avec maman et Darren aurait pu être encore pire s'ils avaient abusé de nous sexuellement. Ou s'ils nous avaient frappés au point qu'on atterrisse à l'hôpital. Ou s'ils nous avaient vraiment jetés dehors comme ils menaçaient de le faire. Ou s'ils nous avaient empêchés de voir Mimaw, la seule personne qui ait essayé de nous aimer. Ça aurait toujours pu être pire. J'ai fait la liste de tout ce qui aurait pu être pire. Ouais, c'est pas aussi pire que ça.

Pourquoi personne ne m'a jamais dit que c'était complètement idiot, comme jeu ? Pourquoi n'ai-je jamais vu que mon cadre de référence était complètement biaisé et que ce n'était pas ma faute ?

J'ai toujours senti le feu brûler en moi, Bea. Qui brillait comme un soleil, qui risquait d'aveugler tout le monde.

Mais je me trompais.

Ce n'était pas un soleil.

C'était une éclipse.

Et maintenant, j'ai l'impression de voir la vérité crue sans tous ces mensonges, tous ces petits jeux, tout ce déni…

Je comprends pourquoi tu es partie, Bea.

Je comprends tout à fait.

Mais on nage toujours en eau profonde, pas vrai ?

Et comment on en sort, maintenant, putain ?

Ez

Objet : En eau profonde
De : Bea <b98989898@ymail.com>
À : Ezra <e89898989@ymail.com>
Date : dimanche 21 avril 21 : 15 CST

Oui, Ez. C'est vrai. On a un frère. Un petit chiot enthousiaste de quatorze, presque quinze ans, qui s'appelle London et qui m'a piégée, poussée à quitter la seule vie que j'avais connue jusqu'à maintenant pour faire de moi une fugueuse et une décrocheuse. Ça ne s'invente pas, quand même.

Je suis désolée de ne pas te l'avoir annoncé moi-même mais je n'étais pas en état. Sinon, je serais retournée là-bas pour étrangler ce gamin de mes propres mains. Non que ma vie ait été géniale, mais me dire que j'ai gâché le peu de chances que j'avais, c'est dur à digérer.

Il nous ressemble, Ez.

Voilà comment ça s'est passé.

On avait rendez-vous à Forest Park, l'immense parc de la ville qui abrite le musée d'art, le zoo, le musée d'histoire et l'aire de jeux des Tortues, avec ses sculptures géantes à escalader. On aurait dit que toute la ville de Saint-Louis s'était donné rendez-vous là-bas. L'aire de jeux grouillait de mioches.

J'ai pensé que peut-être papa ne se rendait pas compte que

j'étais trop grande pour ça. Après tout, la dernière fois que je l'avais vu, je marchais depuis un an à peine.

Je me suis assise sur la pelouse et j'ai attendu. Puis j'ai eu peur qu'il ne me voie pas, là, dans l'herbe. Du coup, je me suis relevée, mais ça faisait un peu guindé et je ne savais pas quoi faire de mes bras, alors je me suis juchée sur la tête d'une des tortues, les jambes ballantes, l'air dégagé, *tra la la*. De là-haut, je voyais dans toutes les directions. J'ignorais par où il allait arriver.

Chaque fois que je repérais un homme de son âge, j'étais là, le cœur battant, le souffle coupé. *C'est lui !* Puis l'homme passait sans me regarder ou partait dans l'autre sens et je me ratatinais un peu plus, je me fondais petit à petit dans le béton marron boueux de la tortue.

Pauvre Bea.

Mais…

À un moment, un gamin a escaladé la carapace d'une autre statue. Il est resté perché là une minute, la main en visière, scrutant les environs. Je l'ai repéré parce qu'il portait une doudoune rouge vif alors qu'il devait bien faire dans les vingt-cinq degrés. Quand il m'a vue, il a sauté à terre et s'est dirigé vers moi.

Dès le premier coup d'œil, j'ai su qu'on était de la même famille. Mais alors qu'il venait à ma rencontre, j'avais beau me douter qu'on était liés, je cherchais encore papa derrière lui.

– Salut, il a fait.

– Euh… salut ?

Il était planté là, à me dévisager à travers ses lunettes, puis il a dit :

– Tes cheveux sont pas pareils. Ils étaient longs, ils sont courts maintenant. Et blancs.

– Pas blancs, blonds.

– Ils ont l'air blancs d'ici. Mais t'es jolie quand même. Différente.

– J'attends quelqu'un. Va-t'en.

– Je sais, il a dit.

C'est là que j'ai compris que papa ne viendrait pas. Où qu'il soit, il n'avait aucune idée que je me trouvais là. Mon estomac a fait un looping et mon sang s'est glacé malgré la chaleur.

Il a repris :

– Ton père s'appelle Jonathan Wooster. Jonathan Calvin Wooster.

– Jonathan Calvin Ahern.

– Non, Wooster.

– En ligne, c'était Ahern.

– Parce que c'est ton nom de famille. Et que tu pensais qu'il s'appelait comme ça. Il fallait que tu me croies.

– Alors qu'en fait, il s'appelait Wooster ?

– Ouais.

– Et donc… en réalité, je m'appelle Wooster aussi ?

– Je suppose…

– Oh, oh. Putain, c'est pas possible…

– Je peux te le prouver.

Je n'allais pas passer des heures à discuter avec un ado qui avait visiblement réponse à tout, alors j'ai fait :

– Et donc ?

– Et donc je suis son fils.

– Le fils de qui ?

Je jette encore un regard dans son dos, au cas où papa arriverait par un petit chemin ou surgirait de derrière un arbre.

Le gamin a poursuivi :

– Jonathan Calvin Wooster.

Il m'a tendu la main en annonçant :

– Je suis ton frère.

J'ai fait :

– Non.

– Si.

– Non.

– Si.

– J'attends mon père.

– Je sais.

Alors que mon estomac jouait les yo-yo et que mon sang gelait dans mes veines, j'ai répliqué :

– Si tu es vraiment le fils de Jonathan Ahern, je veux dire Wooster, prouve-le.

Il a brandi son portable et fait défiler des tas de photos de lui avec un homme qui ressemblait énormément à papa, du moins le papa de mes souvenirs. Puis il m'a montré sa carte de self avec son nom – London Wooster – et une photo de lui sans ses lunettes, un peu floue – il me ressemblait tellement que l'espace d'un instant, j'ai cru que c'était moi à quinze ans.

Alors j'ai fait :

– T'as aussi hérité de son nez. Désolée pour toi.

Puis je me suis écriée :

– London ? C'est quoi, ce nom ?

Mon cœur s'emballe parce que, même si on n'a pas le même nom de famille, je sais que c'est lui. Cet homme. Sur son portable. C'est notre père.

London répond :

– Je sais... mais tout le monde m'appelle Lo. Tu peux me donner un autre surnom si tu veux.

– Non merci.

– J'ai bientôt quinze ans.

– Tant mieux pour toi. Ça sort d'où, alors, ce Wooster ?

– Votre mère a changé de nom quand elle est partie.

Ce serait bien son genre, mais pourquoi je croirais ce gamin ?

– Qu'est-ce que tu veux, London Wooster ?

– Lo. Faire connaissance.

– Pourquoi ?

– Parce que notre père est mort l'an dernier et que je suis fils unique.

Il a sorti ça comme ça, Ez. « Notre père est mort l'an dernier. » D'un ton détaché et factuel.

J'ai répondu :

– C'est pas mon problème.

Mais j'avais du mal à respirer. Je me cramponnais pour ne pas tomber de la tête de cette stupide tortue en béton et m'écraser par terre à ses pieds.

Il a dit :

– T'es pourtant venue jusqu'ici.

– Pour le voir lui, pas toi.

– Mais je suis là et pas lui. Alors autant en profiter pour faire ma connaissance. Je suis désolé de t'avoir menti, je ne pensais pas que tu me répondrais. Et quand c'est arrivé, je n'y croyais pas, et tu m'as vraiment pris pour lui, et j'avais envie de continuer à discuter avec toi, donc je ne t'ai pas dit la vérité.

– Tu te rends compte à quel point c'est dégueulasse ?

– Ouais.

– Non, sérieux, franchement dégueulasse.

– Je ne…

– J'ai tout quitté pour venir le voir. Lui, pas toi.

– Désolé.

– J'ai laissé Ez.

– C'est qui, Ez ?

– Ezra. Mon frère.
– J'ai un frère ?
– Non.
– Mais…
– Non.
– Tu viens de dire…
– Non.
– Ezra ? Il s'appelle Ezra ?
– Non.
Et ainsi de suite pendant une éternité, Ezra.
Jusqu'à ce qu'il propose :
– Il pourrait peut-être venir aussi…

C'est là que je me suis levée. Et j'étais deux fois plus grande que London Wooster, perchée sur le crâne de cette tortue.

– Non. Arrête. Je ne suis pas ta sœur. Ce n'est pas ton frère. Peut-être d'un point de vue technique, mais c'est tout. On n'a pas le même père. Impossible, Ezra et moi, on n'en a jamais eu.

Il se peut que j'aie hurlé. Les gamins ont arrêté de jouer. Les gens nous fixaient. J'ai soutenu leur regard en braillant :

– C'est pas mon frère. Mon frère s'appelle Ezra et il est chez nous, dans l'Indiana. Et C'EST PAS LUI, ai-je fait en montrant London Wooster du doigt.

Là, les gens ont détourné les yeux, rassemblé leurs enfants, se pressant de partir, évitant de croiser mon regard.

London pleurait, ça m'a fait de la peine, mais sérieux, Ez, j'avais encore plus de peine pour moi. Parce que je n'arrêtais pas de penser à ma liste de questions :

Pourquoi tu nous as abandonnés ?

Et maman, elle a toujours été aussi naze ?

Et toi, tu es aussi naze qu'elle le dit ?

Tu connais Darren ? Tu sais comment il traite tes enfants ?
Toi, tu nous traiterais comme ça, si tu étais là ?
T'étais comment à notre âge ?
Tu voulais avoir des enfants ?
De quoi as-tu le plus peur ?
Qu'est-ce que tu as toujours voulu faire ?
À quel Avenger tu t'identifies le plus ?

Toutes ces questions auxquelles je n'aurai jamais de réponses parce que notre père a disparu en les emportant avec lui. C'est là que j'ai réalisé à quel point j'avais envie de savoir. J'en avais besoin. De ma vie, je n'avais presque jamais pensé à papa, à part pour me demander pourquoi il nous détestait au point de nous avoir non seulement abandonnés, mais abandonnés aux bons soins de maman. Et voilà que depuis quelques mois, je pensais à lui tous les jours. Je réalise à quel point j'avais envie de le voir. De lui parler. Et de lui poser toutes ces putains de questions.

Là, je me suis mise à pleurer. Je voyais le monde comme à travers un rideau de douche tout flou et dégoulinant. Tu parles d'eau profonde. Je ne pensais pas qu'on pouvait plonger aussi profond.

Je suis descendue de la tortue et, avant de tourner les talons, j'ai dit à ce gamin, à notre frère :

– C'est toi, le responsable de tout ça. C'est à toi de le dire à Ezra.

Je lui ai pris son portable des mains, j'y ai rentré ton adresse mail et je suis partie en le plantant là.

Objet : En eau toujours plus profonde
De : Bea <b98989898@ymail.com>
À : Ezra <e89898989@ymail.com>
Date : dimanche 21 avril 22:47 CST

J'ai quitté Saint-Louis. À pied. J'ai pris la route 70 et j'ai marché, marché, marché, pour sortir de la ville, mettre le plus de distance possible.

Puis j'ai fait du stop jusqu'à Columbia. Je ne sais pas pourquoi, peut-être parce que j'en avais entendu parler et que je ne connais pas d'autres villes du Missouri. Peut-être parce que le type qui m'a prise en stop était mignon dans le genre parfait gendre américain, et qu'il allait là-bas. Il s'appelle Patrick Aaron Robinson – Patch pour les intimes. Et il est dans l'équipe de basket de l'université de Saint-Louis. Malgré son air de bon gars bien comme il faut qui va à la messe tous les dimanches – yeux noisette, sourire éclatant –, il portait quand même un T-shirt des Sex Pistols et il avait accroché un parfum d'ambiance en forme de pin-up au rétro intérieur. L'ancienne Bea lui aurait jeté un coup d'œil et aurait tracé. Parce que c'est le BG parfait. Tu te souviens de Marcus Doyle, qui avait un an de plus que moi ? Patrick Aaron Robinson est encore plus beau. Donc l'ancienne moi aurait pensé *pas moyen, je ne saurais même pas quoi lui dire*, mais la nouvelle moi, décrocheuse et fugueuse, s'est retrouvée à côté de lui sur le siège passager.

Au début, il a essayé de faire la conversation, puis comme je ne répondais pas, il s'est tu. On a fait presque tout le trajet en silence. Moi ruminant que j'avais gâché ma vie à cause d'un gamin de presque quinze ans et que, maintenant, ce type allait me tuer et jeter mon corps dans les champs parce que je n'avais visiblement aucune jugeote et que les *serial killers* ont parfois une tête de bon gars qui va à l'église à la Zac Efron (Cf. *Extremely Wicked, Shockingly Evil and Vile*). Mon cerveau me criait : *Sors de cette voiture. Saute en marche, tant pis !* Mais mon corps restait assis.

À un moment, je lui ai dit :

– Si t'as l'intention de me tuer, autant le faire maintenant.

Il m'a regardée comme si j'étais folle.

J'ai insisté :

– Non, mais vas-y. Sérieux. Mieux vaut en finir.

– Tu veux que je te tue ?

Il m'a adressé un petit sourire en biais à fossettes, comme si je blaguais.

– Pas vraiment.

– Bon, d'accord, alors je vais m'abstenir.

On n'a plus parlé pendant une minute, puis il a repris :

– Tu sais que je plaisantais, hein ? Je ne suis pas un assassin. Quand je pêche un poisson, je le remets à l'eau, au grand désarroi de mon père.

– T'inquiète, j'ai dit.

– Comment tu t'appelles ?

– Tu n'as pas besoin de le savoir. Tout ce qui m'intéresse, c'est le transport gratuit.

– T'as une tête à t'appeler Martha.

– C'est de l'humour ?

– Non, non, vraiment. (Sourire, sourire, fossette, fossette.) Alors puisque tu ne veux pas me dire ton nom, je vais t'appeler comme ça.

Il s'y croyait un peu. Il se trouvait irrésistible. Et c'était vrai, mais là n'est pas la question. J'ai levé les yeux au ciel avant de me tourner vers la fenêtre.

– Alors, Martha, tu as de grands projets ou bien tu vas où la route te mène ?

C'était juste pour faire la conversation, mais je ne sais pas pourquoi, j'ai craqué. Tout ce que je retenais est soudain devenu trop lourd à porter et a roulé par terre, est tombé en cascade, et je me suis retrouvée sans rien. Les bras vides. Je n'avais jamais eu de grands projets, mais brusquement je n'avais plus rien. Comme si, au moment où j'avais rencontré London Wooster, la moindre esquisse de plan que j'aurais pu avoir était partie en fumée.

Je me suis mise à pleurer. Encore. Carrément les grandes eaux. Sanglots, hoquets, torrent de larmes.

Patrick s'est arrêté sur le bord de la route et je me suis dit, c'est le moment. Il va me tuer. Il a coupé le moteur. On est restés là deux ou trois minutes qui m'ont paru deux ou trois heures. Je savais pourtant que ce n'était que deux ou trois minutes parce que je fixais l'horloge du tableau de bord.

Puis il a fini par lâcher :

– Si ça ne tenait qu'à moi, je serais parti étudier à KU – l'université du Kansas – avec mes potes. Mais mon père avait d'autres projets.

Il m'a raconté que la criminologie le passionnait davantage que le basket, mais qu'il vivait tout seul avec son père – sa mère est morte quand il était petit – et, même s'il voulait bien faire, son père ne le connaissait pas, pas vraiment. Et pendant ce temps, je pleurais, je pleurais la tête dans les mains, en me demandant si ça faisait partie de son rituel de tueur en série. Genre, il tenait à me confier tout ça avant d'enrouler son câble de portable autour de mon cou et de jeter mon cadavre sur le bas-côté.

Puis il m'a demandé :

– Pourquoi t'as fait ça ?

J'ai laissé retomber mes mains. Je me suis tournée vers lui.

– Fait quoi ?

– Fugué ?

– Qui te dit que j'ai fugué ?

Je me suis essuyé tant bien que mal les joues d'un revers de main.

Il m'a alors regardée avec attention, en commençant par mes baskets et en terminant par mon visage dégoulinant.

– Ça se voit.

J'avais bien envie de sortir de cette voiture et de me remettre à marcher le long de cette autoroute. Mais, en fait, je n'avais rien à perdre. Et c'était vrai que j'avais fugué, non ? Je me retrouvais là, sur les routes du Missouri, après avoir abandonné mon frère – et l'autre, le nouveau, ce sale petit con – et tous les gens que je connaissais, y compris Franco et Irene. Alors j'ai répondu :

– Tu devrais essayer, si ta vie ne te plaît pas. Pourquoi tu ne t'enfuis pas ?

Il m'a dévisagée si longuement que j'ai pensé : *Là, il va me tuer*. Mais il a déclaré :

– T'as raison. Je devrais peut-être. Mais… Martha…

Il avait pris une voix douce et rauque comme un opérateur de téléphone rose.

– Le truc, c'est que je préfère filer vers de nouveaux horizons plutôt que me défiler.

J'ai hoqueté. Acquiescé. Articulé un vague oui.

– Mais je n'ai pas encore trouvé vers quoi j'ai envie d'aller.

Il a redémarré la voiture. On a repris l'autoroute et, pendant les deux kilomètres suivants, j'ai médité ça. « Je n'ai pas encore trouvé vers quoi j'ai envie d'aller. »

J'étais en train de réfléchir à tout ce que j'avais fui, mais qu'en fuyant c'était la première fois que j'avais quelque chose vers lequel aller. Même si ce quelque chose m'avait explosé à la figure, c'est vrai que filer vers, c'est mieux que se défiler.

Et ça m'a fait penser à cet idiot de London Wooster avec ses lunettes idiotes sur son nez idiot qui ressemble tellement à celui de papa. Il est venu vers moi, vers nous, Ez. Même si la méthode est sacrément tordue et dégueulasse. Mais ça ne change pas le fait qu'il est venu vers moi. Et peut-être que j'aurais dû l'écouter. Après tout, toi et moi, on n'a pas une famille étendue au point de pouvoir faire les difficiles, comme on dit. Je n'aurais peut-être pas dû lui donner ton adresse mail. Je suis désolée que tu n'aies pas appris la nouvelle de ma bouche. Mais en même temps, je n'avais pas envie que ça vienne de moi. J'estimais qu'il te devait une explication, t'expliquer pourquoi ta sœur t'avait laissé tomber. Il nous devait bien ça à tous les deux.

Plus je m'éloignais de Saint-Louis, plus je culpabilisais. Je n'arrivais pas à me sortir ce gamin de la tête. Alors j'ai demandé à Patrick de faire demi-tour et de me ramener là-bas. Au début, il a cru que je plaisantais, puis il a fait :

– D'accord, à condition que tu me dises ton nom.

– Je m'appelle Martha, t'avais raison.

Il savait que je mentais, mais il s'est contenté d'un :

– OK, Martha.

Et il a fait demi-tour.

J'ai lancé :

– Je peux refaire du stop. Il y a sûrement quelqu'un qui t'attend. Une étudiante avec des cheveux parfaits et une vie parfaite. Tu devrais aller la retrouver. Tu lui manques. Elle a beau être intelligente, douée et boursière alors qu'elle a les moyens de se payer dix facs si elle le voulait, elle va mourir sans toi. Sa famille l'a toujours soutenue, a toujours cru en elle. Tout fait pour elle. Tu ne voudrais pas la faire attendre. Felicity. C'est son nom. Ne fais pas attendre Felicity. Personne ne fait attendre Felicity.

Et il a répondu :

– Personne ne m'attend. Personne d'important. Et surtout pas cette fameuse Felicity. Et puis, c'est dangereux de faire du stop.

Il m'a adressé un nouveau sourire à fossette.

– Je veux juste savoir un truc. Si tu retournes à Saint-Louis, c'est pour aller vers quelque chose, pas pour fuir, hein ?

– Peut-être. Oui.

– Alors ça me va.

On s'est tus un moment, puis il a repris :

– Le cauchemar.

– Quoi ?

– Cette meuf, Felicity.

– « Meuf », c'est péjoratif. À moins d'être un vieux qui n'y connaît rien.

– OK. Bref, cette Felicity, ça a l'air d'être un sacré numéro.

– Oui, mais un bon numéro, pas un mauvais, comme moi.

– Selon qui ?

– Tout le monde.

– Ah.

– Sauf que c'est faux.

– Quoi ?

– Que je suis si nulle. En fait, je me trouve plutôt cool.

Et en le disant, j'y croyais. Je me suis revue perchée sur la tête de la tortue, en train de hurler à la face de tous ces gens qui me regardaient au pire moment de ma vie, comme s'ils trouvaient ça distrayant, comme si je les avais invités à prendre place pour assister au spectacle de la crise de nerfs de Bea. Je les ai revus s'enfuir, tout penauds, et je n'ai pas pu me retenir, j'ai éclaté de rire dans la voiture de Patrick Aaron Robinson.

Il m'a fixée, comme tous ces gens, alors j'ai dit :

– T'aurais dû voir ça.

On a roulé en silence quelques kilomètres. Je contemplais le paysage hideux et morne, en m'imaginant la vie de ceux qui grandissaient ici. Et nous, si on avait vécu là ? J'étais perdue dans mes pensées, comme ça m'arrive parfois, quand soudain Patrick a monté le son à fond au point que je ne pouvais plus penser à rien à part à cette musique. NWA, tu sais, le groupe californien ?

J'ai tendu la main pour baisser un peu.

– Qu'est-ce qu'il y a ?

– Oh, tu es encore là, tant mieux. Je disais que j'étais un sacré numéro, moi aussi.

– Mais non.

– Si.

J'ai à nouveau tendu le bras. Cette fois pour abaisser son pare-soleil et tirer le cache du miroir pour qu'il se regarde dedans.

– Mais non, regarde-toi.

Il a fait mine de s'admirer.

– Vas-y, prends le relais, Martha. Je regarde un truc.

Il a lâché le volant, que j'ai attrapé instinctivement pour qu'on ne finisse pas dans le décor ou encastrés dans la voiture d'en face. Il a tourné la tête d'un côté, de l'autre, a souri à son reflet, et s'est adressé un clin d'œil.

Puis il s'est rassis, bras croisés, pendant que je conduisais.

– Tu crois connaître les gens parce qu'ils t'ont fait du mal. Je vois bien. Mais moi, tu ne me connais pas.

Il a rabattu le pare-soleil et repris le volant. L'atmosphère dans la voiture a changé. Il a tendu un long bras nerveux pour remonter le volume.

On n'a plus échangé un seul mot du trajet. On a mis une heure à revenir à Saint-Louis, au parc, et le temps qu'on arrive aux tortues, London n'était plus là. Je me doutais bien qu'il ne serait pas là à m'attendre avec sa doudoune rouge dans le noir.

J'ai constaté :

– Il est parti.

Même si c'était une évidence.

Patch a enchaîné :

– On pourrait le chercher.

– Tu ne sais même pas qui je cherche.

– Pas grave. C'est beaucoup plus intéressant que tout ce que j'ai à faire en ce moment. Felicity comprise.

– *Fuck* Felicity, ai-je grogné.

Il a ri.

– Destiny.

– Quoi ?

– La fille que j'allais rejoindre quand tu m'as pris en otage s'appelle Destiny.

– *Destiny ?*

– Destiny.

J'ai levé les yeux au ciel.

– Destiny. Felicity. Même combat. Donc tu regrettes d'être là ? Avec moi ?

– Non.

Il était sincère. Je sens toujours quand les gens disent la vérité. Il avait les mains dans les poches parce que l'air s'était rafraîchi et j'ai pensé : *Voilà quelqu'un qui peut rester debout sans se demander quoi faire de ses mains.*

– T'es vraiment beau, j'ai dit.

Il a ri à nouveau.

– C'est juste ma tête, a-t-il fait en esquissant un geste vague autour de son visage. Bon, tu sais où il habite ? Le mystérieux inconnu que tu espérais trouver ici ?

– Non. Donne-moi deux secondes.

J'ai sorti mon téléphone, tapé Jonathan Calvin Wooster, et *paf !*, une adresse est sortie. Après toutes ces années à m'interroger sur mon père, en fait, je n'avais qu'à entrer son nom dans un moteur de recherche… Enfin, encore fallait-il connaître son nom.

J'ai brandi mon portable pour lui montrer.

– C'est lui ?

– Son père. Mon père aussi, techniquement. Mais apparemment il est mort.

– Oh, toutes mes condoléances.

– Merci. Et merci de m'avoir conduite ici.

– Ouais, mais tu ne vas pas te débarrasser de moi aussi facilement, Martha.

Il m'est passé devant pour retourner à la voiture. Comme je ne le suivais pas, il m'a lancé :

– Allez, viens. On peut passer la nuit sur le campus ou bien aller chez moi pour que je te présente mon très intimidant et néanmoins bienveillant paternel.

– Je sais où dormir.

– J'en suis convaincu. Viens.

Voilà pourquoi je t'écris de l'ordi d'un certain Nando, dans un dortoir de l'université de Saint-Louis. C'est le truc, Ez : on ne sait jamais où la vie nous mène.

Objet : En eau de plus en plus profonde (suite)
De : Bea <b98989898@ymail.com>
À : Ezra <e89898989@ymail.com>
Date : lundi 22 avril 01:28 CST

Bon, me revoilà. Tu ne savais pas que j'étais partie, c'est la magie des mails, mais Patrick et moi, on a passé les deux dernières heures à discuter dans de vieilles chaises longues sur le toit de son dortoir, sous un ciel partiellement étoilé. Moi, vêtue d'un de ses maillots de basket qui m'arrivait aux genoux pendant que mes vêtements crasseux tournaient dans une machine au sous-sol. D'abord, je l'ai questionné au sujet de Destiny.

– Alors, c'est quoi, l'histoire ?

Je le fixais. Au cas où il aurait décidé de mentir, je voulais être en mesure de le repérer.

– L'histoire de Destiny ?

– Ouais.

Il a bu une gorgée. A étendu ses longues jambes devant lui, les a croisées, puis a haussé les épaules.

– Je ne sais pas trop. Je crois que j'ai été distrait avant de le découvrir.

– Par moi ? ai-je demandé même si je connaissais la réponse.

Il a ri. Il ne se laisse pas facilement démonter, visiblement.

– Par toi.

– Depuis combien de temps vous êtes ensemble ?

– On n'est pas ensemble. Elle est étudiante à la fac du Missouri. Je l'ai rencontrée ici, à Saint-Louis, au *Repaire*, un petit bar de quartier. La semaine dernière. Je me rendais à Columbia pour notre premier rendez-vous.

Soudain, j'ai eu l'impression que les étoiles devenaient ternes. Je ne sais pas pourquoi, je me suis énervée. Contre lui. Contre cette fille de Columbia, Missouri, qui a sans doute une chouette histoire sans gros méchants, ni tristesse ni fugue.

– Je ne voudrais pas ruiner tes projets.

– Trop tard.

Il m'a souri.

– Si j'avais vraiment tenu à revoir Destiny, je ne me serais pas arrêté pour te prendre en stop.

Aussitôt, les étoiles ont retrouvé leur éclat, là-haut dans le ciel, et j'ai à nouveau pu respirer.

– Et toi ?

C'était son tour de me fixer, maintenant.

– Qui t'attend, là d'où tu viens ?

– Personne.

Sauf que c'était un mensonge, et là, sur le toit, sous les étoiles, je ne voulais pas laisser de place aux mensonges.

– Si, en fait, il y a Joe. Joe m'attend. Mais c'est fini… c'est fini depuis longtemps. Il le sait, mais…

J'ai laissé ma phrase en suspens. Je n'avais pas envie d'évoquer Joe, là, sur le toit.

– … Mais pas facile de se débarrasser de toi.

Je lui ai lancé un regard genre « ha ha, très drôle », seulement il ne plaisantait pas. Il me souriait, un sourire sincère et sexy.

– Je t'ai à l'œil, Martha.

Je n'ai pas pu m'empêcher de sourire, et on est restés là quelques secondes, à se sourire, comme deux ados dans une comédie romantique.

Puis il a détourné les yeux pour regarder au loin et me montrer sa maison, ou tout du moins la direction dans laquelle elle se trouvait. Il m'a confié qu'il n'avait pas revu son père depuis Noël parce qu'ils étaient en désaccord sur sa façon de mener sa vie. Patch suit la voie que son père a tracée pour lui, mais « il ne faut pas qu'il me demande en plus de le faire avec le sourire, ni qu'il s'imagine qu'il peut s'en mêler ».

Ça m'a rendue triste parce que, au moins, son père se préoccupe de lui. Je lui ai dit :

– Au moins, il s'intéresse à toi.

– Je sais, mais il y a une différence entre s'intéresser et écouter. Il ne m'écoute pas.

Je lui ai parlé de maman et de Darren qui n'en ont rien à faire de nous, puis je lui ai raconté que j'avais tout quitté, y compris toi.

Il a soupiré :

– Pour moi, ce n'est qu'une question de temps.

– Peut-être que c'est nécessaire.

Il a haussé les épaules.

– Alors vas-y, l'ai-je encouragé.

– C'est compliqué.

Il avait l'air agacé, comme s'il aurait préféré que je me taise, que je lâche l'affaire. Mais tu me connais, Ez. Je suis comme un chien avec son os. Je ne lâche jamais.

– Ou alors tu peux continuer à te plaindre, ai-je dit d'un ton impatient, légèrement agacée moi aussi.

Je n'ai jamais été un modèle de patience, c'est vrai, mais depuis que je suis toute seule et que j'ai traversé tout ce que j'ai traversé, encore moins. Je me sentais un peu plus mature que lui. Et responsable. C'était nouveau pour moi. Parce que j'étais en train de donner des conseils à ce super beau gosse qui avait le monde entier à ses pieds, comme une vieille bique qui a déjà vécu cent vies. J'avais envie de le secouer, de lui dire d'arrêter de faire comme tous ces gens qui ne cessent de pleurnicher que leur vie est nulle sans jamais rien faire pour en changer. Parfois les gens, même les plus intelligents, même les meilleurs, ont du mal à voir ce qui est sous leur nez.

Nos vies ont beau être sens dessus dessous en ce moment, Ez, au moins, on fait quelque chose pour que ça change.

Enfin, bref, je voulais te raconter ce qui s'est passé. Je ne sais pas où ça mène ni où je vais, mais je sais que demain matin dès l'aube – enfin, tout à l'heure, plutôt – le plus beau basketteur du monde et moi, nous allons là où habitait papa voir ce garçon qui prétend être notre frère.

Je t'embrasse,
Martha

P.S. : Il s'en moque sûrement, mais remercie Terrence de ma part. Je dormirai mieux ce soir en sachant que tu es avec lui et qu'il est au courant de ce qui se passe et que, quoi qu'il arrive, même si on s'aventure très très loin en eau profonde, il sera là pour te repêcher.

Objet : De la part de Bea
De : Bea <b98989898@ymail.com>
À : franco@francositmarket.com
Date : lundi 22 avril 01:50 CST

Cher Franco,

Je vous prie de bien vouloir m'excuser de ne pas vous avoir écrit plus tôt pour vous dire que j'allais bien mais je n'avais pas d'ordinateur.

Je suis venue ici pour retrouver mon père. C'est pour ça que je me suis enfuie de chez moi, je ne sais pas si vous l'aviez deviné. Mais le « père » qui m'avait donné rendez-vous s'est révélé être un demi-frère dont j'ignorais l'existence, mon vrai père étant décédé. L'ancienne Bea aurait décampé sans rien vous dire, alors même que vous vous êtes montrés si accueillants. Mais j'essaie de changer. La nouvelle Bea tient à vous demander pardon à tous les deux, vous et Irene.

En ce moment, j'ai pas mal de choses à régler. J'ai laissé mes quelques affaires chez vous. Si je ne suis pas revenue d'ici une semaine, n'hésitez pas à les jeter.

Merci encore.

Votre amie,
Bea

Objet : Réflexions nocturnes
De : Bea <b98989898@ymail.com>
À : Ezra <e89898989@ymail.com>
Date : lundi 22 avril 02:09 CST

Quand tu es avec Terrence, est-ce que tu as l'impression de devoir te montrer sous ton meilleur jour ; la meilleure version d'Ezra ? Genre… tu as parfois envie de cacher sous le tapis tous tes défauts et tes accrocs pour qu'il ne puisse pas les voir ? Ou bien au contraire de te secouer pour ôter la poussière, les toiles d'araignée et te faire tout beau ?

Ça ne m'arrivait jamais avec Joe, mais Patch est tellement beau, gentil et drôle qu'il en devient un peu intimidant. En plus, comme si ça ne suffisait pas, il est intelligent. Bizarrement, il aime discuter avec moi – ou alors c'est un très bon acteur –, et j'aimerais avoir sous la main une Bea plus belle, plus brillante et pétillante qui irait à ma place avec lui sur le toit, pour parler des étoiles.

Objet : Sunday bloody Sunday
De : Ezra <e89898989@ymail.com>
À : Bea <b98989898@ymail.com>
Date : lundi 22 avril 03:21 EST

J'ai commencé mon dimanche à l'église.

Je sais, je sais… Ferme la bouche, ta mâchoire va se décrocher. J'étais le premier surpris. Mais quand la mère de Terrence m'a proposé de venir avec eux à la messe, j'ai su que c'était important pour eux. Je l'ai lu dans les yeux de Terrence. Sa mère faisait un grand pas vers moi. Alors j'ai accepté l'invitation.

Le problème, c'est que je n'avais pas franchement la bonne tenue. Et je ne fais pas vraiment la même taille que Terence. Mais ce n'est pas ça qui allait décourager sa mère. Elle a ouvert un placard que je n'avais jamais remarqué auparavant et en a tiré un costume qui appartenait au père de Terrence quand il était étudiant.

Donc me voilà qui débarque à la messe, seul gamin blanc de l'église, qui sent la naphtaline et se prend les pieds dans son pantalon à chaque pas. Et à ton avis, comment les gens réagissent ? Ils ont tous l'air contents de me voir. S'ils me présentent comme l'ami de Terrence plutôt que son « petit ami » ? Tu penses bien que oui. Si ça me dérange ? Pas du tout.

L'office commence et, même si je n'ai aucune idée de ce que je dois dire ou faire, je sais ce que je fais là. Pas uniquement parce que c'est agréable d'être bien accueilli, même si ça compte. Non, je suis venu dans cette église en ce dimanche matin parce que mon père est mort et que je n'ai pas pu aller à son enterrement. Or j'ai envie de pouvoir lui rendre hommage dans ma tête. Il n'y aura pas de discours, parce que je ne sais pas quoi dire. Le cercueil sera fermé, parce que je ne sais pas à quoi il ressemblait. Mais autour de moi résonnent des chants et des prières, des amen et des alléluias. On est dans le fond de l'église, Bea, personne ne sait qu'on est là. Je repère London au premier rang avec sa mère qui sanglote. Je vois de nombreuses personnes se tourner vers eux pour les consoler. Je comprends que cet homme que je ne connaissais pas, cet homme qui est mort, leur a laissé de bons souvenirs. Et tout au long des funérailles, ils se les remémorent. Toi et moi, on essaie de les apercevoir. On aimerait juste en savoir un peu plus. On aimerait sentir qu'on a le droit d'être là.

Je me mets à pleurer. Là, à l'église, la véritable église, pas celle dans ma tête. Je ne sanglote pas, mais sur mes joues roulent des larmes que je m'efforce d'essuyer en vitesse. Tout le monde est tellement à fond en train de scander « Jésus Jésus Jésus », qu'ils ne le remarqueront sûrement pas. Pourtant, la mère de Terrence sort un mouchoir de son sac et me le tend. Puis quand j'ai fini de sécher mes larmes, elle me tapote la main. Ça va aller. Elle n'a pas besoin de le dire, c'est ce que signifie son geste.

Je dis une prière pour London et sa mère parce qu'ils traversent une épreuve difficile et que c'est peut-être le genre de personnes qui croient aux prières.

Après la messe, les gens discutent, se donnent des nouvelles. Terrence demande à ses parents si on peut rentrer à la maison à pied vu qu'il fait beau. Ils ont dû comprendre qu'il cherche un moyen de s'éclipser et ils acceptent. On en a pour une demi-heure de marche, on sera sûrement à la maison avant eux, à l'heure pour le déjeuner.

On ne parle pas beaucoup sur le chemin – c'est une jolie promenade par un beau dimanche. Comme tu peux t'en douter, Terrence et moi, on a passé beaucoup de temps ensemble ce week-end, à discuter ou pas. Il n'y a plus grand-chose à dire mais c'est agréable, pas gênant. Il me raconte des anecdotes sur des gens qu'on a croisés à l'église et j'essaie de comprendre de qui il parle. (Il les désigne en faisant référence à leur tenue et je n'ai pas le cœur de lui dire que, s'il enregistre ce genre de détail, je suis bien incapable de m'en souvenir.)

Tout occupé à bavarder, je ne remarque pas la voiture garée devant chez lui. Jusqu'à ce que Darren me hèle. Je me retourne et le vois au volant, la vitre baissée.

– Ezra ! braille-t-il. Monte dans la voiture. Tout de suite !

Maman est à côté de lui, Bea, elle regarde droit devant elle.

– Tout de suite ! répète Darren.

Je me fige.

Il menace :

– Ne m'oblige pas à venir te chercher.

Je suis pétrifié.

Je pense à toutes les fois où je lui ai obéi, presque instinctivement, pour éviter l'escalade, estimant qu'il est plus facile de céder à la demande que d'avoir à subir les conséquences d'un refus. « Ne m'oblige pas à sortir de cette voiture. Ne me fais pas répéter. Ne m'oblige pas à venir te chercher. Ne me force pas à venir te prendre ce truc pour le jeter. Ne m'oblige pas à te frapper. J'ai pas envie de te frapper, mais je le ferai si tu ne me laisses pas le choix. »

– Ezra, fait Terrence en me prenant par le bras, viens, on rentre.

La portière de la voiture s'ouvre. Claque. Darren traverse la rue.

Terrence me tire plus fort. Il va déchirer la manche du costume de son père.

Pourquoi suis-je incapable de bouger ?

Allez, vas-y. Monte dans cette voiture. Tu savais que ça allait arriver. Tu savais que tu ne pourrais pas rester ici.

Terrence arrête de tirer sur ma manche. Il abandonne. À cet instant, je suis convaincu qu'il m'abandonne.

Va-t'en, Terrence, je pense. *C'est bon. Je vais y aller.*

Mais au lieu de s'éloigner, Terrence s'interpose entre Darren et moi.

– Laissez-le, hurle-t-il. Vous êtes chez nous, ici.

Stop, je pense. Ça ne marchera pas.

Darren rit, s'avance sur le trottoir.

– Oh, oui. C'est chez toi, et il doit revenir chez sa mère, et je viens le chercher. Il est temps qu'il s'excuse pour tout ce qu'il a fait.

– Que je m'excuse ? je lance.

Il tourne ses yeux furieux vers moi, me fusillant du regard.

– Il n'est pas question que tu continues à faire du mal à ta mère comme ça, tu m'entends ? Maintenant, tu vas filer doux. Ça suffit, ces conneries, tu rentres à la maison.

Quel mot n'a-t-on jamais eu le droit de prononcer avec Darren ? Un mot de trois lettres qui commence par un N et finit par un N. Le mot interdit. Le mot dangereux. Le mot qui le met en rogne. Ce simple petit mot, il va te le faire payer.

J'ai vu ce qui arrivait quand tu l'employais. J'ai entendu.

Je sais aussi que ce mot n'a jamais rien empêché. Qu'il le piétinait furieusement.

Et si tu veux savoir la vérité, la misérable et sinistre vérité, je ne l'aurais sans doute pas employé si Terrence n'avait pas été là.

Si je n'avais pas eu aussi honte qu'il me surprenne en flagrant délit de faiblesse. C'est l'humiliation plus qu'autre chose qui m'a poussé à dire non.

Dès que le mot a quitté mes lèvres, Darren se jette dessus. Donc sur moi. Terrence essaie de l'arrêter mais Darren l'écarte de son chemin. La rage, Bea, la rage pure. Il me plaque au sol.

Les coups qui pleuvent. Darren à califourchon sur moi. Terrence qui pleure, puis qui essaie de l'écarter de moi. Moi qui pense *Alors je vais mourir comme ça ?* puis qui culpabilise pour le costume. Des voix – les voisins qui accourent. Qui hurlent : « Laissez-le ! » Et, soudain, miracle, Darren obligé de me lâcher. Arraché à moi. Repoussant Terrence et M. Anderson, le voisin. Mme Anderson qui crie : « La police ! J'appelle la police ! » Peut-être est-ce ce mot qui monte à son cerveau. Je ne peux pas me relever. Il leur gueule dessus maintenant, affirmant que c'est son fils et qu'il a le droit de le corriger comme il veut. « Tu l'as bien mérité », voilà ce qu'il me dit. Mais maintenant, il n'ose plus me regarder, toujours étendu par terre. « J'y vais, j'y vais », crache-t-il. Je tourne la tête vers la voiture.

Notre mère, Bea.

Notre mère.

Qui reste.

Assise.

Là.

À regarder droit devant elle.

Je suis là, maman.

J'ai envie de le lui crier, mais je ne veux pas faire revenir Darren.

Terrence me tend la main pour m'aider à me relever. Alors que je tâte l'arrière de mon crâne, il s'écrie « Merde ! » parce que j'ai du sang sur les doigts.

La portière de la voiture claque à nouveau. Darren fait un large demi-tour et, l'espace d'un instant, j'ai peur qu'il nous renverse. Mais il ne quitte pas la route et s'éloigne.

Mme Anderson examine mon crâne. Me dit que ça n'a pas l'air trop grave, mais que je ferais mieux de ne pas m'agiter pendant qu'elle va chercher sa trousse de secours et un verre d'eau.

Je reste par terre. Une autre voisine, Mme Clemmons, dit qu'elle a tout filmé avec son téléphone, y compris la plaque d'immatriculation. Terrence est assis près de moi, il me tient la main. Les voisins le remarquent mais ne font aucun commentaire. Au lieu de quoi, M. Anderson se présente et Mme Clemmons aussi.

Mme Anderson est en train de nettoyer la plaie (« juste une petite coupure », m'assure-t-elle) et de me mettre un pansement quand les parents de Terrence arrivent en voiture.

J'ai beaucoup de choses à leur expliquer et je ne leur cache rien.

Je leur dis tout.

Ils appellent la police. Rappellent l'épisode du cinéma. Et demandent une ordonnance de protection. La police va signifier à Darren qu'il n'a pas intérêt à m'approcher et leur explique la procédure pour obtenir l'interdiction officielle. Personne n'évoque les services sociaux, le foyer, tout ce que j'ai toujours redouté. Comme ils posent des questions sur toi, je leur assure que tu es majeure, qu'on est toujours en contact et que tu vas bien. La famille de Terrence fait comme si je vivais déjà chez eux, que tout était réglé.

Je ne te raconte pas ça pour t'effrayer. Ça va. C'était affreux de me retrouver face à lui, mais ça m'a permis de m'apercevoir que lorsque les gens entendent mon histoire, ils se rangent de mon côté, pas du sien. J'ai toujours peur, mais ça ne me paralyse plus. Pas autant qu'avant.

La mère de Terrence était prête à appeler la nôtre pour lui dire le fond de sa pensée – sincèrement, je ne l'avais jamais vue aussi remontée. Mais je me suis surpris à lui répondre que non, c'était à moi de le faire. Pas tout de suite. Bientôt. J'ai dans la tête cette image d'elle assise, regardant droit devant comme si la voiture roulait, et je sais que je ne peux plus me contenter de me taire. Non. Je vais devoir, très prochainement, lui dire ce que je pense. Et il faudra qu'elle assume. Qu'elle encaisse mes mots, plutôt que le silence.

Mais pas ce soir. Il est tard. Terrence a dit qu'il ne m'attendrait pas pour dormir, sauf que je sais que si. Avec tout ce qui s'est passé… on a quand même cours demain.

Tu dois le savoir puisque tu es dans une chambre universitaire, hein ? Alors, c'est comment, la fac, Bea ? On devrait essayer tous les deux, non ?

Mais commençons par le commencement. Tu vas découvrir ce qu'il y a à savoir sur notre père.

Et moi, je vais trouver ce que j'ai à dire à notre mère. Une bonne fois pour toutes. Je suis ouvert à toute suggestion.

Objet : #fuckdarren
De : Bea <b98989898@ymail.com>
À : Ezra <e89898989@ymail.com>
Date : lundi 22 avril 07:36 CST

Putain de merde, Ez.

Putain. De. Merde.

Évidemment, je me suis ruée sur Internet pour voir si Darren était sous les verrous, mais s'il existe un article mentionnant beau-père dément + mère dépravée + bagarre avec le fils ado de la mère dépravée devant le petit ami du fils et les voisins, je ne suis pas tombée dessus.

J'ai raconté tes exploits à Patch parce que, même si ce qui s'est passé est affreux et inacceptable, je suis vraiment vraiment très fière de mon petit frère trop badass. Et c'est lui qui m'a fait comprendre que le fait que Darren ait essayé de te traîner dans cette voiture aurait des répercussions bien plus graves. Parce que c'est allé plus loin que d'ordinaire. Ça ne m'a pas sauté aux yeux tout de suite, j'ai tellement l'habitude d'éviter de parler de maman et de Darren, de taire les trucs sordides qui se trament derrière la porte du 885 Hidden Valley Circle. Ma première réaction a été BON SANG, MON PETIT FRÈRE A UN SACRÉ CRAN. ET SI JE RECROISE DARREN UN JOUR, JE LUI METTRAI MON POING DANS LA FIGURE À LUI FAIRE AVALER SON NEZ.

Et je ne parle même pas de notre mère.

Mais alors que je lui racontais tout ça, Patch s'est levé brusquement, très sérieux, et a secoué sa tête de BG.

– Bon sang, Martha, a-t-il soufflé comme s'il avait retenu sa respiration jusque-là. Heureusement qu'il a un endroit pour vivre.

Moi :

– Ouais.

Sauf que maintenant, je m'inquiète, je me demande combien de temps les parents de Terrence sont disposés à t'accueillir.

– Mais, a poursuivi Patch – et ça, je n'y avais pas pensé –, la police risque de dire à ta mère que son mari doit partir, et alors tout rentrera dans l'ordre. Ezra pourra retourner chez vous s'il le souhaite.

Patch est vraiment quelqu'un de positif, au point que ça pourrait m'énerver s'il n'était pas aussi cool et réfléchi.

Bon, toi et moi, on sait tous les deux quelle réaction maman aurait si la police lui demandait de choisir entre Darren et toi. Ce serait forcément toi, pas vrai ? Son fils. Parce que, sérieux, quel genre de mère ravirait les enfants à leur père pour ensuite les abandonner au profit de son nouveau mec merdique ?

Peut-être le genre de mère qui ne veut pas voir que son nouveau mari tabasse son fils pour le forcer à monter dans la voiture. Où elle est assise, les yeux rivés droit devant elle. Comme si de rien n'était.

Non.

NON.

Qu'elle aille se faire foutre.

Qu'ils aillent tous les deux se faire foutre, Ez.

Je t'envoie ce mail en espérant que tu me répondras tout de suite.

Je suis désolée de ne pas être là.
Je suis désolée de t'avoir lâché.
Pardon.
Pardon.
Pardon.

Je t'embrasse,
Bea

Objet : De la part de Franco
De : franco@francositmarket.com
À : Bea <b98989898@ymail.com>
Date : lundi 22 avril 08:02 CST

Bea,

Merci de nous avoir donné de tes nouvelles. Prends bien soin de toi. Tes affaires sont là et on ne les jettera pas.

Ton ami,
Franco

Objet : Université de Saint-Louis (ma journée – partie 1)
De : Bea <b98989898@ymail.com>
À : Ezra <e89898989@ymail.com>
Date : lundi 22 avril 22:13 CST

Je ne sais pas trop par où commencer. On sait tous les deux que je suis allée voir notre frère aujourd'hui. Je vais te raconter notre rencontre.

Mais d'abord…

Patch et moi, on a quitté le campus vers dix heures après son cours d'introduction à la psychocriminologie. Pour gagner du temps, j'y suis allée avec lui. Personne n'a remarqué ma présence au milieu des deux cents étudiants de l'amphi. La prof est jeune, la trentaine, et ils l'appellent par son prénom, Dr Naomi. Trop cool. Enfin, bref, j'étais assise à côté de Patch, à humer son odeur de savon pour éviter de penser que 1) mon petit frère (toi) venait de se battre en public avec l'horrible mec de notre mère 2) j'allais passer la journée avec mon petit petit frère surprise (London) et sa mère (qui n'est pas la nôtre) dans la maison où notre père est récemment décédé.

Tout occupée à respirer le parfum de Patch, je passe complètement à côté du cours du Dr Naomi. Jusqu'à ce qu'elle aborde le thème de l'acquis et de l'inné concernant les criminels. « Sont-ils nés mauvais ? Les tendances criminelles se transmettent-elles par les gènes ? Ça se discute. Ou bien est-ce une conséquence de leur éducation – est-ce leur cadre familial, leur environnement social, l'influence parentale qui les a rendus comme ça ? » Et ainsi de suite.

Je lève la main sans m'en rendre compte, et Patch me donne un coup de coude. Fixant mon bras en l'air. Je suis son regard jusqu'à ma main, là-haut, à la vue de tous. Je la baisse brutalement, mais trop tard. La prof fait :

– Oui ?

Son ton est tellement amical. Chaleureux, sans jugement. Et du coup, j'ouvre la bouche pour suggérer :

– Et si c'était un peu des deux ? Et s'ils étaient nés avec des tendances mauvaises, comme nous tous, mais qu'elles aient été nourries par leur environnement spécifique ? Et si leur matériel génétique n'était pas pire que celui de tout un chacun mais qu'on leur avait constamment répété que leur seul choix était de devenir mauvais ?

Parce que… comment ça se fait ? Je commence à me dire que toi et moi, on n'a rien à se reprocher, Ez, quoi qu'en disent maman et Darren. C'est fou, si on te répète sans arrêt que tu es comme ceci ou comme cela, tu finis par le croire. Alors que ce sont eux qui ont tout à se reprocher.

La prof semble apprécier mon intervention. Elle prend l'exemple des victimes de manipulation mentale les poussant au crime – les membres de sectes, ou les filles qui gravitaient autour de Manson. En y réfléchissant, je m'estime heureuse – maman et Darren ont beau être des parents merdiques, jamais je ne tuerais, jamais je ne me graverais une croix gammée sur le front.

À la sortie, la prof me complimente :

– Votre remarque était très judicieuse…

Je vois qu'elle cherche mon prénom.

– Martha.

– Martha, répète-t-elle. Je vais suivre vos travaux avec intérêt.

C'est la première fois de ma vie qu'on me sort un truc pareil. Je suis pétrifiée sur place, incapable de bouger. Patch est obligé de me poser la main sur l'épaule pour me guider hors de l'amphi.

L'université. Je ne pense qu'à ça durant le trajet jusque chez London. Je n'y avais jamais réfléchi. Si, il y a un siècle, quand j'étais petite. Quand j'aidais Celia J'ai-oublié-son-nom et que je lisais des livres que même maman et Darren (s'ils ont un jour ouvert un bouquin) ne pouvaient pas comprendre. Mais une fois au lycée, j'ai réalisé que ce n'était pas pour moi. On n'avait pas les moyens ni l'ambition. J'y repensais encore de temps à autre ; cependant, on sait tous les deux qu'y penser et envisager sérieusement la possibilité, ce n'est pas la même chose. Si ça avait été possible, je serais restée, j'aurais passé mon diplôme en même temps que Joe, Sloane et le reste de ma classe, sauf que ça ne me semblait pas important.

L'université.

Je m'imagine, moi – une autre version de moi, un peu moins fugueuse, un peu plus fonceuse, un peu plus posée, un peu plus centrée –, arpenter le campus, assister aux cours, lever la main, débattre avec les profs et les autres étudiants. J'imagine ma chambre, toute en couleurs vives, genre affiches d'Andy Warhol. Je m'habillerais à la Edie Sedgwick, yeux smoky, minijupe et boots, peut-être même un béret un peu décalé. Je ferais signe à tout le monde et j'irais aux soirées, mais personne à part Patch et mon cercle d'amis le plus proche ne me connaîtrait vraiment. Une aura de mystère entourerait les « obstacles » que j'ai dû surmonter pour arriver là.

Je me vois en toge et coiffe monter sur l'estrade, apercevant Terrence et toi dans la foule, peut-être London, et Patch avec son sourire tout fier, trop craquant. Je ferais un discours sur le pardon et l'importance de croire en soi, affirmant que si j'ai réussi, alors c'est à la portée de tout un chacun. Il y aurait des larmes dans le public, des larmes dans mes yeux, et je quitterais la scène, convaincue du fond du cœur que je peux accomplir n'importe quoi.

Joli rêve éveillé pour une ancienne adepte de Manson, pas vrai ?

Objet : London Wooster (ma journée – partie 2)
De : Bea <b98989898@ymail.com>
À : Ezra <e89898989@ymail.com>
Date : lundi 22 avril 23:02 CST

Patch me conduit dans Saint-Louis tout en me faisant un petit discours d'encouragement. Mais pour une fois, ça ne me dérange pas, j'ai besoin de positiver. Dans ma tête, j'ai toujours tendance à douter, à voir le côté négatif, peut-être un peu moins qu'avant, mais quand même. Il parle, je l'écoute.

– Quoi qu'il arrive, ça ne changera pas qui tu es. Ça ne changera pas le fait que, toi, Martha, tu es incroyable et merveilleuse. Que ton sourire – quand tu t'en sers – pourrait éclairer les sombres nuits du Missouri. Que ton cerveau fourmille d'idées géniales et même un peu flippantes. Que tu es un feu d'artifice humain, électrique, scintillant, multicolore. Ton frère, Ezra, sera toujours là pour toi, même si tu t'aventures très loin de chez toi, même si d'autres demi-frères ou sœurs surgissent en chemin.

Alors que je m'imagine une ribambelle de petits London en doudoune rouge, Patch me rassure :

– Hé, Martha, tu gères.

– Et toi ?

– Et moi quoi ?

– Tu dois dire à ton père que tu as tes propres rêves.

Il balaie ma suggestion d'un revers de main. Fixe la route à travers le pare-brise.

– On est en train de parler de toi, là.

– On parle toujours de moi, je réplique un peu sèchement – pourtant, tu me connais, Ez, j'ai toujours aimé être au centre de l'attention.

– Parce que tu es beaucoup plus intéressante. Et en plus, mes problèmes, ça fait longtemps que ça dure, y a pas d'urgence.

Il tend la main vers l'autoradio, l'allume et se met à chanter sur une vieille chanson de Prince. C'est affreux, j'explose de rire, lui aussi et la tension se dissipe. Je reprends le refrain en braillant à pleins poumons ; ça fait si longtemps que je n'ai pas pris autant de place, fait autant de bruit sans avoir peur de gêner. Il chante avec moi en me prenant la main, et je le laisse faire. Je détestais tenir la main de Joe. J'avais l'impression d'être piégée, d'étouffer. Mais c'est si bon de sentir le contact d'une autre peau.

Je garde un œil sur le GPS, je vois les kilomètres défiler. Plus que cinq. Plus que deux. Plus qu'un kilomètre. Deux pâtés de maisons. Deux cents mètres.

Nous traversons un quartier résidentiel assez bourgeois. Arbres bien taillés, maisons à un ou deux étages, avec un porche ou non. Pas des cubes de béton, non, des maisons plus anciennes, qui ont du caractère. Beaucoup de SUV garés dans les allées.

Cent cinquante mètres. Cent mètres. Cinquante mètres. Et nous y voilà – la seule maison du voisinage dans ce style. Tout en angles et en hauteur. Très moderne, mais belle. Comme un Picasso.

La porte d'entrée s'ouvre avant même que je sois sortie de la voiture, avant que Patch ait fini de me dire de l'appeler pour qu'il vienne me chercher. Avant qu'il me fasse répéter (pour la dixième fois) son numéro de téléphone, vu que je n'ai pas de portable où l'enregistrer. London sort sur le perron dans une chemise Spiderman oversize, et me fait signe.

L'espace d'une seconde, j'hésite à dire à Patch de repartir, vite, loin d'ici. Que je ne sortirai pas de la voiture tant qu'il n'aura pas affronté son père et tenté de changer sa vie, comme moi.

Mais il me répète :

– Tu gères, Martha.

Du coup, je n'ai pas envie de le décevoir et je ne veux pas décevoir London non plus. Ce dernier me regarde en agitant désespérement le bras comme si je risquais de ne pas le voir au milieu de la foule.

Alors je ferme la portière de la voiture, laissant Patch à l'intérieur, et je remonte la petite allée pavée. London me tend la main et, au lieu de lui dire « t'es vraiment bizarre pour un gamin de quinze ans », je la serre et je le suis à l'intérieur.

J'aimerais tout te raconter en détail, Ez, mais c'est déjà long et je ne suis même pas encore entrée et j'ai tellement de trucs à te dire. C'est papa qui a dessiné la maison. Il n'était pas architecte, mais d'après London, il dessinait très bien et il voulait faire des études d'architecture quand il était jeune. Si, de l'extérieur, elle paraît très moderne, elle est chaleureuse et cosy à l'intérieur – comme sortie d'un magazine de déco, mais sans le côté « tout assorti » un peu *too much*. Spacieuse, mais pas vide. Très lumineuse. Avec plein de cadres aux murs. Des photos prises par notre père, surtout en noir et blanc, des arbres, des ciels, des horizons. Beaucoup de paysages. London me montre son appareil photo. En le prenant dans mes mains, j'essaie de m'imaginer cet homme que je ne connais pas se promener avec pour capturer l'instant. Je m'efforce de ne pas penser à tous ces instants qu'on n'a pas partagés.

Avant que London ait pu finir la visite guidée, une femme nous rejoint. Elle est souriante et jolie. Grands yeux bruns, lèvres rouges, cheveux auburn ondulés aux épaules. Elle se présente :

– Je suis la mère de London, Amelia. Tu dois être Bea.

Elle a un accent du Sud qui me charme immédiatement. Tout le contraire de notre mère.

Elle me serre dans ses bras comme si c'était la chose la plus naturelle au monde. Moi, la fille aînée de son mari décédé. Une parfaite inconnue qui fait irruption dans sa vie. Elle me prend par les épaules et m'étreint – un câlin mère-fille comme à la télé ou dans les films. Elle sent le miel et les fleurs – la rose, peut-être –, j'inspire son parfum.

Elle me relâche trop vite et me propose quelque chose à boire. Avec London, nous terminons la visite dans sa chambre. Elle n'est pas plus grande que la tienne ou la mienne. Peut-être même un peu plus petite. Il me montre un par un tous ses souvenirs : l'oreiller avec une petite poche pour laisser sa dent perdue à la petite souris ; ses figurines Avengers ; le costume de Spiderman du Halloween de ses dix ans ; ses vieux pistolets Nerf ; ses livres ; la dernière photo que papa a prise de lui. Et ainsi de suite jusqu'à ce que j'aie l'impression d'étouffer.

Il faut que je sorte de cette petite pièce pleine de bonheur. Il est au milieu d'une phrase en train de me montrer quelque chose quand je tourne les talons et reviens vers l'escalier. Notre frère me suit, un livre à la main. On redescend dans le salon, où Amelia a posé deux thés glacés sur la table basse en verre. Je bois même si c'est trop sucré et citronné, assise sur le grand canapé vert foncé, contemplant la vue. Il y a un lac ou un étang, enfin un plan d'eau. London se laisse tomber à côté de moi.

– La vieille mare. Pour rire, papa disait qu'on avait une villa en bord de mer.

Amelia nous rejoint et nous voilà tous les trois assis, tous les quatre en comptant Moustache le chien. London s'adresse à elle :

– Tu te rappelles quand papa disait qu'on avait une villa en bord de mer ?

– Oui.

Voyant mon verre vide, elle se relève d'un bond et file le remplir. J'ai encore la bouche pâteuse de cette boisson trop sucrée mais je ne l'arrête pas parce que c'est gentil de sa part.

Je demande à London :

– Elle est toujours comme ça ?

– Comment ça ?

– Gentille.

Il hausse les épaules.

– Ouaip.

On se dévisage mutuellement un moment, puis je dis :

– Désolée pour l'autre jour.

– C'est bon. C'est ma faute. Je t'ai tendu un piège. Je n'aurais pas dû me faire passer pour papa. Je n'aurais jamais fait ça si j'avais su que tu allais laisser tomber le lycée et Ezra pour venir.

– Oui, tu n'aurais pas dû faire ça.

Et soudain, je me vois à travers ses yeux – avec mes cheveux blond décoloré, mon jean et mon T-shirt propres mais froissés, mes sourcils froncés. Tu parles d'une déception, la grande sœur. J'ajoute :

– Mais je suis contente de savoir, pour papa.

Et je ne dis pas ça pour être gentille, mais parce que c'est vrai.

Il sourit, je m'autorise à sourire aussi.

Tu vois, ce n'est pas si difficile. Il suffit que tu laisses ton visage se détendre et ça vient tout seul.

Amelia réapparaît, pose un verre de thé glacé devant moi, puis s'assied au bord d'un fauteuil, penchée en avant, les coudes en appui sur les genoux.

Je ne sais pas quoi dire. J'agite la main pour désigner les livres, sur l'étagère. De belles éditions reliées de James Joyce, Herman Wouk, Zora Neale Hurston.

– Je les ai tous lus, dis-je.

Et c'est vrai.

Amelia hausse les sourcils.

– Je ne pensais pas que quiconque sur cette terre soit venu à bout de Joyce.

Elle rit.

– Moi si.

Je réponds platement, sans humour. J'ai l'impression d'être une poupée en papier, posée sur ce canapé, craignant d'être emportée par un coup de vent.

– Eh bien, ça alors, dit-elle avec son accent du Sud.

Puis elle désigne London du menton.

– Il s'est excusé ?

– Oui.

– Tant mieux.

Elle sourit, son ton est amical mais un peu « mamantesque ».

– À mon tour, je voulais m'excuser pour lui.

Je ne sais pas bien si elle parle de London ou de notre père.

– Mon fils comprend ce qu'il a fait.

Oh, d'accord, London, alors, pas notre père.

On discute, comme de vieilles amies. Amelia Wooster est chaleureuse et charmante, avec son accent chantant. On bavarde poliment un moment – ce qui n'est pas mon fort –, quand enfin elle affirme :

– Je suis sûre que tu as des questions.

Puis elle reste là, à attendre que je les pose.

J'oublie complètement la liste que j'avais préparée pour papa. À la place, je demande la première chose qui me passe par la tête :

– C'est vrai qu'il a trompé notre mère avec vous ?

Elle ne cille pas. N'hésite pas, comme si elle se doutait que j'allais l'interroger là-dessus.

– Techniquement, oui.

– J'aimerais savoir… enfin… ce qui s'est passé exactement ? Sans entrer dans les détails, bien sûr, mais…

Je laisse ma phrase en suspens.

– Eh bien…

Elle jette un regard à London.

J'aurais peut-être dû le lui demander en privé, et pas devant son enfant.

– Désolée…

– C'est bon. En fait, ça n'excuse rien, mais sur la fin, ils ne s'entendaient plus. Et puis, ton père et moi, on s'est rencontrés et… on a su.

– Su quoi ?

– Qu'on était faits l'un pour l'autre.

Elle laisse échapper un petit rire du style « le destin, que veux-tu ? ».

Je vois bien qu'elle en est convaincue, mais je trouve que ce n'est pas trop le genre de choses à dire, surtout vu les circonstances. C'est quand même à cause d'elle si mon père a quitté ma mère, si horrible qu'elle soit.

– Dans un couple, les torts sont partagés. Je sais bien. Et il en était conscient. Alors je te dois des excuses, Bea. Je te demande de me pardonner pour le rôle que j'ai joué dans cette histoire. J'en suis vraiment profondément désolée.

Elle est tellement sincère que ça me prend de court. Je sens mes yeux me brûler sous mes paupières. Je me dis que ce doit être la clim ou l'air filtré de cette maison de luxe avant de comprendre que ce sont des larmes que je retiens.

– Merci, dis-je.

Mais j'ai du mal à trouver les mots, je suis submergée. C'est trop de choses à la fois. Amelia est vraiment gentille. C'est quelqu'un de bien. Ma mère n'est pas quelqu'un de bien. Mon père était peut-être quelqu'un de bien, ou pas. Mais pour la première fois de ma vie, je ressens le besoin de défendre ma mère. Cette mère qui n'a même pas signalé ma disparition à la police. Cette mère qui m'a dit qu'elle n'attendait rien de toi ni de moi, mais surtout de moi, parce que nous étions trop durs et perturbés. Ce sont les mots qu'elle a employés. Durs. Perturbés.

London s'agite nerveusement. Pour presque quinze ans, par certains côtés, il fait jeune. Et par d'autres, il est déjà très mature. Un vieux gamin. Il a envie de sortir jouer, me montrer la mare, la salle de jeux au sous-sol et le grenier tout là-haut, mais j'ai d'autres questions. J'aimerais savoir si Amelia a déjà rencontré notre mère, si nos parents ont essayé de recoller les morceaux ou si c'était cuit à partir du moment où il a rencontré sa merveilleuse seconde épouse. Est-ce qu'il a essayé de nous retrouver ? Vraiment vraiment ? Quel genre de père était-il ? Et c'est vrai qu'il ignorait qu'il avait un autre fils ?

Mes questions se déversent sur le canapé vert, sur la table basse, sur les magazines – *The New Yorker, Vanity Fair, Elle Décor* –, sur le tapis à motifs géométriques.

– Je n'ai jamais rencontré Anne, me répond Amelia. On s'est parlé au téléphone, mais c'est tout.

– Au téléphone ?

– Une fois. Elle a appelé après notre mariage pour dire que vous aviez un nouveau père et que ce n'était pas la peine de vous chercher.

– Darren. Son mari. Un connard. Pas un père.

– Je suis désolée. Ils sont toujours ensemble ?

– Malheureusement, oui. Même si, pour autant que je sache, il doit être en prison maintenant. Enfin, s'il y a un dieu quelque part.

Elle écarquille légèrement les yeux, puis se reprend, tout en lèvres rouges et cheveux brillants.

– Ton père et ta mère ont été mariés pendant six ans. Ils étaient d'accord pour dire que c'était une erreur. Mais pas toi. Tu as été désirée.

– C'est réconfortant.

J'ai l'air de faire de l'ironie, parce que c'est ironique.

– Il a failli vous retrouver une fois. Il avait engagé un détective qui l'avait découverte. C'est à ce moment-là qu'elle a appelé. Elle a dit que s'il essayait encore, elle vous emmènerait très très loin et s'assurerait que vous ne vouliez plus jamais le contacter. Alors oui, il a essayé. Il a passé des nuits blanches. Il n'a jamais bien dormi. Il restait là, à tourner et se retourner. Il disait qu'il n'arrivait pas à éteindre son cerveau.

Comme moi, je pense.

– Et il a cessé ses recherches, après son appel ?

– Oui.

– Pourquoi ?

Elle s'agite, elle est mal à l'aise. C'est moi qui ai la main, là. Je prends une grande goulée de thé glacé trop sucré et repose le verre à côté de son sous-verre. Elle fronce les sourcils.

– Pourquoi a-t-il arrêté de nous chercher ?

Je suis lancée, je ne peux plus faire marche arrière, je dois savoir.

– Il devait se dire qu'il ne pouvait pas gagner contre elle, répond-elle à l'adresse de la table, du cercle de buée qui s'est formé sous le verre.

– Mais c'était notre père, il avait autant de droits sur nous qu'elle.

Elle relève les yeux, me regarde à nouveau.

– C'est juste que… Je ne sais pas comment expliquer… il s'est dit que ce serait plus facile pour tout le monde comme ça…

– Je comprends. Parce que j'ai vraiment eu une vie facile. Je ne peux même pas vous dire à quel point.

Amelia et London me dévisagent. Peut-être ont-ils peur de moi, cette étrangère enragée qui débarque chez eux et pique sa crise. J'ai envie de balancer un truc, juste pour les faire sursauter. Je me demande si je pourrais soulever la table basse et la jeter à travers l'immense baie vitrée.

Je reprends :

– Bon, alors si je comprends bien, il a laissé tomber ses premiers enfants parce qu'il avait trouvé une nouvelle femme.

Elle ouvre la bouche. La referme.

– Et Ezra ?

Un bref silence, puis :

– Il n'était pas au courant pour Ezra.

– *Il n'était pas au courant ?*

Ma voix résonne trop fort dans cet espace immaculé. Elle se répercute contre les murs blancs, les photos encadrées, les meubles simples mais de bon goût. Je vois Amelia et London tressaillir.

– Enfin, il n'a pas su tout de suite. Il l'a longtemps ignoré.

– Je vois.

Je me vois surtout jeter le fauteuil, les livres, les cadres un par un dans la mare.

– C'était quel genre de père ?

Je me tourne vers London à présent.

Il me regarde avec de gros yeux de hibou. L'air terrorisé. Il a perdu sa langue, comme s'il venait seulement de comprendre que tout ça, c'était pour de vrai. Je repose la question.

– C'était un bon père…, commence Amelia.

– Je ne vous demande pas à vous, mais à lui.

Je fixe London sans ciller.

Les yeux de hibou vont d'elle à moi.

– C'était un bon père. Il était gentil. À l'écoute. Il était drôle…

– … mais un peu sarcastique, intervient Amelia en se penchant pour reposer mon verre sur son sous-verre et essuyer la table avec sa serviette.

– Ouais, confirme London.

Ils pouffent tous les deux comme s'ils se rappelaient une anecdote et, à cet instant, je les hais pour tous les moments, tous les souvenirs qu'ils ont partagés avec notre père.

– Je ne comprenais pas toujours. Maman dit que c'est parce que je suis plus terre à terre.

– Très terre à terre, insiste-t-elle, mais pas méchamment.

– Genre ? fais-je sans comprendre.

– Genre je m'appelle London.

Il me regarde comme si c'était évident.

– Ah ouais, je comprends, je fais, même si je n'ai rien compris.

Il poursuit :

– Papa avait le don de tout rendre amusant : les maths, la lecture, les devoirs. Ça devenait une aventure. Il détestait rester enfermé. Il aimait être au grand air. On faisait la course à vélo. Il me laissait toujours gagner, alors qu'il était plus rapide. Il gardait les petites pièces dans sa poche et en laissait ici et là pour faire plaisir à ceux qui les trouveraient. Il était gentil avec les animaux.

Il continue, mais je n'écoute plus, Ez. Comme si mes oreilles en avaient assez entendu pour la journée – ça suffit. Je ne distingue plus qu'un brouhaha lointain. Je vois les lèvres de London remuer, sous le nez de notre père, et je sais qu'il parle, mais c'est brouillé, comme transmis par talkie-walkie depuis le Kansas.

À un moment, il s'arrête et avec sa mère, ils me regardent comme si c'était à mon tour. Sauf que je ne sais pas quoi dire. *Tant mieux pour vous. Il avait l'air sympa. Un chouette papa. Un super mari. Quelqu'un de bien. Et je suis trop contente que vous ayez eu la vie qu'on aurait dû avoir, Ez et moi. Ou tout du moins dont on aurait dû profiter un peu.*

Ils attendent, et ça fait malpoli de ne rien répondre. Je le sais. Je me creuse la tête pour trouver les mots – des mots pas tristes, pas pesants, qui ne vont pas les culpabiliser encore plus.

Et finalement je m'entends dire :

– Il préférait quel Avenger ?

Amelia et London se regardent. C'est une question idiote, je sens bien qu'ils me jugent. Ils doivent se dire : *Non, mais d'où elle sort, celle-là ?* Je deviens écarlate. Mais ils répondent d'une même voix :

– Bruce Banner.

– Pas Hulk, précise Amelia. L'homme.

C'est un petit détail, mais voilà que je me mets à pleurer. Pas comme dans la voiture avec Patch, non, de longues larmes qui coulent une à une en me brûlant la peau.

J'en ai voulu à notre père toute ma vie. Je lui en voulais de nous avoir laissés avec maman. J'étais tellement en colère que j'avais envie de le tuer si jamais je le revoyais un jour. Et maintenant que je suis là, dans son salon, dans la maison qu'il a dessinée, je me sens affreusement coupable, comme si j'avais vraiment commis un meurtre. Je passe du manque et de la colère qui ont toujours fait partie de moi, comme mes bras ou mes jambes, à un sentiment de vide, de perte immense, parce que cet homme m'a désirée. Tout du moins au départ.

Amelia s'empresse de me prendre dans ses bras, elle me berce doucement. Cette femme qui a été mariée à notre père pendant des années et qui le connaît sans doute mieux que quiconque. Et nous, on ne le connaîtra jamais, Ez. Jamais.

Je sanglote encore plus fort. London vient de l'autre côté et prend ma main entre ses petits doigts potelés aux ongles absolument pas rongés. Je les contemple en me disant que si j'avais grandi ici, avec notre père, Amelia, London et toi, je ne me serais jamais rongé les ongles. Je n'aurais pas eu de raison de le faire.

Puis je me dégage de leur étreinte et je me lève, toute morveuse, trempée et tremblotante d'avoir tant pleuré. Ils aimeraient que je reste. Amelia a fait un rôti pour le dîner et London veut me présenter ses copains. Il n'a qu'à les appeler et ils seront là en cinq minutes parce que Wormy et The Meg ou je ne sais quel surnom, habitent tout près.

– Non, je dis.

Parce qu'il faut que je sorte de là. Je pourrais rester, mais à quoi bon ? Ce n'est pas ma maison, pas ma famille, même s'ils sont adorables et « si-contents-de-m'avoir-retrouvée ». C'est trop gnan-gnan. Trop parfait. Et ce n'est pas vrai. Tout du moins, pas pour moi. J'ai l'impression que mon cœur va exploser. Quand on a l'habitude des coups bas, c'est dur de recevoir des marques d'affection. On a instinctivement envie de tout envoyer promener. Et de prendre la fuite.

Je ne demande même pas si je peux appeler mon ami pour qu'il vienne me chercher. Je prétexte un rendez-vous, je les remercie pour tout et je veux rapporter le verre dans la cuisine, mais Amelia me le prend des mains.

London me raccompagne à la porte.

– Quand est-ce que tu reviens ? Je fais une fête pour mon anniversaire, la semaine prochaine. Viens, comme ça, je pourrai te présenter tout le monde.

Amelia toussote. Elle sait très bien que je ne reviendrai pas, parce qu'elle est perspicace, la seconde femme de notre père. C'est une personne gentille et sensible, qui comprend bien les autres.

– Nous sommes très heureux d'avoir pu passer un moment avec toi, Bea. Tu seras toujours la bienvenue ici, n'est-ce pas, Lo ? Mais nous savons que tu as ta vie.

Même si c'est faux. Je n'ai pas de vie. Nulle part où aller. Personne qui compte sur moi ou qui m'attende. Personne qui me cherche. Le seul homme qui s'est donné la peine de me chercher a disparu.

Je me rue hors de la maison. Patch m'attend là, dans sa voiture, comme s'il n'était jamais parti. En le voyant, j'ai à nouveau envie de pleurer. *Pourquoi tout le monde est si gentil avec moi ?*

Je suis au milieu de la pelouse quand j'entends mon nom. Amelia me court après, une boîte à chaussures dans les mains. Elle dit :

– Tiens, c'est pour toi.

Et elle me tend la boîte. Des Nike. Homme. Pointure 46. À papa.

– C'est quoi ?

– Des lettres. Toutes les lettres que ton père a écrites à ta mère. J'ai pensé qu'elles te revenaient. Il aurait sûrement voulu que tu les aies.

– Merci.

Et malgré mes réticences, je la serre dans mes bras. Ce n'est pas très naturel, mais c'était la chose à faire. Puis je monte dans la voiture de Patch, la boîte sur les genoux, et nous démarrons. Je ne me retourne pas.

J'aimerais t'écrire encore, mais je suis vidée, Ez.

Je me sens complètement retournée, triste, j'ai envie de me rouler en boule dans un coin et de rentrer ma tête sous mon T-shirt.

J'aimerais que tu sois là. J'aimerais être auprès de toi. J'ai envie de rentrer mais pas chez nous.

Quand je vois la vie de London Wooster, je me dis que c'est normal que ce soit un bon gars (bien qu'un peu bizarre). Il peut se permettre d'être bizarre, drôle, et de porter une doudoune rouge au printemps parce qu'il n'a jamais eu peur de décevoir quiconque. Il a cette confiance en soi des gens qui se savent aimés. On n'a jamais eu ça, excepté entre nous. J'espère que tu l'as toujours senti de ma part. Je l'ai toujours senti de la tienne.

Je t'embrasse,
Ta sœur,
Bea

Objet : Alliés
De : Ezra <e89898989@ymail.com>
À : Bea <b98989898@ymail.com>
Date : mardi 23 avril 00:35 EST

Terrence dort, donc j'ai tout mon temps. Ça tourne en boucle dans ma tête, mais peut-être que si j'arrive à coucher ça par écrit, ça me soulagera.

D'abord, on dirait que tu as voyagé dans l'univers alternatif de papa. C'est la seule image qui me vient à l'esprit. Une ligne temporelle qui se déroule parallèlement à ma vie sans jamais la croiser. Je sais que je devrais ressentir quelque chose en lisant tout ça, mais en fait non. Ma vie n'est pas là-bas. Ma vie est ici. Ce serait sans doute différent s'il était vivant, si on avait la possibilité de prendre un nouveau départ. Sauf que ce n'est pas le cas.

Non, mais tu y crois, toi ? Elle a réussi à effacer notre père de nos vies. Qu'est-ce qu'elle a dans la tête, notre mère, hein ?

Je commence à me dire que le seul moyen de savoir, c'est d'aller chercher l'info à la source.

Et en même temps, je m'aperçois qu'on a beaucoup appris sur notre famille par comparaison, vu que rien n'était clairement formulé. Comme la fois où, en primaire, quelqu'un a parlé du livre que lui lisait son père ou sa mère avant de dormir et là, je me suis dit : *Ah ouais, c'est un truc que les parents font ?* Ou quand on allait à un anniversaire et que les parents n'avaient pas l'air contraints et forcés de fêter ça. Maintenant que je vis chez Terrence, je constate qu'il participe à la conversation alors qu'on n'avait jamais voix au chapitre. Maman et Darren se moquaient complètement de ce qu'on pouvait raconter du moment qu'on suivait les règles qu'ils nous imposaient. Ils nous aimaient mieux muets. Enfin, « aimer » est un bien grand mot. Je vais reformuler autrement : plus on était silencieux, moins on les dérangeait.

Tout ça pour dire que, dans l'univers alternatif de papa, tu faisais l'expérience du plus grand contraste.

Sans doute l'erreur était de considérer qu'une famille habitait dans cette maison. En fait, il y en avait deux : Darren et maman d'un côté, toi et moi de l'autre. Ou bien Darren et maman d'un côté et, sur la touche, une famille composée de nous quatre. Mais la famille que formaient maman et Darren passait avant. Toujours. On était trop petits pour le voir. Ou paralysés par la peur. Je ne sais pas.

Encore un truc (et après je vais me coucher).

Je suis content que notre père ait tenté de nous écrire.

Et pourtant, je me dis qu'il aurait pu se donner un peu plus de mal quand même.

Objet : En direct de l'univers alternatif de Bea
De : Bea <b98989898@ymail.com>
À : Ezra <e89898989@ymail.com>
Date : mardi 23 avril 09:02 CST

Je suis dans la chambre de Patch. Il a cours et son coloc aussi, alors je suis là, assise par terre, adossée contre son lit, le contenu de la boîte à chaussures étalé devant moi. Je fais comme si c'était ma chambre, malgré les posters vintage de whisky au mur et l'odeur de garçon qui flotte dans les airs. J'imagine ma vie à l'université. Traîner au dortoir entre les cours, faire la fête, lire tous les bouquins de la bibli, les choisir et les rapporter dans ma chambre parce que j'ai ma propre carte d'étudiante, qui me donne le droit d'emprunter des livres et de manger à la cafétéria. Participer à des débats enflammés en cours et entendre les autres étudiants – mes camarades de promo – commenter « Ça, c'est Bea tout craché » ou peut-être même « Sacrée Bea, elle a toujours le dernier mot », l'air impressionné. Je m'imagine faire des petits boulots pour mes profs, écrire ou relire des articles. Un truc en rapport avec la lecture. Je me vois m'aventurer dans le monde avec un diplôme qui m'ouvre toutes les portes.

Quelqu'un frappe justement à la porte en braillant :

– T'es là, bro ?

Je suis tellement dans mon rêve éveillé d'étudiante que je

sursaute et réplique « NON ! » de la voix la plus grave possible. Le visiteur reste là une minute – je vois l'ombre de ses pieds sous la porte –, puis finalement s'en va.

Il y a seize lettres de papa.

Seize.

Je m'attendais à plus. Qu'est-ce que tu en penses ? Je ne sais pas. Ou alors c'est déjà bien, vu la situation ? Sur une quinzaine d'années ?

La première remonte à l'année de ta naissance, cinq mois après le départ de maman. Tu n'étais pas encore arrivé, tu en avais encore pour un mois au chaud. Papa demande à notre mère de revenir.

On peut trouver un arrangement. Pour notre fille. On ne va pas lui gâcher la vie comme nos parents ont gâché la nôtre. Je t'en prie, reviens qu'on en discute. Ou bien je peux venir te retrouver quelque part.

La lettre est revenue avec la mention *N'habite pas à l'adresse indiquée*. Il n'a jamais posté les suivantes.

Voilà un autre extrait :

C'est toi qui as dit qu'on n'aurait jamais dû se marier. Pendant longtemps, je n'ai pas voulu te croire, mais devine quoi ? Tu avais raison, Anne. C'est ce que tu veux entendre ? Je suis désolé de ne pas t'avoir crue et de m'être raccroché à l'espoir qu'on puisse être heureux ensemble. Le temps que je comprenne, j'ai rencontré Amelia et tu sais ce qui s'est passé ensuite. Si ça te fait du bien de me traiter de salaud et de me traîner dans la boue, vas-y.

Mais moi, ça ne m'intéresse pas de ruminer cette histoire. Je veux juste que tu me rendes ma fille. Je suis désolé pour ce que j'ai dit. Elle ne sera jamais un fardeau. Ni pour nous, ni pour moi, ni pour notre vie. Je l'ai peut-être dit mais je ne le pensais pas.

Elle ne sera jamais un fardeau.

Ce qui implique qu'il a dû, à un moment ou à un autre, lui dire que j'étais un fardeau.

Au cas où on se serait demandé si nos parents avaient un jour vécu une belle *love story*, Ez, voilà qui confirme que non, c'était plutôt *American Horror Story*. Mais j'espérais qu'ils s'étaient au moins un peu aimés, pas toi ?

Objet : En direct de l'univers alternatif de Bea (II)
De : Bea <b98989898@ymail.com>
À : Ezra <e89898989@ymail.com>
Date : mardi 23 avril 09:48 CST

Cinq mois.

Je n'arrête pas de me demander : pourquoi a-t-il attendu cinq mois pour lui écrire ?

Il espérait peut-être qu'elle allait revenir. Ou alors il ignorait où envoyer sa lettre. Mais ça me trotte dans la tête. Pourquoi a-t-il attendu aussi longtemps ?

Si on m'avait enlevé mon enfant, je serais partie à sa recherche tout de suite.

Objet : En direct de l'univers alternatif de Bea (III)
De : Bea <b98989898@ymail.com>
À : Ezra <e89898989@ymail.com>
Date : mardi 23 avril 10:16 CST

Nouvel extrait de la correspondance de notre père :

Anne, je t'en prie, recontacte-moi. Ce que tu as fait, ça s'appelle un kidnapping, sauf que tu ne m'as pas demandé de rançon. Je n'ai plus aucune nouvelle de toi. C'est aussi ma fille. J'ai merdé, j'ai dit des conneries, mais ce n'est pas à Madelyn de payer.

Madelyn.

Hum.

Cette lettre n'a pas été postée, comme toutes les autres sauf la première. Et comme la plupart, elle mentionne une certaine Madelyn.

Par exemple, *Rends-moi Madelyn.*

Laisse-moi voir Madelyn.

Madelyn est ma fille aussi.

Madelyn n'a que trois ans.

Quand j'ai dit que Madelyn était un fardeau, je ne le pensais pas.

Madelyn et toi, vous ne pourrez jamais être un fardeau. Je n'aurais jamais dû dire que tu me pesais.

Je n'ai peut-être pas été un bon mari, mais laisse-moi être un bon père pour Madelyn.

Madelyn.

Madelyn.

Madelyn.

Putain.

Objet : L'univers alternatif de Madelyn
De : Bea <b98989898@ymail.com>
À : Ezra <e89898989@ymail.com>
Date : mardi 23 avril 10:42 CST

Madelyn Sierra Wooster est née le 22 août à 18 h 33 à l'hôpital Saint-Luke de Saint-Louis, dans le Missouri. Elle pesait trois kilos cent soixante-quinze.

Elle tient son nom d'une grand-tante du côté de son père et de la Sierra, chaîne de montagnes de Californie où ses parents, Calvin Wooster et Anne Vanessa Mathis, sont partis en lune de miel.

Madelyn a fait ses premiers pas à dix mois.

Son premier mot a été « là-haut » à un an, suivi par « oui », puis à quatorze mois par une phrase complète : « Je fais toute seule. »

Elle avait les cheveux blond foncé, les oreilles et le nez de son père ; les yeux, les pommettes et les grandes mains de sa mère.

Sa mère la surnommait Maddy et son père Bee parce que, dès qu'elle a su marcher, puis courir, elle bourdonnait comme une abeille d'un bout à l'autre de la maison.

Objet : L'univers alternatif de Madelyn (II)
De : Bea <b98989898@ymail.com>
À : Ezra <e89898989@ymail.com>
Date : mardi 23 avril 11:03 CST

M'AVEZ-VOUS VUE ?
Madelyn Sierra Wooster

Date de la disparition : 15 septembre
Lieu : Saint-Louis, Missouri
Âge au moment de la disparition : 3 ans
Sexe : féminin
Type : caucasien
Taille : 96 cm
Poids : 16 kg
Yeux : marron
Cheveux : blonds / châtains
Signes particuliers : oreilles percées. Répond au surnom Bee.

Circonstances : Madelyn a disparu le 15 septembre à Saint-Louis, Missouri, en compagnie de sa mère (description disponible). Nous sommes sans nouvelles d'elle depuis ce jour.

Objet : L'univers alternatif de Madelyn (III)
De : Bea <b98989898@ymail.com>
À : Ezra <e89898989@ymail.com>
Date : mardi 23 avril 11:10 CST

Je ne les lis pas toutes d'un coup. C'est assez répétitif. Le cœur serré, je les range dans la boîte à chaussures avant de les glisser sous le lit de Patch. OK, c'était mignon de la part de papa d'imprimer une affiche de recherche. Mais qu'est-ce qu'il en a fait ? L'a-t-il vraiment accrochée sur les poteaux, dans les vitrines des magasins ? Postée sur Internet ?

Je n'en sais rien.

Mais je ne peux pas m'empêcher de penser qu'il aurait pu en faire plus. Pourquoi n'a-t-il pas au moins signalé ma disparition à la police ? Pourquoi n'a-t-il écrit que seize lettres ? Apparemment, il m'aimait et il voulait me retrouver – même si c'était carrément nul de dire à maman que j'étais un fardeau –, mais voulait-il vraiment me récupérer ? Ou plutôt voulait-il vraiment récupérer Madelyn ? Ou seulement punir maman de m'avoir enlevée ?

Ça tourne en boucle dans ma tête. J'ai envie de noyer tout ça dans l'alcool, mais ensuite je dessaoulerais et les pensées seraient toujours là et je ne peux quand même pas passer le restant de ma vie ivre morte, hein ?

Hein ?

J'ai mangé toutes les petites peaux autour de ce qui me restait d'ongles. J'ai les doigts en sang. Je vais finir par les rogner jusqu'au coude, jusqu'à l'épaule, jusqu'à la tête, jusqu'à disparaître. J'aimerais pouvoir disparaître.

Mais c'est le cas, non ? C'est exactement ce que j'ai fait. Bea Ahern – disparue. Madelyn Wooster – disparue également. Il ne reste plus rien de moi.

Objet : L'univers alternatif de Madelyn (IV)
De : Bea <b98989898@ymail.com>
À : Ezra <e89898989@ymail.com>
Date : mardi 23 avril 11:18 CST

Je suis désolée de t'écrire tout ça, Ez. Au moins, il était au courant de mon existence. Je ne veux pas remuer le couteau dans la plaie. Je suis complètement en vrac, mon monde est sens dessus dessous, j'ai besoin de quelqu'un qui soit de mon côté. Et pas Patch, même s'il est adorable. Quelqu'un qui me connaît. Et pas n'importe qui : toi.

En parlant de Patch, il va rentrer d'une minute à l'autre.

J'ai couché avec lui. Je ne voulais pas te le dire, mais je m'efforce d'être honnête dans ma nouvelle vie, et je n'ai personne d'autre à qui le raconter. Ce n'est pas exactement le genre d'anecdote que je veux partager avec Franco.

Je t'épargne les détails mais ça s'est passé dans sa chambre hier soir. Ce n'était pas ma première fois – cet honneur revient à Joe –, mais c'était ma première fois avec un homme, pas un gamin, qui sait qui il est et dont le bonheur ne dépend pas de moi. (OK, c'est pas très sympa, mais on sait tous les deux que Joe est un boulet.)

Ne t'en fais pas pour Patch. C'est quelqu'un de bien. C'est plutôt ses amis qui devraient le mettre en garde contre moi.

Je t'embrasse,
Ta sœur

P.S. : Je ne sais pas pourquoi j'ai dit ça. Vieux réflexe d'autodépréciation. J'aime beaucoup ce garçon. C'est mon meilleur ami. Il te plairait aussi. Peut-être qu'un jour, tu le rencontreras.

P.P.S. : Et si je tombe amoureuse de lui ?

P.P.P.S. : Je ne peux pas rester dans sa chambre en permanence. Surtout maintenant qu'on couche ensemble. Mais je ne sais pas où aller.

Objet : Alliés inattendus
De : Ezra <e89898989@ymail.com>
À : Bea <b98989898@ymail.com>
Date : mardi 23 avril 13:10 EST

Je suis content que tu aies rencontré Patch. Sérieux. J'espère pouvoir faire sa connaissance bientôt.

Honnêtement, je ne sais pas si j'ai envie d'en savoir plus sur les lettres de notre père. Pas seulement parce que je n'existais pas à ses yeux (évidemment, ça ne me fait pas super plaisir, comme tu peux l'imaginer). Mais j'ai surtout l'impression que le passé ne nous aidera pas, Bea. Ça ne nous apportera rien. Peu importe qu'il ait accroché des affiches d'un bout à l'autre du pays ou qu'il se soit contenté d'en faire une pour se donner l'impression d'être utile. Que maman ait eu une bonne raison de le quitter ou bien qu'elle ait fait le mauvais choix et se soit entêtée dans son erreur. Que ton nom ait été Madelyn, Beatrix, Martha ou Anastasia, tu es toujours celle que tu es devenue. Et je suis celui que je suis devenu et aucune machine à remonter le temps ne pourra rien y changer. Je sais qu'il y a encore des pistes à explorer (du genre, on a un frère ?!) mais je ne peux pas m'y atteler maintenant. Et je pense que toi non plus. C'est sûrement dur à entendre mais peu importe si notre père t'aimait ou non. Ça ne change rien puisque tu n'as pas pu sentir cet amour, puisque cet amour ne t'a pas protégée, ne t'a pas nourrie, ne t'a pas donné une raison de vivre… hein, à quoi bon ? Je ne sais pas ce que ça fait de se saouler, mais je vais te dire un truc : ça n'en vaut pas la peine. Il ne le mérite pas. Je me répète : le passé ne peut rien pour nous. Les « et si… » ne nous aideront pas à avancer, au contraire, ils nous ralentiront.

Ne me quitte pas pour cet univers alternatif, Bea. J'ai besoin de toi dans celui-ci.

Parce que moi, pendant ce temps, je suis au lycée avec des tas de gens que tu connais.

Terrence a été génial (forcément) et, même si je me doute que, dans l'intimité, ses parents se demandent bien que faire du fugitif qu'ils hébergent, Darren a grandement aidé ma cause en me tabassant sur leur pelouse. Je ne pense pas qu'ils me mettent dehors de sitôt. Je sais bien que ce n'est pas une solution pérenne. À écouter Terrence, on croirait que si, mais je sais bien que non. Je ne suis pas sûr qu'il soit prêt à me supporter vingt-quatre heures sur vingt-quatre, sept jours sur sept pendant des années. Parce qu'on ne peut pas en permanence ne montrer que le meilleur de soi-même quand on est chez soi. Or j'ai toujours l'impression de devoir montrer le meilleur de moi-même chez lui.

En parlant des personnes chez qui j'ai habité… Surprise ! Joe m'attendait devant mon casier, ce matin. Et il m'a demandé avec son air de chien battu :

– Tu m'évites ?

J'ai failli répondre que oui, voilà, pas de mystère, affaire réglée.

Mais le truc, c'est qu'il avait vraiment l'air triste, Bea. Et ça m'a rappelé que lui aussi, il avait perdu quelque chose. Il ne s'agissait peut-être que d'une illusion, mais perdre ses illusions, ça peut faire aussi mal que perdre quelqu'un, je pense.

Comme je ne répondais pas tout de suite, il a repris :

– Écoute, je sais que j'ai merdé. Je comprends. Ta sœur m'a tapé sur les nerfs, mais je n'aurais pas dû m'en prendre à toi.

– C'est bon, j'ai dit.

Et c'est vrai.

– Tu as encore des affaires chez moi. Tu veux que je te les dépose chez Terrence ? Tu habites là-bas maintenant, non ?

– Bah, je n'allais pas retourner chez Darren et ma mère…

– Dieu merci.

Et, franchement, Bea, on aurait vraiment dit qu'il craignait que je retourne là-bas. Ou qu'on m'y renvoie de force.

– Je n'y retournerai jamais, ai-je affirmé. Pour prendre mes affaires, sans doute. Pour vider mon sac, peut-être. Mais pour y vivre, pas question. Jamais, au grand jamais.

Il m'a tapoté l'épaule.

– Tant mieux.

Puis il m'a regardé droit dans les yeux en disant :

– Je rêvais de la sortir de là, tu n'as pas idée, Ezra. J'aurais fait n'importe quoi pour la tirer de là. Et je comprends qu'elle soit partie. Mais je crois que je ne comprendrai jamais pourquoi elle ne m'a pas demandé de l'aide.

Il avait l'air sincère, j'ai donc décidé d'être honnête avec lui.

– Parce que tu ne l'aurais pas laissée partir, Joe.

– Oui, j'aurais essayé de la retenir, c'est vrai. Mais si elle avait refusé, si elle m'avait dit qu'elle avait besoin de tout plaquer, je l'aurais aidée.

– OK, ai-je fait.

Que voulais-tu que je dise d'autre ?

– Alors je voulais que tu saches… Je veux t'aider aussi. Si tu as besoin de moi, je suis là. En tant que chauffeur, soutien, ami. Je te dois bien ça.

– Tu ne me dois rien.

– Non… je me suis mal exprimé. Après mon accident, pour la rééducation, il fallait que je me bouge, mais il y avait aussi une part d'effort collectif, tu vois. Un travail d'équipe. Alors si tu as besoin de ça, d'une équipe, je veux en être.

– D'accord, ai-je dit.

Il était à peine parti, j'avais à peine eu le temps de réfléchir, que j'ai su ce que j'allais lui demander.

Quelques heures plus tard, alors que j'allais à la cafét, Jessica m'a arrêté.

– Comment ça va ?

– On fait aller.

Elle m'a dévisagé, s'efforçant d'analyser le ton de ma voix.

– On est censés aller prendre un café.

Ce n'était pas une question, c'était entendu.

J'ai dit OK.

Tu te dis sûrement que j'aurais dû en profiter, lui demander d'aller quelque part pour discuter. Et je pense qu'elle aurait accepté, mais je ne suis pas prêt. Voilà la réalité : je ne suis pas prêt. Je sais ce qui va se passer : elle va me raconter son histoire, et moi, la mienne. Et peut-être qu'on a plein de points communs et que ça nous aidera à nous comprendre, ou peut-être que non, mais au moins, on aura eu une oreille attentive. Je sais. Mais pour l'instant, il y a des parties de mon histoire que j'ai besoin d'éclaircir avant de la raconter à quiconque.

C'est ce que je me dis.

Dans ma tête, demain est dans une éternité.

J'ai tellement de choses à faire avant.

Objet : RE : Alliés inattendus
De : Bea <b98989898@ymail.com>
À : Ezra <e89898989@ymail.com>
Date : mardi 23 avril 15:27 CST

Cher Ez,

Il faut que je te parle de la dernière lettre. Elle date d'il y a sept ans. Papa y abandonne ses droits sur nous. Il promet de ne pas poursuivre maman, de ne pas se battre pour obtenir notre garde, de ne pas faire intervenir la police pour nous reprendre. Il dit juste : *D'accord, Anne, tu peux les garder. Je ne veux plus me battre contre toi.*

Voilà ce qu'il dit, Ez.

Tu peux les garder.

Il cède ses droits de père.

Et il n'a même pas posté la lettre.

Il était au courant de ton existence. Il savait où on vivait. Il connaissait nos noms.

Et il ne s'est même pas donné la peine de nous abandonner officiellement.

Je l'ai lue à la bibliothèque universitaire. Patch était à l'entraînement et son coloc était dans la chambre, alors j'ai demandé à un autre étudiant de me faire entrer avec sa carte. À l'accueil, la bibliothécaire a levé la tête et m'a souri, et je lui ai rendu son sourire, genre *ouais, j'ai tout à fait le droit d'être là*. Puis j'ai trouvé une table au milieu des bouquins, j'ai posé la boîte à chaussures devant moi et j'ai repris ma lecture où je l'avais arrêtée.

C'était toujours le même refrain : *Anne, parle-moi. Ce sont aussi mes enfants.* Mais les lettres étaient de plus en plus espacées. Et puis, finalement, la dernière. On aurait dit qu'il lui répondait comme s'ils avaient discuté, ou qu'elle lui avait écrit, elle ou son avocat, et qu'il jetait l'éponge. Il ne voulait plus se battre pour nous. Il en avait assez.

Tu peux les garder.

J'ai posé ma tête sur la table et j'ai pleuré. J'ai pleuré pour Madelyn et pour papa, et pour toi et pour moi et même un peu pour maman. J'ai pleuré pour Patch, qui n'a aucune envie de jouer au basket, et j'ai pleuré pour Joe, qui a failli mourir, et pour Sloane, qui ne serait pas sortie avec Reggie si j'étais restée à cette soirée, et pour Jessica et tous les gens dans le monde qui souffrent et se battent en silence, et j'ai pleuré pour London parce que son père lui manque – faut être honnête, Jonathan Wooster était son père, pas le nôtre. J'ai pleuré encore et encore.

Quand je me suis enfin redressée, je me suis aperçue que, durant toute ma vie, j'avais gardé une petite lueur d'espoir, tout au fond de moi, l'espoir qu'on ne menait pas la vie qu'on était censés vivre, qu'une autre vie, meilleure, nous attendait ailleurs. Sérieux, qui n'a jamais souhaité ça ? Chaque fois que ça allait mal avec maman et Darren, cette petite lueur d'espoir me réchauffait le cœur et je pouvais me dire : *Ça va, ce n'est pas toute ta vie. Une vie meilleure t'attend ailleurs. Tu n'as rien à faire là.*

Et là, je viens de comprendre que si, c'était ma vie, que je n'en avais pas d'autre ailleurs, que je n'avais rien d'autre que cette vie pourrie, merdique et sans avenir.

Tu peux les garder.

Tu peux les garder.

Tu peux les garder.

Objet : M'avez-vous vue ?
De : Bea <b98989898@ymail.com>
À : Ezra <e89898989@ymail.com>
Date : mercredi 24 avril 10:52 CST

Alors voilà ce que je pense : papa était un type correct. Il n'a peut-être pas fait tellement d'efforts, mais au moins il a essayé. Ça aurait sans doute été beaucoup plus cool de grandir avec lui qu'avec maman et Darren. Mais ça, on ne le saura jamais.

Peut-être qu'à un moment il s'est dit : *J'ai une nouvelle famille, une femme, un fils, je vais me concentrer sur eux.* Il n'en pouvait plus, il a dû lâcher l'affaire.

Je préviens Patch que j'ai besoin de prendre l'air. Il me dépose au Walmart parce que, évidemment, je n'ai pas de voiture ni d'argent pour prendre un taxi ou même le bus. Pas si je veux avoir assez pour m'acheter des tampons et du dentifrice.

Me voilà donc au supermarché, en train d'arpenter les rayons. Je les fais tous, même celui des armes à feu, des pneus – en m'efforçant de respirer. À un moment, je remarque que mon souffle résonne trop fort, comme dans un micro. Et que les gens me regardent. Je me concentre pour ne pas tomber dans les pommes. J'ai l'impression que toutes ces pensées, toutes ces émotions se sont dilatées et emplissent mon crâne, ma poitrine et qu'il n'y a plus de place…

Soudain, les lumières m'éblouissent, il y a trop de bruit, trop de tout partout. Je plisse les yeux, je plaque mes mains sur mes oreilles pour étouffer le brouhaha et je me dirige vers la sortie.

Je sors, les portes automatiques s'ouvrent devant moi et je me fige. Parce que sur la paroi de verre, il y a une affiche. Elle n'est pas très grande, mais pleine de photos. Des gamins, jeunes, parfois pas plus de quatre ou cinq ans. Sous chaque portrait, un nom, la date de la disparition, l'endroit où l'enfant a été vu pour la dernière fois et ce qu'il portait.

J'étudie chaque visage.

Kayla a été enlevée par sa mère le 5 juillet 2017.

Elijah a disparu à Woodland, Californie, le 4 novembre 2018, dans des circonstances suspectes.

Évidemment, je ne figure pas sur la liste. Il n'y a pas le portrait de Beatrix Ahern, dix-huit ans, aperçue pour la dernière fois en mars, vêtue d'un sweat rouge et d'un jean clair. Ni de Madelyn Wooster, trois ans, disparue depuis quinze ans.

King a disparu à Gary, Indiana, le 25 juillet 2017.

Relisha a disparu à Washington, DC, le 19 mars 2016.

Pétrifiée, je suis en train d'enregistrer leurs noms et leurs visages quand je me souviens qu'il y a des gens derrière moi qui veulent passer. Ils me bousculent, je m'écarte, j'entends certains pester entre leurs dents. Mais c'est tant mieux, au moins, ça veut dire qu'ils me voient.

– M'avez-vous vue ? je demande à une femme qui jongle entre ses enfants et ses sacs de courses en tentant de me contourner.

Elle me fixe sans répondre.

Non, elle ne peut pas me voir, je ne suis même pas là. Je suis Bea, je suis Madelyn, j'ai disparu. Je suis une fugueuse. J'ai été enlevée par ma propre mère. Je suis une décrocheuse. Je ne suis personne.

Et je ne manque à personne à part toi, Ezra. Personne ne me cherche parce que papa est mort et que, de toute façon, oh, c'est vrai, il avait jeté l'éponge. *Tu peux les garder.*

Tout ça – toutes mes pensées, tous ces visages sur la porte – prouve bien l'importance d'être vu. J'ai l'impression que Terrence te voit assez clairement, comme jamais Joe n'a été capable de me voir. J'ai l'impression que la seule personne qui me voit vraiment, c'est toi. Et ça devrait peut-être suffire – il y a une personne qui me voit, certains n'ont sans doute même pas cette chance. Et ils ne se voient sans doute pas eux-mêmes.

Qui suis-je ? Madelyn Wooster ? Ou Bea Ahern ? Ou les deux ? Je ne sais pas qui est Beatrix Ellen Ahern Madelyn Sierra Wooster. Et je ne le saurai sans doute jamais.

En sortant du supermarché, je marche. Je passe sans m'arrêter devant Patch qui m'attend dans sa voiture, je continue tout droit, sans savoir où je vais. J'entends le klaxon dans mon dos, et je l'ignore. Je me dis : *Pourquoi l'attendre ? Il finira par partir aussi. Tout le monde part, non ?* On peut sans doute dire que je t'ai laissé tomber, j'ai laissé tomber Franco, et London également. Alors si Patch ne me quitte pas, c'est sûrement moi qui le quitterai parce que j'ai ça dans le sang.

Je marche, je marche, puis je me mets à courir. Je cours peut-être rejoindre Beatrix Ellen Ahern Madelyn Sierra Wooster. Ou peut-être que je ne vais nulle part, parce que c'est là, ma place, au final : nulle part.

J'ai dormi sur le canapé de Franco, douillettement blottie dans les coussins, m'efforçant de disparaître. J'avais encore la clé qu'il m'avait donnée, je n'ai pas réfléchi, je m'en suis servie. Je me suis dit que ça ne le dérangerait pas, qu'il préférerait que je dorme là plutôt que dans la rue.

Quand je me suis réveillée, il était penché sur moi – yeux noirs flamboyants, poils d'oreille ébouriffés.

Il a vociféré en italien, si fort que j'ai dû me boucher les oreilles.

Je me suis levée et j'ai fait le lit pendant qu'il me criait dessus. J'ai remis l'oreiller à sa place. J'ai lacé mes chaussures. Calmement. J'étais très calme. Je sais comment réagir quand les gens me crient dessus. Les câlins, je ne sais pas. La gentillesse non plus. Mais la colère, ouais, je gère.

À un moment, il est passé à l'anglais et il s'est un peu calmé, mais j'étais déjà dans le couloir, en route vers la porte.

– Beatrix, il a fait.

C'était assez pour m'arrêter.

– Quoi ?

– Arrête de fuir.

Je n'ai rien répondu car je me serais mise à pleurer, quoique, j'avais plutôt envie parce que ça l'aurait bien embêté.

– Arrête de fuir. Stop. Ça suffit.

Il parlait doucement. Comme s'il dirigeait une session de méditation ou un cours de yoga.

– Faut plus fuir. On s'est inquiétés, Irene et moi. On ignorait où tu étais, si tu allais bien.

– Je suis désolée, ai-je dit.

Mais en réalité, je lui en voulais, je leur en voulais à tous les deux de se préoccuper tant de moi.

– Tu ne prends plus la fuite, d'accord ? Si tu ne veux plus habiter ici, on veut être sûrs que tu as trouvé un autre endroit où tu es en sécurité. Tu es jeune. Seulement tu as déjà beaucoup vécu. Plus que tu n'aurais dû. Mais tu as encore tant de choses à vivre. Si tu es prudente.

Il s'est frotté les sourcils et ce qui lui restait de cheveux sur le crâne.

– On n'a plus l'habitude de s'inquiéter pour nos enfants. Ils sont grands, ils sont partis. Ils vont bien. Mais maintenant, on s'inquiète pour toi.

Maintenant on s'inquiète pour toi.

J'avais une boule de la taille d'un rocher dans la gorge. J'ai juste réussi à articuler :

– Désolée.

– Tu ne fuis plus, hein. Ça ne mène à rien de fuir.

L'espace d'une seconde – légère comme une plume –, il a posé une main sur mon épaule. Puis il m'a tapé dans le dos si fort que j'ai failli m'étaler par terre.

J'ai appelé Patch du magasin. Il est venu me chercher. Sans que je lui dise où je voulais aller, il a pris la direction du campus. Il a mis la musique (Tupac) trop fort et on n'a pas échangé un mot de tout le trajet.

Ce n'est qu'une fois la voiture garée, le moteur coupé, que j'ai annoncé :

– Je ne monte pas là-haut tant que tu ne m'as pas parlé.

Et par « là-haut », je voulais dire dans sa chambre.

– OK. Si tu m'expliquais pourquoi tu as détalé comme ça hier ?

– Désolée.

Sauf qu'on voyait bien que je n'étais pas sincère.

– C'est tout ?

– C'est tout.

Et je ne sais pas, Ez, j'en avais tellement assez de tout. C'est pour ça que j'ai ajouté :

– Je ne te dois rien.

Et là, mon cœur s'est emballé parce que, quand même, il m'a aidée quand je n'avais personne – mis à part Franco et Irene.

– Sympa.

– Quoi ?

Adossé à la portière, il secoue la tête en me regardant.

– Tu joues les grosses dures, comme si tu ne ressentais jamais rien.

– Bah, c'est peut-être le cas.

Il secoue toujours la tête.

– Ouais, c'est ça. On sait tous les deux que c'est faux. À un moment, il faut assumer, Martha. Tu as un cœur. Et il a été blessé. Maintenant, tu préfères faire du mal aux autres avant qu'ils t'en fassent, sauf que c'est toi qui souffres, au final.

– Tu as appris tout ça à ton cours de psycho ?

– Non, c'est juste évident, putain. Je ne suis pas un crétin.

C'est la première fois que je l'entends jurer et ça me désole. J'ai l'impression que j'ai une mauvaise influence sur lui, que je le pousse à bout.

Il sort de la voiture en claquant la portière et je reste assise là, les bras ballants, quand un petit coup frappé contre la vitre me fait sursauter.

C'est Patch, il me fait signe de venir. Alors je sors et je m'attends à ce qu'il fonce à l'intérieur, mais il me prend la main, entrelace nos doigts et on traverse le campus main dans la main. Je n'arrête pas de baisser les yeux, comme s'il risquait de s'évaporer et de laisser ma main se refermer sur le vide. Mais non, il est bien là.

– Et Destiny ? je demande.

Parce que j'ai besoin qu'il me répète qu'il n'y a pas de Destiny. Qu'il n'y a que Martha et Patch.

– *Fuck* Destiny.

On entre dans son bâtiment ensemble.

Il a raison, Ez. Je me fais du mal. Je sais qu'il a raison. Et il sait que je sais qu'il a raison.

J'ai beaucoup de choses à régler.

Objet : Ton cœur
De : Ezra <e89898989@ymail.com>
À : Bea <b98989898@ymail.com>
Date : mercredi 24 avril 12:15 EST

Il a raison, le garçon. Tu as un cœur. Et il a été blessé.

En partie par cette lueur d'espoir, toutes ces lueurs d'espoir qui brûlent en toi.

Oui, papa t'a laissée tomber. Et maman aussi, au final.

Mais putain, Bea. Pas moi.

Et tu sais quoi ?

TOI.

NON.

PLUS.

Et papa a écrit : *Tu peux les garder.*

Et on voyait bien que maman n'était pas spécialement ravie du cadeau.

Et Darren aurait clairement préféré qu'on n'existe pas.

Et alors ?

Ton cœur est plus fort. Il a survécu à toutes ces blessures. Même à celles que tu t'es infligées toi-même.

Tu ne me crois pas ? Pose ta main sur ta poitrine. Jure-toi fidélité à toi-même. Que fait ton cœur ? Qu'est-ce qu'il te dit ?

C’est bien ce que je pensais.
Bon, le mien réclame des réponses.
La suite au prochain numéro.

Objet : Le début de la fin
De : Ezra <e89898989@ymail.com>
À : Bea <b98989898@ymail.com>
Date : mercredi 24 avril 22:22 EST

J'ai beaucoup de choses à te raconter. Je vais m'efforcer de ne rien oublier.

Alors voilà :

Fin des cours. Je dis à Terrence que j'ai prévu un truc avec Joe. Il a l'air un peu surpris mais il ne veut pas me donner l'impression que, parce que je vis avec lui, je dois passer tout mon temps en sa compagnie. Je comptais un peu là-dessus.

J'ai envoyé un texto à Joe juste après mon dernier mail.

J'ai besoin d'un chauffeur.

D'abord, je lui demande de me conduire à la maison pour m'assurer qu'elle n'est pas là.

Puis je lui demande de me conduire à son bureau.

Maintenant que la date de la déclaration d'impôts est passée, il doit y avoir moins de monde. Je me rappelle qu'elle nous répétait ça, au dîner, que pour les comptables, les vacances commençaient le 16 avril. Même si, vu son attitude avec nous, on n'aurait pas cru.

J'attends dix-sept heures passées. Sa voiture est sur le parking avec deux autres seulement. Quand j'entre dans les locaux, la réceptionniste n'est pas à son bureau. C'est la pièce dont j'ai le plus de souvenirs, l'accueil. Parce que, quand il y avait grève à l'école ou ce genre de choses, elle nous parquait là toute la journée. Tu te rappelles, l'ennui mortel ? Je te jure, je crois bien qu'il y a encore les mêmes magazines qu'à l'époque ! Je dois résister à l'envie d'en ouvrir un pour voir si je retrouve nos gribouillages. Elle nous avait tellement engueulés pour ça. Pas à l'accueil, bien sûr, pas devant témoins. Elle avait attendu qu'on soit dans la voiture. J'avais tellement honte. J'avais l'impression d'avoir commis un crime. Que les gens qui avaient été si gentils avec nous dans l'après-midi devaient maintenant nous prendre pour des monstres. On avait abîmé leurs magazines !

J'erre un peu avant de trouver son bureau. Je ne me souviens pas m'être amusé là, juste avoir attendu docilement qu'elle finisse. Je vérifie que mon téléphone est bien allumé, pour prévenir Joe au cas où je doive détaler d'urgence.

À travers la vitre dépolie de sa porte, je la vois aller et venir à l'intérieur. Elle s'apprête à partir, on dirait. Je reste là une seconde à observer cette version floue de notre mère, réduite à une forme en mouvement, juste une silhouette. Puis j'ouvre la porte et je la vois pour de vrai.

Elle sursaute, surprise par l'ouverture de la porte, et encore plus par ma présence.

Crois-tu qu'elle prononce mon nom ?

Crois-tu qu'elle me dise à quel point elle est désolée ?

Crois-tu qu'elle soupire, soulagée, de me revoir ?

Non. Elle dit : « Qu'est-ce que tu fais là ? » comme si j'étais un objet tombé de l'étagère de son passé pour se briser sur le sol de son présent.

Je réponds : « Je viens discuter. C'est tout. »

Terrain neutre, Bea. Je m'étais imaginé qu'on serait en terrain neutre. Je voulais qu'on règle ça à la manière d'une transaction commerciale, sans faire de scène. Sans doute avais-je espéré qu'elle serait encore un peu dans son rôle professionnel – comme lorsqu'un collègue de travail l'appelait à la maison et qu'elle répondait d'un ton posé, l'air on ne peut plus raisonnable.

J'avais raison : elle était sur le point de partir, sa veste à la main, son sac sur l'épaule.

Elle dit : « Si tu veux discuter, tu n'as qu'à venir à la maison, quand on est tous là. »

Tous. Je note que tu n'es pas incluse dans la bande. Mais je ne le fais pas remarquer car je veux rester très pro.

Je réponds : « Non, je veux seulement te parler à toi. »

Je ne l'ai pas fait exprès, mais je suis en travers de la porte et je bloque le passage.

Je vois qu'elle pèse le pour et le contre – il y a peut-être encore du monde sur place et c'est sans doute mieux de me voir dans ce cadre. Elle me fait signe d'entrer, puis pose sa veste et son sac sur une chaise tandis que je referme la porte.

Elle passe derrière son bureau et, l'espace d'un instant, j'ai l'impression qu'elle va m'inviter à m'asseoir en face, comme si j'étais là pour un entretien ou pour déterminer les objectifs financiers de l'an prochain. Mais elle reste debout. Elle a juste mis le bureau entre nous.

– Je ne sais pas quoi te dire, commence-t-elle. Depuis que ta sœur est partie, tu as eu un comportement déplorable. J'espérais pourtant que son départ te libérerait de sa mauvaise influence, mais on croirait que c'est le contraire.

– Il ne s'agit pas d'elle.

– Ah bon ? Elle essaie de te retourner contre nous. Et tu crois tout ce qu'elle te dit. À tes yeux, Beatrix ne fait jamais rien de mal alors que c'est faux, Ezra. Tu refuses juste de le voir.

– Ce n'est pas vrai ! je réplique.

Elle me jette un regard… sans doute le même qu'elle m'avait lancé quand, en CP, j'avais cru que cadeau s'écrivait avec un k.

– Je suppose que tu viens nous accuser, Darren et moi, de te gâcher la vie. Ou bien d'être des parents horribles. Tu aurais préféré vivre avec ton père. Ce saint, sans aucun défaut. Ou alors tu aurais été mieux tout seul. C'est l'avis de Bea, visiblement. Et si c'est ce qu'elle pense, alors tu le penses aussi. Tu l'as toujours suivie, imitée. Elle avait besoin d'un pansement, tu en voulais un aussi. Elle prétendait qu'elle avait de la fièvre, tu disais que tu avais chaud. Et j'avais beau prendre votre température pour vous montrer que ce n'était pas le cas, ça n'avait pas d'importance. Ce qui comptait, c'était le ressenti de ta sœur. J'aurais cru que tu te serais lassé au bout d'un moment. J'ai eu un espoir, quand elle s'est mise à faire n'importe quoi et que tu t'es tenu tranquille. J'étais soulagée. Mais plus maintenant, Ezra. Maintenant, vous êtes odieux tous les deux.

Ça me semble un peu biaisé comme point de vue.

– On est odieux ? je répète. Darren m'a pratiquement mis KO devant les voisins de Terrence, l'autre jour, et c'est nous, les méchants ?

– Vous êtes odieux parce que vous nous provoquez. Tu ne peux pas dire que tu ne nous as pas cherchés. Tu as mis le feu à la maison. J'ai dû faire croire que j'avais laissé l'essuie-tout près du gaz. C'est ce que j'ai raconté aux pompiers. Pour te couvrir, Ezra. Et tes petites provocations puériles sur mes affaires, dans mon sac. Du niveau d'un gamin de quatre ans. C'est normal que Darren soit outré par ton comportement, ton ingratitude. Tu n'avais qu'à monter dans la voiture quand il te l'a demandé, Ezra. Après l'épisode du feu, on a déjà fait preuve d'une grande clémence en te proposant de revenir. Darren était tellement furieux contre toi, et je le comprends. Mais il était d'accord pour te reprendre à la maison. Il me l'a dit. Et toi, tu lui as renvoyé son offre en pleine figure.

– J'y crois pas... Non, mais tu t'entends parler ?

– Tu penses tout savoir, Ezra, seulement tu te trompes. Je suis désolée, tu te trompes. Darren a été un pilier pour moi. Il a sauvé notre famille alors que ton père nous avait si cruellement laissés tomber. Je n'y serais pas arrivée seule. Tous les deux, vous aviez de telles exigences : je ne pouvais pas vous donner plus que ce que j'avais à offrir... mais vous, vous vouliez toujours plus. Au début, je me disais que votre père n'avait pas idée... En réalité, il savait sûrement ce qu'il faisait : il s'est défilé juste au moment où ça devenait difficile. Pourtant, Darren a relevé le défi. À sa place, j'aurais pris mes jambes à mon cou et je serais parti très très loin. Mais non. Il m'a aimée alors que j'avais perdu tout espoir en l'amour. Et il m'aime toujours. Ce n'est pas ma faute si vous ne l'avez pas supporté. Vous vouliez me garder rien que pour vous. Sauf que ça ne marche pas comme ça, Ezra. Darren a fait tout son possible pour vous traiter comme ses propres enfants, Bea et toi. Et vous, vous n'avez fait aucun effort pour l'accepter.

Je ne peux pas m'en empêcher, je hurle :

– Tu te fous de moi ou quoi ?

Évidemment, elle réplique :

– Surveille ton langage !

Tu te rappelles la fois où Darren t'avait dit ça et que tu avais répondu : « Comment je peux surveiller quelque chose que je ne vois pas ? Il y a des sous-titres quelque part ? »

J'ai bien envie de rétorquer la même chose, mais à la place je reprends :

– Non, maman, toi, surveille ton langage. Tous les putains de mensonges qui sortent de ta bouche. Quand j'avais quatre ans, dix ans, peut-être même quatorze, j'aurais pu te croire. Mais plus maintenant.

Elle tape du poing sur le bureau.

– Je ne vais pas rester là à me faire insulter…

Je tape à mon tour sur le bureau.

– SI ! Tu vas rester là et me dire pourquoi tu as choisi de l'aimer lui et pas nous. Tu vas rester là à m'écouter te dire qu'on n'a jamais compris comment il pouvait être si gentil avec toi et si méchant avec nous. Tu vas rester là et m'expliquer pourquoi tu nous as cachés pour que notre père ne nous retrouve pas. Tu vas m'expliquer pourquoi tu n'as jamais bougé quand Darren nous brutalisait, cassait nos affaires, nous humiliait, nous maltraitait et faisait en sorte que jamais jamais on ne se sente bien chez nous. Parce qu'il était ton pilier ? Qu'il t'a sauvée ? Eh bien, tu n'aurais pas dû t'en contenter. Je ne comprends pas : tu nous as enlevés à notre père, et pour quoi ? Pour pouvoir nous torturer à loisir ? Bea l'a retrouvé, maman. On sait ce qui s'est passé.

Elle secoue la tête.

– Non, vous n'en avez aucune idée. Aucune idée.

– Aucune idée de quoi ? Dis-moi.

C'est comme si ses failles se rouvraient sous mes yeux. J'ai beau avoir vécu avec elle, l'avoir observée ma vie durant, tout à coup je lui découvre une expression que je ne lui connaissais pas : féroce et déterminée. On sait tous à quoi ressemble une maman ours qui défend ses petits… Mais quelle tête fait-elle quand elle se défend contre son ourson ?

– Vous n'avez aucune idée de qui était votre père ! hurle-t-elle. Vous n'avez aucune idée de ce qu'il nous a fait. Je vous ai protégés. Et s'il y a une chose pour laquelle vous devez m'être reconnaissants, c'est bien ça. Même vos petits cœurs cruels, glacés et égoïstes doivent le reconnaître. J'ignore comment Bea l'a retrouvé et ce qu'il lui a raconté, mais je peux t'assurer qu'il n'a jamais fait passer votre intérêt avant le sien. C'est pourtant lui qui voulait des enfants au départ, mais quand il les a eus, il a changé d'avis. Il disait qu'à cause de moi, à cause de vous, il était pieds et poings liés. Eh bien, je vais te dire, Ezra, si c'est moi qui l'ai ligoté, je n'ai pas bien serré les nœuds. Quand j'étais enceinte de ta sœur, parfois il ne rentrait pas de la nuit et il ne prenait même pas la peine de trouver une excuse. Non, il retournait la situation en me faisant des reproches. S'il allait voir ailleurs, c'est parce que j'étais un fardeau. Il découchait parce qu'il ne supportait plus de passer la nuit avec moi. L'homme qui ne m'accordait pas la moindre attention me reprochait de ne pas le comprendre. Et moi, idiote que j'étais, j'essayais de faire des efforts ! Je me démenais, je me donnais à fond pour lui faire plaisir, pour lui donner envie de rester. Je cuisinais, je ne me plaignais jamais. Je lui disais qu'il avait raison même quand il avait tort. Et tu veux savoir si ça a fonctionné ? Quand je lui ai annoncé que je t'attendais, il m'a répondu qu'il avait déjà mis une autre femme enceinte et qu'il ne pouvait pas être à deux endroits à la fois. Tu devines celui qu'il a choisi, Ezra. Tu comprends pourquoi tu n'as jamais vu ton père. Et quinze ans plus tard, ta sœur et toi, vous voulez me comparer à lui ? Je suis assurée de perdre parce que j'ai fait des tas d'erreurs, alors que lui, il n'a rien fait du tout. Il ne méritait pas d'avoir une place dans nos vies. Si c'était à moi de porter le fardeau, alors je ne voulais pas qu'il s'en attribue le mérite. Et tu ne pourras pas me convaincre du contraire. Il savait ce qu'il faisait. Et maintenant il débarque comme une fleur en affirmant qu'il se serait mieux débrouillé que moi… Eh bien, désolée, je ne marche pas. Et si vous gobez ça, alors je regrette d'avoir élevé des enfants aussi ingrats.

Je réagis au seul point auquel je sais comment réagir. Je lui dis :

– Il n'a pas débarqué comme une fleur.

Elle lève les yeux au ciel.

– Non ? Alors pourquoi il vous a contactés, hein ?

– Il ne nous a pas contactés, il est mort.

Une nouvelle expression pointe sur son visage, mais elle ne prend pas vraiment, elle reste floue, à la surface. Maman agrippe le dossier de son fauteuil de bureau pour se soutenir.

– Quoi ?

D'agressif, mon ton devient explicatif.

– Il est mort. Il est mort l'année dernière.

– Mais ta sœur…

– Bea est allée là-bas parce que notre frère l'a contactée. Celui qui a mon âge.

– J'ai besoin de m'asseoir, dit-elle en joignant le geste à la parole. Je ne comprends pas.

– Notre père est mort. Mais, honnêtement, le problème, ce n'est pas lui. Je te parle de choses qui se sont passées bien avant qu'on apprenne tout ça.

– Comment ça, le problème, ce n'est pas lui ? Qu'est-ce que tu racontes, Ezra ?

– Le problème, c'est Darren.

Elle lâche l'accoudoir de son fauteuil et lève la main pour m'arrêter.

– Non. Stop. J'en ai assez de ton ingratitude. Ce n'est pas le moment.

C'est à mon tour d'être exaspéré.

– Ce n'est jamais le moment.

– Darren m'a toujours bien traitée.

– Je sais. Mais nous, il nous a maltraités.

– Parce que vous ne l'avez pas bien traité.

– Mais nous sommes les enfants, dans l'histoire !

Maman secoue la tête.

– Bea n'est plus une enfant depuis longtemps. C'est une ado rebelle et égoïste qui a pourri notre vie de famille.

– C'est vraiment ce que tu crois ? Sincèrement ?

Elle soupire.

– Oui, Ezra, c'est ce que je crois.

– Toutes les fois où Darren nous a hurlé dessus, toutes les fois où il a été cruel avec nous – même quand il m'a tabassé dimanche dernier, tu penses que c'était *notre* faute ?

– Je ne dis pas que j'approuve sa façon de gérer les choses, je lui en ai déjà parlé. Mais vous le provoquez. Tous les deux, vous le provoquez sans arrêt.

– Et comment, dis-moi ?

– En mettant le feu à la maison ? En me volant mon sac ? En le faisant arrêter ? Si ce ne sont pas des provocations, alors je ne vois pas ce que c'est.

– De la légitime défense ?

Elle s'esclaffe.

– Oh, pitié !

C'est là que j'ai le déclic, Bea. Je comprends qu'elle ne verra jamais, jamais les choses de notre point de vue. Même si ce qu'elle raconte sur notre père est vrai – et j'ai le triste pressentiment qu'elle n'a pas tort –, ça ne justifie pas tout ce qui s'est passé par la suite. Ça pourrait l'expliquer, mais pas l'excuser.

– Il faut que tu quittes Darren, je lui dis, sachant pertinemment ce qu'elle va me répondre.

Et évidemment, elle réplique :

– Il n'en est pas question. Pourquoi je ferais une chose pareille ?

– Eh bien, dans ce cas, c'est sur moi que tu vas devoir faire une croix. Bea est déjà partie, et maintenant, c'est mon tour.

– Ne sois pas ridicule. Tu as décidé d'oublier tous les bons moments qu'on a passés ensemble. D'ignorer le fait qu'on t'a élevé, nourri, soutenu et transmis les nombreuses qualités que tu nous reproches de ne pas avoir. Tu peux effacer tout ça si ça t'arrange, comme ta sœur. Mais tu ne peux pas changer le fait que nous sommes ta famille.

Où a-t-elle passé les dernières années, Bea ? Qu'a-t-elle vu pendant tout ce temps ?

Je réponds :

– Tu ne m'écoutes jamais, mais là, je te demande de faire un effort. Parce que voilà ce que j'ai à te dire : vous n'êtes plus ma famille. J'ai Bea. J'ai Terrence et ses parents. J'ai d'autres amis. Je fonderai ma famille. Si tu veux rendre les choses difficiles, ça peut être extrêmement pénible. Vous pouvez essayer de me forcer à revenir à la maison. Et j'appellerai la police chaque fois que Darren me menacera ou m'agressera. Je m'assurerai que toute la ville soit au courant de ce qui se passe. Et tu pourras essayer de raconter toutes les saletés que tu voudras sur mon compte, la vérité ressortira toujours. Là, maintenant, je vous déteste tous les deux. Mais je n'ai pas envie de ça. Je ne veux pas vivre comme ça. Je ne ressentirai jamais autre chose que de la haine pour lui. Mais pour toi ? Je parviendrai peut-être à éprouver de la pitié et, partant de là, on verra avec le temps ce que ça donne… Pour l'instant, je ne peux pas. Dès que j'aurai franchi cette porte, tu vas appeler Darren et lui demander de t'inviter à dîner. Une fois que vous serez dans le restaurant de votre choix, tu me laisseras deux heures pour aller chercher mes affaires dans ma chambre. Bea reviendra peut-être un jour prendre les siennes, je n'en sais rien. Mais ce que je sais, c'est que ton statut de mère n'est plus une évidence. Dorénavant, tu devras le mériter.

Sa voix est calme. Assurée.

– Je suis votre mère. Je serai toujours votre mère.

– Oui, je concède, dans les faits. Mais c'est nous qui décidons ce que ça implique.

Elle repousse son fauteuil et me dévisage.

– Comment ai-je pu élever deux enfants aussi cruels ?

Et cette fois, c'est moi qui ris. Surtout qu'elle n'a vraiment pas l'air de comprendre.

– Je pense qu'on tient ça de vous.

Et là, elle fait un truc qui manque me fendre le cœur. Elle regarde un cadre posé sur son bureau. Une photo de nous, Bea. Côte à côte, chacun sur une balançoire, toi haut dans les airs, moi qui glousse plus près du sol. Personne ne nous pousse. On se balance tout seuls.

– Je vais y aller, maintenant. Si tu veux m'appeler pour me crier dessus, me menacer, me donner des ordres, pas la peine. Si tu veux m'appeler pour parler, je ne décrocherai peut-être pas tout de suite. Mais je finirai sans doute par répondre. On verra.

Elle ne hoche pas la tête. Elle ne la secoue pas non plus. Elle n'a aucune réaction. Comme si elle écoutait une musique venant de la pièce voisine.

C'est seulement une fois que je suis à la porte qu'elle dit :

– Il est vraiment mort ?

– Oui.

– Tu es sûr que ta sœur n'a pas tout inventé ?

– Certain. Bea ne me mentirait jamais à ce sujet.

Cette fois, elle secoue la tête. Je pense qu'elle me croit, mais qu'elle a du mal à réaliser.

Je quitte la pièce. J'espère qu'elle remarque que je suis parti.

Désolé, il faut que je fasse une petite pause.

Bien, alors, la suite. Je me contrôle le temps de sortir du bureau au cas où je croiserais quelqu'un. Joe m'attend toujours sur le parking. Dès que je monte dans la voiture, il me bombarde de questions.

– Démarre, je lui dis. Vas-y.

À sa décharge, il se tait deux ou trois minutes, puis il rompt le silence pour demander :

– Où on va ?

C'est seulement là que je me mets à pleurer, en répondant :

– Chez moi.

Je lui demande de monter la garde, mais il insiste pour m'accompagner. Parce qu'on ignore ce que maman va faire. Si elle prévient Darren, il peut débarquer à tout instant, fou furieux.

– Je te couvre, affirme Joe, comme si on était dans un film de guerre.

C'est à la fois mignon et énervant.

Depuis la dernière fois que je suis venu, ma chambre a subi le même sort que la tienne : elle a été pillée, retournée.

– Mon Dieu, murmure Joe alors que nous slalomons parmi le contenu de mes tiroirs répandu sur le sol.

– Il me faut des sacs-poubelle.

– J'y vais, propose Joe.

Et je me dis, c'est vrai, il doit savoir où ils sont.

Je n'ai donc que deux minutes tout seul dans cette chambre, deux minutes pour décider ce qui vaut la peine d'être gardé parmi quinze ans de souvenirs. Tu as ressenti ça aussi, Bea, la nuit où tu es partie ? Comment as-tu su ce que tu devais emporter ou laisser ?

Joe revient avec le rouleau entier.

– Je suis pour tout garder, dit-il (évidemment).

Mais tu sais quoi ? Je l'écoute. Je prends tout ce à quoi je tiens ne serait-ce qu'un peu. Je laisse les T-shirts que je ne porte jamais et les livres que je ne relirai plus. Je tombe sur un vieux tas de cartes d'anniversaire de la part de maman (avant Darren), j'en prends une ou deux. Je me demande si elle le remarquera.

J'emporte tout ce qui vient de toi.

Quand j'ai fini, après un détour par la salle de bains et le salon, on a six sacs-poubelle bien remplis. Joe les descend à la voiture pendant que je vérifie que je n'ai rien oublié. J'ai déjà l'impression que ma chambre n'est plus à moi. Ce n'est qu'une pièce parmi d'autres dans la maison de Darren et maman.

En revenant prendre le dernier sac, Joe remarque :

– On dirait bien qu'ils ne viendront pas.

Je hoche la tête. On a tous les deux du mal à croire qu'on peut s'en tirer sans esclandre.

Alors qu'il redescend, je vais dans ta chambre avec un autre sac. J'essaie de prendre les choses auxquelles tu tenais – Stella la licorne et le Monopoly avec les pions et cartes faits maison, et puis un ou deux dessins de quand j'étais petit. S'ils ont résisté jusque-là, ils méritent de durer encore un peu. Il y a plein de photos de toi avec Joe, avec Sloane et des tas de gens que je ne connais pas – je les prends aussi. Mieux vaut que tu les récupères plutôt que maman et Darren les jettent.

Je prends aussi tes *Anne de Green Gables*. Si tu n'en veux pas, je les garderai. Je te les empruntais souvent, à l'époque.

En entendant toussoter à la porte, je sursaute, mais ce n'est que

Joe, qui reste à bonne distance comme si ta chambre était un lieu sacré. Je sais qu'elle ne l'est plus pour toi, mais peut-être l'est-elle encore à ses yeux. Peut-être attend-il que je lui propose d'entrer, mais je lui dis juste qu'on peut y aller.

La plupart de mes affaires sont maintenant dans le garage de Joe. J'ai préféré ne pas débarquer chez Terrence avec sept gros sacs de bazar. J'ai commencé par en rapporter un, on verra après.

Terrence était un peu contrarié en apprenant ce que j'avais fait avec Joe. Mais j'ai prétendu que c'était parce qu'il avait une voiture. En réalité, c'est surtout parce qu'il y a certains aspects de notre famille que je veux épargner à Terrence. Je veux qu'il fasse partie de ma vie d'après, pas de celle d'avant.

(Qui sait ? Ce sera peut-être pareil pour Patch et toi.)

Donc, pour conclure, voilà mon état d'esprit actuel : ce qui me tracasse, ce n'est pas ce que j'ai fait, c'est ne pas savoir ce qui va se passer. Je suis épuisé, Bea. Complètement épuisé. Mais je voulais te raconter tout ça avant de me coucher.

Car désormais tu es la seule famille qui me reste.

Objet : Famille
De : Bea <b98989898@ymail.com>
À : Ezra <e89898989@ymail.com>
Date : mercredi 24 avril 23:22 CST

Cher Ezra,

C'est ta grande sœur. Tout va bien se passer. La suite prochainement. Je t'aime.

Bisous,
Moi

Objet : Excuses de Bea
De : Bea <b98989898@ymail.com>
À : footballjoe08@gmail.com
Date : jeudi 25 avril 00:01 CST

Cher Joe,

Je ne sais pas par où commencer, alors voilà… Merci d'aider Ezra. Ça nous touche beaucoup, lui et moi. Tu es vraiment un super ami pour nous deux, même si je n'ai pas toujours été à la hauteur de ton amitié.

Ce qui m'amène à :

Je suis désolée. Pour tout. Désolée d'être partie sans un mot. Désolée de t'avoir fait du mal. Maintenant, ça va, mais j'ai dû m'enfuir pour des raisons que tu comprends peut-être ou pas. Les problèmes à la maison. Je suis désolée de ne pas t'avoir tout raconté quand on était ensemble.

J'aurais dû être honnête avec toi sur de nombreux sujets. Je n'aurais jamais dû rester avec toi à cause de l'accident. Tu mérites mieux.

Je t'embrasse,

Bea

Objet : De la part de Bea
De : Bea <b98989898@ymail.com>
À : terrrrrrence@gmail.com
Date : jeudi 25 avril 00:14 CST

Salut, Terrence,

Merci d'avoir défendu Ez. Je sais que tu ne l'as pas fait pour moi, mais je tenais à te dire à quel point j'apprécie que tu sois là pour lui. Je ne te remercierai jamais assez pour tout ce que tes parents et toi, vous faites pour lui. Je sais que tu ne me portes pas vraiment dans ton cœur, mais il y a beaucoup de choses qu'on ne pouvait confier à personne. Même pas à toi, même pas à Joe. J'espère que tu comprends et que tu n'en veux pas à Ez. D'après ce qu'il m'a dit à ton sujet, je ne pense pas. Vous avez de la chance de vous être trouvés tous les deux.

Et tu as de la chance d'avoir de gentils parents qui utilisent le langage pour autre chose que proférer des menaces ou te faire savoir que tu es un raté. J'imagine qu'ils ne sont pas non plus adeptes des coups.

Avec toute ma gratitude,
Bea
x

Objet : De la part de ton ancienne meilleure amie
De : Bea <b98989898@ymail.com>
À : sloanexxxx@gmail.com
Date : jeudi 25 avril 00:36 CST

Sloane,

Oui, c'est moi. Bea. Une revenante.

Je voulais te dire que j'étais désolée d'être partie comme ça et de ne pas t'avoir prévenue. Je suis aussi désolée de ne pas t'avoir parlé d'un tas d'autres choses.

J'espère que tu vas bien. Je ne t'en veux pas pour Joe. Je ne t'en veux pas du tout. La vie est trop courte.

xx
Bea

Objet : De la part de ta fille
De : madelynwooster@ymail.com
À : anneahern72@gmail.com
Date : jeudi 25 avril 01:03 CST

Chère Anne,

C'est ta fille.

Beatrix Ellen Ahern. Pour resituer, au cas où tu aurais oublié.

Celle qui a vécu avec toi pendant dix-huit ans et qui a récemment quitté Darren, toi, et le foyer infernal que vous formez tous les deux. La fille qui selon toi n'arrivera jamais à rien. La fille en qui tu as cessé de croire il y a bien longtemps.

J'ignore pourquoi tu m'as rejetée. Peut-être est-ce ma faute, mais je ne vois pas bien ce que j'ai pu faire pour mériter ça à cinq ans. C'est de cette époque que remontent mes premiers souvenirs. Ta déception. Ta colère. Ta froideur. Tu m'ignorais pendant des heures, puis des jours entiers. Tu me répétais que je t'avais déçue. Avec tout ce que tu avais fait pour moi, voilà comment je te remerciais. Alors que j'avais *cinq ans*. Et que j'étais trop jeune pour savoir comment te rendre heureuse.

Ou alors…

Ou alors peut-être est-ce ta faute. Peut-être que tu n'étais pas faite pour être mère. Tu me l'as dit assez souvent : « Je n'aurais jamais dû avoir d'enfants. »

Non que je regrette d'être sur cette terre. Mais je suis d'accord : tu n'aurais jamais dû nous avoir.

Pourtant, à un moment, tu tenais assez à moi pour vouloir m'arracher à mon père, qui apparemment ne voulait pas de moi mais a changé d'avis plus tard, selon ses dires. Puis tu as eu Ezra, et notre père l'a appris, mais visiblement tu tenais tellement à nous garder que tu as changé mon prénom, notre nom de famille, tu nous as cachés et tu as refusé qu'il ait une quelconque relation avec ses enfants. Mais peut-être que ce n'était pas nous, le problème ? Peut-être que c'était lui ? Peut-être que tu le punissais de ne pas m'avoir désirée au début.

En tout cas, et quelles qu'aient été tes raisons, ça craint vraiment. On pense savoir qui on est depuis sa naissance et, du jour au lendemain, on apprend qu'on est quelqu'un d'autre, avec un nom différent et un gentil papa, et qu'on aurait pu avoir une vie complètement différente. Et c'est ce dont on rêve depuis toujours – une autre vie. N'importe laquelle, mais pas la sienne.

C'est ce qu'on aurait pu avoir, Ezra et moi. On avait le droit de connaître notre père. Il est mort l'an dernier. Il a eu beau nous chercher, on n'a jamais pu faire sa connaissance. Si tu ne voulais pas de nous, pourquoi ne lui as-tu pas laissé notre garde ? On aurait pu vivre avec lui, quelqu'un qui voulait de nous, et continuer à t'aimer de loin.

Le jour où tu te décideras enfin à être une mère, tu seras la bienvenue. Pas pour moi – c'est trop tard – mais pour Ezra, ton fils.

Bien sincèrement,
Madelyn Sierra Wooster

P.S. : Cette adresse mail s'autodétruira dans vingt-quatre heures, je n'attends pas de réponse. Je n'en ai pas besoin. Je tenais juste à ce que tu saches ce que je ressentais.

Objet : De la part de Martha Je-sais-tout
De : Bea <b98989898@ymail.com>
À : patchaaron@gmail.com
Date : jeudi 25 avril 11 : 14 CST

Cher Patch,

Merci de m'avoir soutenue quand j'en avais le plus besoin. Et au risque de paraître gnan-gnan, tu ne sauras jamais à quel point ça me touche.

Mais ne prends pas la grosse tête.

Bon, on se voit ce soir, alors je vais faire bref. Je tenais juste à te dire ça. Et puis aussi :

La vie est courte. Trop courte pour essayer de faire plaisir aux autres en poursuivant leurs rêves à leur place. Fais-moi confiance. Comme tu le sais, en plus d'être extrêmement sexy, je suis très mature pour mon âge, c'est l'expérience qui me l'a appris. Pas l'histoire des rêves parce que je n'en avais pas jusqu'à présent, mais le fait d'essayer de contenter les autres. Le problème, c'est que les gens que tu essaies de rendre heureux ne sont généralement pas faits pour le bonheur à la base. S'ils te demandent de faire un truc dont tu n'as pas envie, qui ne te correspond pas, ils ne seront satisfaits qu'un quart de seconde avant d'exiger autre chose de toi.

Et comme quelqu'un de très sage me l'a dit, si ta vie ne te plaît pas, changes-en. Arrête de te plaindre et incarne le changement que tu aimerais voir dans le monde. Un grand destin t'attend.

Pourquoi tu ne lui dirais pas : « Bon, papa, je t'adore et je sais que tu aimerais que je sois basketteur, mais ça me rend malheureux. » Dans ce cas, c'est soit lui, soit toi, et parfois, il faut savoir se faire passer avant.

J'arrête de te faire la leçon.

Oh, au fait, tu ronfles. Ne nie pas. Tu ronfles affreusement.

Mais ça ne me dérange pas. Ça te rend un peu moins parfait, un peu plus humain et, du coup, un peu plus accessible.

À ce soir.

Bisous,

Bea (anciennement connue sous le nom de Martha)

xx

Objet : De la part de votre amie fugueuse Bea Ahern
De : Bea <b98989898@ymail.com>
À : franco@francositmarket.com
Date : jeudi 25 avril 13:28 CST

Cher Franco,

Je suis désolée d'être partie sans dire au revoir. Irene et vous, vous êtes les personnes les plus gentilles que j'aie jamais rencontrées et vous m'avez généreusement accueillie au moment où j'en avais le plus besoin. Pas seulement parce que vous avez eu pitié de cette pauvre fille, mais parce que vous êtes comme ça.

Je vous écris pour vous dire que je vais bien et vous demander si je peux revenir travailler pour vous. J'aimerais aussi relouer mon ancienne chambre si elle est toujours disponible, mais je comprendrais que vous refusiez de laisser une seconde chance à une employée et locataire qui se volatilise du jour au lendemain. Et je ne vous en voudrais pas. Je vous serai toujours reconnaissante pour tout ce que vous avez fait pour moi.

Je vais rester à Saint-Louis et j'ai besoin d'argent pour m'inscrire à l'université. Ça ne sera pas facile, mais je ne vais pas m'arrêter au fait que je risque de ne pas réussir. On m'a répété toute ma vie que j'étais une incapable. J'ai envie de voir ce dont je suis vraiment capable.

Votre amie,
Bea

Objet : Examen de fin d'études et questions de scolarité de la part de Beatrix Ahern

De : Bea <b98989898@ymail.com>

À : VPSoutherly@whcommunityschools.edu

Date : jeudi 25 avril 13:54 CST

Cher monsieur Southerly,

Pour répondre à votre question, oui, nous avons des soucis à la maison. Depuis des années et des années. Ça n'excuse pas le fait que j'aie laissé tomber les cours il y a plusieurs semaines, mais ces difficultés personnelles sont la cause principale de mon absence.

Je sais que nous ne sommes qu'à trois semaines de l'examen de fin d'études et que j'ai raté de nombreux cours, mais j'aurais voulu savoir s'il y avait une possibilité de le passer quand même. Si c'est le cas, dois-je contacter directement mes professeurs ou vaut-il mieux que je vous laisse vous en charger ? S'il est trop tard pour la session de juin, est-il possible de prendre des cours d'été pour passer l'examen à la rentrée ? Ou me conseillez-vous plutôt de tenter l'examen d'équivalence ? J'ai déjà passé le test d'accès à l'université.

Ce serait formidable si vous pouviez m'envoyer des informations. J'envisage de déposer ma candidature à l'université et j'aimerais savoir comment faire et si c'est un projet réaliste pour moi.

Toute ma vie, on m'a répété que j'étais une bonne à rien. Mon entourage ne croyait pas en moi. Ce n'est pas une excuse mais c'est la réalité. Et je pense que je me dépréciais aussi. Mais j'ai changé.

Pour finir, si vous aviez un doute sur ce qui se passait dans notre famille – ce qui était apparemment le cas –, Ezra et moi, nous aurions apprécié votre aide. Nous ne devons pas être les seuls élèves du lycée avec des parents minables et un cadre de vie nocif, alors j'espère que la prochaine fois, vous suivrez votre instinct et que vous insisterez sans lâcher prise tant que vous ne saurez pas exactement ce qu'il en est.

Bien sincèrement,
Beatrix Ahern

Objet: Des nouvelles de ta sœur
De: Bea <b98989898@ymail.com>
À: LONDON WOOSTER <l89989889@ymail.com>
Date: jeudi 25 avril 14:12 CST

Cher London,

Merci de m'avoir fait visiter ta maison et de m'avoir présenté ta mère l'autre jour. Remercie-la aussi de ma part, s'il te plaît.

Je vais sûrement rester à Saint-Louis un moment. J'aurai besoin d'un temps d'adaptation avant de devenir une véritable résidente du Missouri et je ne sais pas si on pourra se voir très souvent. Je ne veux pas te chasser de ma vie, mais tout ça a complètement chamboulé mon existence et je ne sais pas encore trop ce que ça va donner. J'ignore ce que tu attends de moi, mais je dois poser des limites. Si on veut entretenir une relation, quelle qu'elle soit, toi et moi, je veux être honnête, c'est important.

Je te promets de ne pas disparaître complètement, cependant.

Et qui sait? Peut-être qu'on se recroisera à l'aire de jeux des Tortues.

Je vous embrasse, toi et ta maman. Tu es un gamin sympa et, en tout cas, je suis contente de t'avoir rencontré.

Bisous,
Bea

Objet : de la part de Madelyn
De : Bea <b98989898@ymail.com>
À : Bea <b98989898@ymail.com>
Date : jeudi 25 avril 14:51 CST

Cher papa,

Je n'aurais jamais fait une croix sur toi. Bien sûr, c'est facile à dire maintenant, mais c'est vrai. Je regrette que tu aies abandonné notre garde à maman, mais merci d'avoir essayé de nous retrouver, Ezra et moi, tout du moins au début. J'espère que tu as été heureux. J'espère que tu aimais Amelia et qu'elle t'aimait et que tu étais un aussi bon père que London le dit.

J'aurais aimé avoir la chance de te rencontrer, mais j'ai un peu fait ta connaissance à travers lui, et c'est déjà ça.

Ne t'inquiète pas pour Ezra et moi. On se débrouille. Malgré tout ce qu'on a traversé et tout ce qu'on doit encore régler, malgré Darren et maman et notre enfance toute pourrie, ça va aller. Vraiment. J'en suis convaincue.

On va s'en sortir, putain.

Je t'aime,
Bea

Objet : Chère Madelyn
De : Bea <b989898898@ymail.com>
À : Bea <b989898898@ymail.com>
Date : jeudi 25 avril 15:22 CST

Chère Madelyn,

Je te vois.

Je suis toi.

Mais pas vraiment.

Parce que je suis moi. Ce moi qui ne se rappelle pas le père que tu as eu. Le moi qui a vécu avec maman pendant toutes ces années sans se douter que quelqu'un me cherchait, sans même savoir que j'étais perdue.

Peut-être que je suis encore perdue.

Ou peut-être pas.

Peut-être que je suis pile où je dois être. Et peut-être que je n'y serais pas arrivée sans toute cette histoire, si je n'avais pas été perdue, retrouvée, perdue et retrouvée.

OK, je me laisse un peu emporter par la poésie, mais tu vois le genre.

Je suis désolée que ta mère t'ait enlevée, mais si je n'avais pas vécu cette vie – la mienne, pas la tienne –, je ne serais pas moi.

Et finalement, cette moi n'est pas si mal. Je l'aime bien. Pour la première fois, cette moi, je l'aime vraiment.

Je t'embrasse,
Bea

Objet : Famille
De : Bea <b98989898@ymail.com>
À : Ezra <e89898989@ymail.com>
Date : jeudi 25 avril 18:01 CST

Cher Ez,

Comme je le disais, tout va bien se passer. Ça va aller pour toi, ça va aller pour moi, ça va aller pour nous. Je sais que tu es épuisé, un peu perdu. Moi aussi. Mais je suis également très fière de nous : on a réussi à se sortir de là, à se tirer de chez maman et Darren. Ce n'est pas facile, on ne peut pas y arriver seuls, même si on déteste devoir demander l'aide des autres.

Je vais rester ici, à Saint-Louis. Je suis à la fois terrifiée et excitée, je ne sais pas du tout comment ça va se passer. Mais au moins, je prends ma vie en main.

Si tu as besoin de moi, je peux revenir. Vraiment. Je saute dans un car et j'arrive. Tu n'as qu'un seul mot à dire. Ou alors tu peux venir ici. Il y aura toujours une place pour toi. Je ne te fais pas mes adieux. Je fais mes propres choix.

J'ai écrit à maman. Finalement, c'était moins virulent que je ne l'aurais cru, mais je lui ai tout sorti. Je n'ai pas eu de réponse, je n'en attendais pas. L'important pour moi, c'était de dire les choses.

Je suis également en contact avec Southerly pour rattraper les cours afin que je puisse – peut-être, je dis bien peut-être – passer mes exams. Je retourne m'installer chez Franco. Je te donne mon adresse :

Beatrix Ahern
Chez Franco, épicerie italienne
5183 Wilson Avenue
Saint-Louis, MO 63110

J'ai pu m'acheter un téléphone prépayé, comme ça on pourra se parler. Voilà le numéro : 314 555 2322. Oh, et j'ai aussi une nouvelle adresse e-mail : beatrixahern@gmail.com. Dorénavant, tu peux m'écrire sur celle-ci ou bien continuer à utiliser celle-là. Je vais la conserver parce que je m'y suis un peu attachée. C'était notre ligne de vie.

Je t'aime, Ez. Tu es ma seule famille et la personne qui compte le plus au monde pour moi.

Ah, encore un dernier truc.

C'est merveilleux quand quelqu'un te voit tel que tu es, le vrai toi, mais – et c'est sans doute la réflexion la plus profonde de ma vie – je crois que le plus important, c'est de se voir soi-même tel qu'on est, de se connaître et de s'accepter.

L'image que j'avais de moi-même a toujours été polluée par la façon dont les autres me voyaient – maman, Darren, Joe, Sloane, mes profs. On a facilement tendance à se voir tel que les autres nous voient, de croire au reflet qu'ils nous renvoient. Mais pour la première fois de ma vie, je me regarde en face. *Qui est Bea ?* Elle est drôle et intelligente. Plus futée qu'elle ne le croyait. Elle est pleine de ressources, résiliente et elle sait se débrouiller seule. Elle peut être une sacrée bosseuse. Elle peut être sexy. (Désolée d'entrer dans les détails, Ez, mais c'est vrai.) Elle a le sens de l'humour. Elle aime rire. Elle a soif d'apprendre. Elle veut être la meilleure des sœurs. Elle veut être une personne attentionnée, qui aide les autres. Elle ne veut pas être une île déserte, loin de tous. Elle veut pouvoir pleurer et se faire consoler même si elle n'en a pas vraiment besoin.

Pour la première fois, j'aime ce que je vois.

Bisous,
Ta sœur,
Bea

Objet : Autour d'un café
De : Ezra <e89898989@ymail.com>
À : Bea <b98989898@ymail.com>
Date : jeudi 25 avril 19:34 EST

Comme c'est étrange que tu aies dû parcourir autant de kilomètres pour arriver à voir la Bea que je connais. Mais je comprends. C'est parfois nécessaire. Je suis heureux que tu l'aies trouvée.

Je ne vais pas te mentir : j'aimerais que tu sois là. Je comprends tes raisons et je vais faire avec. Mais n'empêche.

Sinon, j'ai été prendre un café avec Jessica. On s'est retrouvés à la sortie des cours et, dès qu'on a été loin des oreilles des autres, on a commencé à discuter.

– Tu n'es pas retourné vivre chez toi, alors ? m'a-t-elle demandé.

J'ai dit que non, que je vivais chez Terrence pour l'instant.

– Ouf. Tant mieux.

Elle m'a raconté que, petite, elle était amie avec Terrence et qu'elle adorait aller chez lui parce que, va savoir pourquoi, sa mère avait horreur de la Play Doh, alors que celle de Terrence lui achetait de nouveaux pots sans arrêt. Je me suis dit, *OK, on est sur les souvenirs d'enfance*, alors j'ai cherché de bonnes anecdotes à lui raconter, mais ce n'était pas facile. J'ai surtout parlé des objets qu'on fabriquait à l'école – que je ne rapportais jamais à la maison parce que je savais que ni maman ni Darren ne voudraient les exposer. Il y avait la boîte recouverte de bâtonnets de glace – elle prenait la poussière sous mon lit où je l'avais cachée. Maman a dû la jeter à un moment. Je l'avais oubliée et quand je m'en suis souvenu, elle n'y était plus.

Mais je n'ai pas raconté cette histoire à Jessica, je lui ai parlé de la fois où j'avais emprunté des fruits et des légumes à la cafétéria pour faire le système solaire. Et puisque c'était un objet en fruits, elle n'a pas eu besoin de me demander ce qu'il était devenu ensuite.

On est arrivés au *Coffee Tree* (Sloane n'était pas là) et on s'est assis. Presque immédiatement, Jessica a pris un air grave. Genre très grave.

– Alors voilà, a-t-elle dit avant même d'avoir trempé ses lèvres dans son café. J'ignore ce que tu sais de moi et de ma famille, mais je vais te raconter. Mon père était alcoolique et violent. Il battait mon frère régulièrement et il me malmenait mais sans franchir la ligne rouge et me frapper. Quand on est passés au collège, mon frère a pris la relève. Mon père avait établi une règle comme quoi rien de ce qui se passait entre nos murs ne devait sortir de la maison. Et mon frère appliquait cette règle également. J'étais coincée. Parce que si je racontais à mon père ce que faisait mon frère, je savais qu'il le tuerait. Ça semble exagéré, mais je te jure que c'est vrai. Et ma mère n'aurait rien fait. Elle était aussi coincée que moi. Sauf que ça a tellement dégénéré qu'on ne pouvait plus le cacher.

– Il t'a brisé la mâchoire, suis-je intervenu.

Jessica n'a pas paru surprise.

– Oui, tout le monde connaît ce pan de l'histoire. Il m'a brisé la mâchoire, m'a cassé quelques dents et m'a laissée en sang dans ma chambre. Je n'ai rien dit, j'ai nettoyé, mis un bandage – pas terrible, j'avoue – et je suis allée en cours le lendemain. En me voyant, mes amis m'ont direct emmenée à l'infirmerie. J'ai raconté que j'étais tombée dans l'escalier. Alors l'infirmière m'a demandé : « Et cet escalier, il a un nom ? » Et ça a été le déclic. Je ne sais pas pourquoi. Peut-être parce que mes amis étaient là et qu'ils ne me croyaient clairement pas. Peut-être parce que l'infirmière m'offrait une ouverture pour la première fois. Enfin bref, grande révélation, je lui ai tout raconté. Elle a appelé le psy scolaire. Il m'a demandé si j'avais un proche qui pourrait m'aider. Je lui ai donné le numéro de ma tante. La sœur de ma mère. La femme la plus forte qui m'est venue à l'esprit. Quand ils l'ont appelée pour lui raconter ce qui s'était passé, elle n'a pas été surprise. Elle n'a pas mis ma parole en doute une seule seconde. Elle est venue tout de suite. Et c'est comme ça que ma mère et moi, on s'est installées dans sa chambre d'amis. Ma mère avait le lit, moi un matelas gonflable. Mon frère a été envoyé en internat, et maintenant, ça va mieux; enfin, j'ai l'impression, au téléphone. Mais quand on se voit, on est mal à l'aise.

Jessica s'est interrompue, m'a regardé puis a poursuivi:

– Je voulais te raconter ce que j'ai traversé, Ezra. Parce que j'ai le sentiment que tu vis une situation similaire. Peut-être pas identique, mais dans le même genre.

J'ai hoché la tête.

– Alors voilà ce que l'expérience m'a appris. Un: rien ne sert de cacher ce qui t'arrive parce que c'est les gens qui te maltraitent qui doivent avoir honte, pas toi. Deux: on forme un club dont on n'a jamais demandé à faire partie, celui des gens qui, en luttant contre ceux qui voulaient les briser, se sont découvert un instinct de survie incroyable. On doit se soutenir. Et trois: quand tu es dans une situation vraiment pourrie, dis-toi qu'ailleurs c'est forcément mieux. Ton agresseur va tenter de te retenir, mais d'autres gens peuvent t'aider à t'en sortir. Comme Terrence. Ou ses parents. Ou ta sœur. Elle sait ce qu'elle fait.

Les mots me manquaient, Bea. J'ai tout juste pu acquiescer. « Oui. » Puis plus fort: « OUI. »

Ce qui m'a bouleversé sur le moment, ce qui me bouleverse en l'écrivant, ce n'est pas simplement le fait qu'elle me comprenne, c'est plus que ça. Parce que non seulement je me reconnaissais dans ce qu'elle me racontait, mais je me reconnaissais dans sa manière de le faire. Au passé. J'ai repensé à ce qu'on a traversé dans le passé. Tout ce qui nous est arrivé, c'est passé. Ça n'arrivera plus. Et même si ça ne garantit rien, si ça n'efface pas toute la souffrance qu'on a éprouvée, ça montre qu'on peut changer le cours de notre histoire. L'histoire qu'on raconte maintenant n'est pas celle qu'on nous avait attribuée, celle qu'on nous avait imposée. On a tourné la page.

J'ai expliqué tout ça à Jessica, elle a acquiescé, renchéri, compris. Et finalement, elle m'a demandé : « Alors qu'est-ce que vous allez faire ? », une question à laquelle je n'aurais sans doute pas été capable de répondre auparavant. Mais dorénavant, j'ai une réponse.

Voilà ce que je tenais à te dire.

Je vais rester, Bea.

Je vais rester, puis je partirai.

Je vais finir l'année en comptant sur la gentillesse des parents de Terrence. Je vais éviter notre maison, notre mère, notre beau-père. Je vais mettre en ordre mes affaires et faire en sorte de garder contact avec Terrence, Jessica et quelques autres personnes.

Puis je viens te rejoindre, Bea. Je viens.

Tu es la seule famille que j'aie. La seule famille que je veuille.

Je ne sais pas comment on va faire, mais on y arrivera.

Tu iras à la fac. J'irai au lycée. On se construira la vie qu'on ne nous a jamais offerte et on deviendra les adultes qu'on veut devenir.

Je vais envoyer ce mail maintenant.

Je t'appelle dans cinq minutes.

À notre bel avenir !

Ez

Remerciements

Comme Ezra et Bea, nous n'aurions pas pu y arriver tout seuls.

Merci du fond du cœur à nos merveilleux et incomparables agents et compagnons de voyage, Kerry Sparks et Bill Clegg. Ainsi qu'à la maison qui a accueilli *Ne pars pas sans moi,* Penguin Random House : Melanie Nolan, notre éditrice, mais aussi Barbara Marcus, Judith Haut, Emily Harburg, Jake Eldred, Arely Guzmán, Dominique Cimina, Mary McCue, Jillian Vandall, Morgan Maple, Barbara Perris, Janet Renard, Nancee Adams, Artie Bennett, Ray Shappell, Alison Kolani, John Adamo, Caitlin Whalen, Megan Mitchell, Kelly McGauley, Jules Kelly, Janine Perez, Elizabeth Ward, Jenn Inzetta, Kate Keating, Whitney Aaronson, Adrienne Waintraub, Kristin Schulz, Pam White, Jocelyn Lange, Lauren Morgan et Catherine Kramer.

Merci également à l'incroyable Tito Merello pour la magnifique couverture américaine. Ainsi qu'à Ben Horslen et à la formidable équipe de Penguin Random House UK, notre maison au Royaume-Uni.

Merci aussi à Sylvie Rabineau et Anna DeRoy de WME d'avoir cru en nous et en notre histoire.

Toute notre gratitude à Janet Geddis et *Avid Books*, ainsi qu'au *Book Loft* d'Amelia Island, en Floride, *Once Upon a Bookseller*, à

Saint Marys, en Georgie et à *Books & Books* de Mitchell Kaplan, à Miami. Sans parler de *Little City Books*, *Books of Wonder* et toutes les librairies indépendantes, les libraires, les professeurs et les bibliothécaires de la planète. On ne pourrait pas y arriver sans vous. Vous êtes nos héros.

Nous sommes chanceux d'avoir des familles et des amis merveilleux qui nous offrent soutien, encouragements, inspiration et amour.

Jennifer voue une reconnaissance éternelle à son mari et premier lecteur attitré, Justin Conway, qui est sa personne préférée, la meilleure partie d'elle-même et son roc. Ainsi qu'à ses enfants et à ses chats amateurs de littérature – Rumi, Scout, Linus, Luna, Kevin, Zelda, Roo et feu la grande Lulu, la plus mignonne chatte qui ait jamais vécu. Ce n'est plus pareil d'écrire sans la reine Lulu dans le bureau (ou carrément sur le clavier), bâillant devant l'écran.

Jennifer est également reconnaissante envers sa famille bien-aimée, surtout envers Bill Niven, papa d'adoption, grand-père, expert chuchoteur aux oreilles des chats, et envers sa cousine-sœur Lisa von Sprecken, envers ses frères et sœurs honoraires, Angelo Surmelis et Joe Kraemer, ainsi que Ronni Davis, Kerry Kletter, Lisa Brucker, Beth Jennings White, Grecia Reyes et Kami Garcia. Merci à ses lecteurs de la première heure pour leurs irremplaçables retours – Adriana Mather, Annalise von Sprecken, Kenzie Vanacore et Lila Vanacore. Aux remarquables Kenzie, Lila et Violeta Morales Fakih avec qui elle a la chance de travailler régulièrement. À Adriana Mather, James Bird, Jeff Zentner, Emily Henry, Brittany Cavallaro, Kerry Kletter, Angelo Surmelis, Danielle Paige et leur merveilleux entourage. Et à Claudia Dane-Stroud, Patrick Dane et Aaron Dane pour leurs dîners maison, leur amitié et leur amour des chats. À Angelica Carbajal et Stacy Monticello d'être si parfaites et lumineuses.

Merci infiniment aux parents de Jennifer, Penelope Niven et Jack F. McJunkin Jr. pour tout ce qu'ils lui ont apporté sur cette terre et au-delà. Pour lui avoir appris à croire en elle. Pour lui avoir enseigné à ne pas se sentir limitée. Pour leur amour inconditionnel et sans bornes qui l'entoure toujours, même s'ils ne sont plus là. « Je vous aime au-delà des mots. »

David est en train de rédiger ces remerciements assis au bureau de son père tandis que sa mère lui crie depuis la cuisine qu'il y a un cardinal perché sur la mangeoire. Instant parfait. Si toutes les pièces de sa vie s'emboîtent à la perfection, c'est entièrement grâce à eux. Il est heureux de penser que la publication de ce livre fait sourire son père. Il était tout excité quand David lui a parlé de ce projet sans doute parce que David était tout excité d'écrire avec Jennifer et aussi parce que, enfin, *enfin*, David allait collaborer avec quelqu'un dont le nom de famille venait après le sien dans l'ordre alphabétique.

Comme souvent, David a écrit ce livre en présence de nombreuses personnes dans la pièce, pour la plupart elles-mêmes en train d'écrire. Alors merci à Billy Merrell, Nick Eliopulos, Zack Clark, Andrew Eliopulos, Nico Medina, Anica Rissi, Mike Ross, Ben Lindsay, Caleb Huett, Elizabeth Eulberg, Justin Weinberger et aux fournisseurs de café, *Think* et *City of Saints*. Merci, également, à tous ceux de chez Scholastic.

Enfin, Jennifer et David aimeraient témoigner leur profonde gratitude à leurs lecteurs. Aucun mot n'est assez fort pour dire à quel point vous comptez pour nous.

Ressources

Trop de jeunes souffrent en silence. Si toi-même ou quelqu'un que tu connais se trouve dans une situation de maltraitance, parles-en, demande de l'aide. Ta voix compte. Tu n'es pas seul·e. On peut t'aider.

Service national d'accueil téléphonique de l'enfance en danger – https://www.allo119.gouv.fr/

Appel gratuit au 119 – 24h/24 7 j/7, tchat en ligne, pour les jeunes confrontés à une situation de risque et de danger, pour eux-mêmes ou pour un enfant qu'ils connaissent.

Fil santé Jeunes – https://www.filsantejeunes.com/

0 800 235 236, anonyme et gratuit pour les 12/25 ans, répond à toutes les questions des jeunes sur la santé, la sexualité, les violences, le mal-être dans la famille ou à l'école…

Stop harcèlement scolaire – appel gratuit au 30 20

Du lundi au vendredi, sauf jours fériés, de 9 heures à 20 heures et de 9 heures à 18 heures le samedi pour les témoins ou victimes de harcèlement à l'école.

Cyberharcèlement – appel gratuit au 30 18

100% anonyme, gratuit et confidentiel, du lundi au samedi de 9 heures à 20 heures – permet d'obtenir le retrait de contenus illicites en ligne.

Violences femmes info https://arretonslesviolences.gouv.fr/ – appel au 39 19 pour signaler les violences sexistes ou sexuelles.

Ligne du Refuge https://le-refuge.org/ – par appel ou SMS 24h/24 et 7j/7 au 06 31 59 69 50.

Pour les jeunes LGBT + en danger

Le papier de cet ouvrage est composé de fibres naturelles, renouvelables, recyclables et fabriquées à partir de bois provenant de forêts plantées et cultivées expressément pour la fabrication de pâte à papier.

Mise en pages : Françoise Pham

Loi n° 49-956 du 16 juillet 1949
sur les publications destinées à la jeunesse
ISBN : 978-2-07-518515-8
N° d'édition : 551366
Dépôt légal : Juin 2023

Imprimé en Italie par Grafica Veneta